徳間文庫

水　葬

鏑木　蓮

徳間書店

1

初井《はつい》希美《のぞみ》は、二杯目のコーヒーを飲み終え、喫茶店の入り口をじっと見詰めた。幾度も確かめる行為が恥ずかしく、壁の時計を一瞥《いちべつ》する。約束の時間は二十分も過ぎていた。

「心配するなって、俺にとっても大事な日なんだ」

いつも約束の時間に遅れる光一《こういち》に釘を刺したときの、彼の真顔を思い出していた。あの目を信じた自分が甘かったのだろうか。

希美は三度目のメールを送る。

『母と伯父は、もうじき恵比寿《えびす》駅に到着します。ディナーの予約は六時なので、恵比寿駅に五時四十五分に迎えに行きたいの。ここにいられるのはあと五分くらいかな。もし遅れるなら私一人で迎えに行くので、直接レストランにきてください。いまどこにいるのか、電話頂戴！』

父親代わりの伯父に、光一を会わせるのはこれで三度目だ。これまでの二度とも光一は約束の時間に間に合わなかった。長野県庁勤めで堅物《かたぶつ》、ことに時間に厳しい伯父がいい印象を持つはずはない。そもそも光一の仕事がフリーのカメラマンであることに不安を覚えていた伯父は、結婚に猛反対していた。今回は母の説得で光一に最後のチャンスが与えられたのだった。

伯父に、光一は時間にルーズなのではなく、約束の日に限って仕事が長引いただけであること、不安定ながらきちんと生活設計を立てていることなどを説明して、なんとか許してもらうつもりだ。

希美には物心ついたときから父はいない。母は事故で死んだと言っているが、中学生のとき、女性をつくって家を出ていったのだと近所の美容院で聞いた。以後、母は地元の電機メーカーの製造ラインで働いていたが、伯父の援助がなければ希美が東京で暮らすことはできなかったにちがいない。経済的援助もありがたかったけれど、伯父には子供がおらず、実の父のように可愛がってくれたことに感謝している。その伯父の祝福なしに結婚は考えられないことを、光一も理解してくれているはずだ。何より伯父に光一の人間性を分かって欲しかった。

だから今回こそ時間厳守と、事前に光一と申し合わせたのだ。

あっという間に五分が過ぎ、スマホは鳴らず、メールも来ない。希美は重い足取りでレジに向かった。

店を出ると、小粒の雨が落ちてきた。まだ梅雨入り宣言はされていないが、天気予報の忠告を守って折りたたみ傘をバッグに忍ばせていて正解だった。きっと気象庁が梅雨入りしたと発表すれば、雨は降らなくなるにちがいない。光一への憤《いきどお》りが、気持ちをあまのじゃくにした。

光一は風景カメラマンだった。六月くらいなら雑誌のフォトエッセイの仕事が軌道に乗るはずだ、といって、伯父に会う日を今夜に決めたのは彼だ。希美はもっと早く決断して欲しかったけれど、順調な仕事ぶりを伯父に示せるほうがいいと日程を決めた。

希美はとにかく寿《ことぶき》退社がしたかった。希美が勤務する「佐久《さく》」は、東証ジャスダックに上場している二百五十人規模の装飾品卸《おろしうり》売会社だ。九十名ほどいる女性社員の内、十七名が希美のいる経理部で働いていた。小学校のひとクラスにも満たない人数にもかかわらず、小学生並みの明確なグループが存在する。

中でも数人のお局様《つぼね》グループの力が強く、自分たちの思い通りに仕切っていた。従順なグループと我関せずの無反応なグループ、そして希美は、一度反発して以来、いじめられている四人のグループに属している。希美たちは、いじめの首謀者、後藤さよりを「お清《きよ》」と陰で呼んでいた。再放送していたNHKの連続テレビ小説「おしん」に登場する姑《しゅうとめ》の名前で、嫌みを言ってとことん主人公をいじめ抜く姿がよく似ているのだ。ただこのグループも、信用ができるかというとそうでもない。秘密にしていた飲み会が「お清」に漏れていたことがあった。

唯一信用できるのは同期の高輪友紀《たかなわゆき》のみだった。その友紀が男性上司からパワハラを受け退社した。このことが、苦労して入った会社に見切りを付けさせた。尻尾《しっぽ》を巻いて逃げたと笑われても、意地悪になっていく自分を許すよりましだ。嫌な人たちと同じ空間、時間を共有すると思うだけで頭痛や吐き気に襲われるようになっていた。

交際二年目を迎えた今年の正月、二人の間で結婚という言葉が出た。仕事を辞めたいと光一に漏らしたのだ。すると光一が、いっそのこと東京を離れないか、と意外な提案をした。彼は風景写真家として、豊かな自然を撮り続けられるような場所で暮らしたいと思っていたというのだ。そこで二人の新生活を始めるのなら、なおさら結婚を許してもらわないといけない、と言い出したのは光一の方だ。

寿退社ができ、ごみごみとした都会生活からも抜けられると思うと朝の憂鬱《ゆううつ》は消え、化粧のノリまでちがう日々が続いていた。

それに反して、伯父の冷たい態度に、そもそもすんなりと許してもらえるとは思ってないから、と光一は口では言っていたけれど、内心傷ついていたのかもしれない。

折りたたみの小さな傘に身を縮こまらせ、スマホを握りしめて小走りで駅へ急ぐ。スカートの裾が濡れてまとわりついて歩きづらくなったところで、やっと恵比寿駅に着いた。

ハンカチで髪、肩、スカートの裾を拭いながら改札口に目をやる。まだ母たちの姿はなかった。

ため息をつき、振り返ると光一の姿を探す。急いで駆けてくる光一を想像していたが、そんな気配もなかった。

スマホを見ても、メールはない。電話をかけてみたが、電源が入っていないようでつながらなかった。

『伯父に事情を説明するから、どうして遅れているのか教えて。こっちに向かっているのなら、気をつけてね』

と留守電にメッセージを残し終えると、背後から母の声が聞こえた。

三人は黙ったまま店に入り、テーブルに着く。

前菜から希美の言い訳が始まり、スープのときには弁解の言葉が見当たらなくなり、魚料理、肉料理を食べる頃には、会社の愚痴《ぐち》でその場を繕《つくろ》うだけになった。

コース料理を食べ終え、デザートのケーキとコーヒーがテーブルに運ばれてきたが、光一は店に現れなかった。

「彼のことを誠実だと希美は言うが、伯父さんにはそうは思えない」

きれいに整えられた髪、きちんとした背広、皺《しわ》のないシャツにネクタイ姿の伯父が、眼鏡《めがね》のツルに手を添えた。

「ごめん、なさい。でも仕事先で何かアクシデントに巻き込まれたんだと思うの。でないと、何も連絡がないなんてこと……ちょっと待ってね」

と希美はもう一度スマホを確認した。見るだけ無駄だった。

「伯父さんはどうしても反対しようってんじゃない。だからここに足を運んできてるんだ。それは分かってくれるね」

本来なら長野に赴《おもむ》くのが礼儀だが、二人の仕事のスケジュールの関係で東京に出てきているんだから、と伯父が付け加えた。

伯父の低音の声がことさら低く、鼓膜に響く。成績が伸びず、進学に投げやりになっていた高校二年の夏も同じような声で諭《さと》された。蟬時雨《せみしぐれ》を押しのけて届いた「失敗しても、伯父さんが全部受け止めてあげるから」という言葉が耳朶《じだ》に残っている。

伯父の助言が希美のためを思ってのことだ、と分かっているつもりだ。でも光一なしの暮らしは考えられない。

「伯父さんが厳し過ぎるのかも」

と伯父の目を見ず、デザートのガトーショコラに向かって漏らした。言葉にするつもりはなかったのに口をついて出た。前回伯父と会った後に光一が口にした「伯父さんは堅いから、俺なんかの商売には厳しいんだ」という台詞《せりふ》が頭の片隅にくすぶっていたからにちがいない。

「だから彼は逃げたのか。困難から逃げる男だってことなんだね」

語気は荒らげず、念を押す言い方が伯父らしい。それがいまの希美には腹立たしかった。

憤りは伯父だけではなく、光一にも感じる。

専門学校時代の先輩から紹介された雑誌の仕事が順調で、その他にも写真集出版の話が出ていることをきちんと話せば、伯父も安心してくれるはずだ。地方出張にしても、報道カメラマンではないから危険な現場に立つ心配はいらない。その点も安心材料になるだろうと言っていた。

「そう思われても仕方ないよ」

伯父が優しく言う。

「………」

電話もメールもない以上、伯父に反論できるはずもなかった。中国地方の撮影とだけ聞いていたから、その方面に交通機関の乱れがないかネットで調べたが、事故、事件の報道もなく道路にも鉄道にも異変はなかった。

「もう一度、二人で話し合ったら？」

隣にいて、雑談以外には口を挟まなかった母が言った。

「いいの？」

「いいも悪いも、結婚は二人の問題でしょ。祝福したいから、兄さんも時間とってくれてるのよ。ねえ兄さん」

伯父に向き直った母の言葉は、光一に与えられた助け船だ。

「まあ、な」

伯父はケーキを一口に食べ、デミタスコーヒーを啜《すす》った。

その後、三人の会話はなく、希美は恵比寿駅で母たちを見送った。

深呼吸をして光一のマンションに向かって歩き出し、再度スマホを見る。やはり彼がアクセスした痕跡はなかった。

2

希美はタイムカードを差し込むと、仕事でのミスがなかったことに胸を撫《な》でおろした。気持ちが沈みきっているうえに、上司や「お清」グループに付けいる隙《すき》を与えてはならないと、いつもより神経を使ったせいか、頭が重い。肩をつまむと、電気が走ったように左腕が痺れた。希美は肩凝りがひどいと、いつもこうなる。

昼休みに高校時代の親友、国見志緒理《くにみしおり》に相談したとき、

「いざというとき逃げちゃう私の元彼とはちがうわよ、光一さんは」

と言った。

志緒理の交際相手は遊び人で、結婚したいと言ったとたん、理由をつけて疎遠になったのだそうだ。彼女は青山《あおやま》の菓子店でケーキ職人をしている。

志緒理の言葉は嬉しかった。しかし同時に、連絡もできないほどのことが彼の身の上に起こっているのではないか、と不安な気持ちになってきた。

昨日、光一のマンションに立ち寄ってみたが、部屋の鍵がかかっていて、何度か呼び鈴を鳴らしても返事はなかった。余計に心配になり、マンションの最上階、七階に住む管理人に事情を話し、中に入れて欲しいと言ったが、肉親でないとだめだと断られた。

新宿《しんじゅく》の会社を出た希美の足は、光一が仕事をしている『週刊スポット』の出版社、文論社《ぶんろんしゃ》に向いていた。以前一度だけ紹介されたことがあるデスクの尾坂圭《おさかけい》に会うためだ。

雑誌の「日本の限界点」という特集で、限界集落をカメラに収め、その美しくも悲しげな光景に一文を添えるフォトエッセイを光一が担当しており、今回の出張もそのためだと聞いている。もしアクシデントがあったなら尾坂の耳に入っているはずだ。

「佐久」の本社ビルがある新宿から池袋《いけぶくろ》経由で護国寺《ごこくじ》までは約十五分で着いた。駅から五、六分歩き、文論社の一階にある受付に行ったが既《すで》に閉まっていて、横にある勝手口から警備員室を目指す。

警備員に名乗ってから尾坂を訪ねてきたことを伝えると、内線でその旨《むね》を告げてくれた。

「尾坂が、すぐ降りてまいりますので、ロビーでお待ちください」

と、警備員は入館証を差し出し、ロビーにあるベンチソファーを指さした。

「ありがとうございます」

希美がやや低いソファーに腰を下ろしてスマホを確認していると、エレベータから細身で長髪の尾坂がタブレットを小脇に抱えて降りてきた。

希美が立ち上がるのを手で制止し、小走りで目前までやってきた。ソファーに座るなり、

「あなたの連絡先を知ってたら、こちらから電話しました。いったいどうなってるんですか。千住《せんじゅ》さんどこにいるんです？」

尾坂の鼻息が荒い。

「あの、千住はこちらの仕事で出張しているのではないんですか」

「依頼してますよ。でも写真を送ってこないし、連絡しても電話に出ないから困ってたんです。初井さんも彼の居場所をご存知ないんですか」

尾坂の眉間《みけん》の皺がさらに深くなった。二日前には写真データを添付してメールを送ってくる手筈《てはず》だったのだそうだ。

「私もずっと連絡し続けてるんですが何も返事がないので、尾坂さんのほうになら連絡があるだろうと思って」

「えっ、となると……彼の家へは？」

「管理人さんに掛け合ったんですが、見せてもらえませんでした」

「恋人でもダメですか。網島《あみしま》さんのところにも連絡はないみたいだから」

尾坂は光一の先輩カメラマンに代役を依頼したと言った。

「心配だろうけど、いままでも思いつきで遠出をしたことがあるんで、病気ときまった訳じゃないしね。何か分かったら、お知らせしますよ」

と他人《ひと》ごとのように言って、尾坂が立ち上がった。

「お願いします。私も連絡がついたら、すぐ尾坂さんにお電話するよう言います」

「網島さんに無理を言ってるんで、彼にも謝罪したほうがいいとお伝えください」

尾坂は軽く会釈《えしゃく》して、エレベータに向かった。

文論社を出ると街路樹の陰に移動して、希美はスマホの名刺を記録しているアプリケーションを表示した。光一の『週刊スポット』の仕事が決まったときお礼の意味を込めて網島を食事に誘ったことがあった。そのとき希美にも名刺をくれていた。

午後七時前だった。撮影を終えて現地の方と食事中かもしれない、と思いながら電話をかけた。

つながった途端、

「突然のお電話、すみません。私、千住の婚約者の初井、初井希美です」

と早口で告げる。

「ああ、希美さん」

「いま、お話ししてもよろしいでしょうか」

「ええ、いいですよ。で、あいつどこにいました？」

くぐもった声と共に網島の巨体とヒゲだらけの顔を思い出した。

「いえ、まだ。ずっと連絡してるんですが……」

いま尾坂に会ったが、そちらにも何も連絡してきていないことを話し、

「網島さんにご迷惑をおかけしてしまって、すみません」

と目の前にはいない相手に頭を下げた。

「連絡つかないんですか。俺のところに連絡がこないのは分かるけど、希美さんに何も言ってこないのは変だな。あいつ、あなたのことが一番だから。どうやらこっちには来てないようなんです」

島根《しまね》県邑南《おおなん》町《ちょう》にいると網島は言った。尾坂から聞いた宿泊先にチェックインした

形跡はないというのだ。

「どういうことでしょうか」

五日前、光一はいつものカメラマンジャケットを着て撮影道具一式を手にし、確かに東京駅から新幹線に乗った。朝早い出発だったので、希美はわざわざ出社前に見送ったのだ。ホームに入ってくる列車を見て、「のぞみ、だ」としゃれを言った笑顔が目に浮かぶ。そのとき真顔で「戻ってきて、最高のプレゼントができればいいんだけど」とも言った。

プレゼントなんかいらないから、姿を見せてほしい。

「少なくとも指定された日に、こっちの旅館には泊まっていないんです。あいつのことだから急に気になる被写体に飛びつくってこともなくはないから」

「宿泊地を勝手に変えてしまったかもしれないと、おっしゃるんですか」

「あり得ないことではないってことです。それにしても、連絡がつかないのが気になりますがね。俺も昨日から撮影に追われてたんで調べられてないんですが、明日、あいつが現地入りしてたかどうか、確かめようと思ってます」

「お願いします。あの、光一さんには妹さんがいます。彼の部屋にあった写真でしか見たことないんですが、連絡先を聞いておられませんか」

光一の部屋に入れてもらえなかったことを話し、妹と一緒なら管理人も部屋を開けてくれるにちがいない、と網島に言った。

「あなたに鍵を渡してなかったんですか」

意外だ、という声に聞こえた。

「はい」

光一は片づけが苦手だったため、何度か掃除をしに彼の部屋に行った。鍵を渡してくれれば出張時にきれいにしておくから、と言ったことがある。しかし光一はよい返事をくれなかった。留守中に家に出入りするのは希美の評判に傷が付くというのだ。時代遅れとも思ったけれど、伯父の耳に入らない保証もないから、希美もすぐに引き下がった。

こんなことになるなら、もっと強くねだるのだった。

「そう。あいつの妹さんは、いま盛岡《もりおか》です」

「えっ、東京に住んでおられるんじゃないんですか」

写真を見たとき、そう言っていたはずだ。

盛岡は光一の故郷だ。希美の伯父の許しを得られれば、今度は希美が光一の両親に挨拶《あいさつ》しに行く予定になっていた。

「一旦上京してたんですが、去年の春、故郷に戻って結婚してます」

「私、知りませんでした」

交際し始めて一年以上経っていたのに、妹の結婚を話してくれなかったことになる。

「あーそうか、あいつ言ってなかったんですね」

妹の結婚に触れなかった理由に心当たりがあるような口ぶりだった。

「何かあるんですか」

降り出した小糠《こぬか》雨が頬《ほお》に冷たく、街路樹に身を寄せた。

「いや……それはともかく、部屋に入るには身内に来てもらう必要がありますね、最悪のことも考えて。あいつの実家には連絡されました？」

網島が急に話をそらした感じがした。

「実は……」

彼の実家の連絡先を聞いていない。

「じゃ俺のほうから連絡してみます。俺、あいつのお袋さんも知ってるから」

「……お手数をおかけしますが」

電話を切って、雨の様子を見る。本降りになる前に希美は家路を急いだ。婚約者だと思っているのは希美のほうだけなのか、と靴音が問いかけてくるようだった。

3

明くる日、希美は体調が悪いと嘘《うそ》をつき会社を休んだ。午前十一時に光一の妹、菊《きく》池美彩《ちみさ》が恵比寿駅にやってくるからだ。

網島の電話を受けた美彩から連絡があり、恵比寿駅で落ち合うことになった。

待ち合わせの時間より十分早く、美彩が改札口から出てくるのが見えた。以前見た写真よりもふくよかな印象だ。髪形がロングからショートになったせいかもしれない。

「菊池美彩さん」

希美が声をかけた。

こちらを見たが、美彩となかなか目が合わなかった。

何度も会釈しながら、

「初井です」

と近づいた。

「どうも、菊池です」

「この度は、すみません」

希美はまた頭を下げた。

「そんなことはいいので、さあ、兄のマンションに行きましょう」

と歩き出す美彩の声は、苛立《いらだ》っているのか冷たく聞こえた。

「はい、そうですね」

美彩は光一より四つ年下だと聞いていたから、二十七歳、希美の一つ下のはずだ。しかし背筋が伸びて堂々としているように見えた。それは希美より背が高いだけではなく、にじみ出る自信のせいではないか。美彩は医者ではないが、岡山《おかやま》医療大学で何かの研究をしていた。そして卒業後、東京の食品メーカーで働いていると光一から聞いていた。理系女子だと思って見るからか、少し目尻が上がり、小さく引き締まった唇まで優秀さの証しのように思えて、気後《きおく》れする。

早歩きの美彩の背中を追い、光一のマンションの部屋に着く。美彩は躊躇《ちゅうちょ》なく、最上階の管理人の住まいへ行くと、インターホンでよどみなく事情を告げた。

「大変ですね、すぐに参ります」

希美が話したときとは違い、管理人の話しぶりには親しみがあった。美彩は光一が入居する際にも同行しており、幾度か岩手《いわて》土産を手に訪れたということだ。

希美は管理人を紹介されたことはない。管理人はともかく、妹くらいには会わせてくれてもいいのではないか。それとも会わせたくない理由でもあったのだろうか。

「部屋のほうで待ってますので、よろしくお願いします」

と、美彩は希美には一瞥もくれず、階段に向かう。

希美は慌《あわ》てて彼女に付いていった。


「では」

管理人がドアにキーを差し込み、美彩の顔を見た。

美彩が黙ってうなずくと彼はキーを回しドアを開いた。

「どうぞ」

管理人は体を傍《かたわ》らに寄せて促《うなが》した。

美彩が大きな声で呼び掛けながら、玄関に入った。

「兄さん、いるの？」

部屋に上がる。

希美も管理人の横を通り抜けて玄関へと入った。

光一愛用の靴が見当たらない。

美彩が部屋の奥へ姿を消した。

希美が靴を脱ごうとしたとき、美彩が玄関口に戻ってきた。

「いない。帰ってきてないわ」

「やっぱり」

希美は愛用の靴がないことを美彩に言った。

「リュックもカメラ道具を入れているバッグもないし、仕事には行ってる」

と言うと美彩が靴を履き、ドアの外へ出て行った。管理人と話をしているようだ。

希美は、その間に部屋に上がる。玄関からすぐのところがリビングダイニングで、その奥の和室の襖《ふすま》が開いている。

部屋も座卓の様子も、出張前に希美が来たときのままの状態だ。積み上げた雑誌、お気に入りの郷土玩具、起き上がり小法師《こぼし》などの配置も動かされていない。壁際にカメラ道具一式を置く金属製の棚があり、美彩の言う通りそこに黒いバッグはなかった。

さらに奥の四畳半の和室の襖を見た。

玄関を見遣《みや》った。美彩はまだ管理人と話しているようだ。

希美は襖を開けて部屋を見る。そこは寝室で、分厚いマットレスの上に布団を敷いてあった。思った通り、いま起床したかのようにぐちゃぐちゃだ。あの夜は泊まっていないけれど、どこか恥ずかしく寝具を整えた。

「何してるの？」

背後からの声にビクッとして振り返る。

「戻ってないみたい、です」

「寝室見たって、分からないでしょう」

「………」

美彩の冷たい言い方に、希美は一言もなかった。結婚について光一の家族から反対されているとも、歓迎されているとも聞いていなかったから、特段問題がないものだと思い込んでいた。

「初井さん、あなたには何日間の出張だって言ってた？」

「四日間だと聞いてます」

「変ね」

美彩は和室の光一の座椅子に腰を下ろす。

「四日間じゃなかったんですか」

「管理人さんには、留守中の新聞を預かってもらってるの、知ってるわよね」

「いえ、聞いてません」

喉が引っかかってうまく発声できなかった。

「あなたたち本当に交際してたの?」

「二年になります。婚約してますし、ご両親に挨拶をしに伺う話にもなってました」

ムキになっている自分が情けなかった。

「そんな風なことは聞いてるけど……まあいいわ。管理人さんには五日間留守をするって言ってたみたい。何なんだろう、この一日の違いは」

美彩の唇の片方が少し上がる。

「そんな、私は四日間だと確かに聞きました」

「他に予定があったのかもしれないわね。管理人さんは、身内以外はダメだという決まりがあるので、あなたが切羽詰まった感じだったのを気の毒に思ったそうよ。でも予定通りなので大げさだとも思ったんだって」

「大げさって……」

五日目に伯父と会うことになっていたのだ。二人にとって大事な日を忘れて、他の予定を入れる訳がない、と主張したかった。が、それを言わせない空気が美彩との間には漂っている。

「あの、それに文論社の方も昨日、出張四日目にデータを受け取るはずだったとおっしゃってました」

メールが届かなかったから、尾坂は網島に代役を頼んだのだ。

「文論社って『週刊スポット』ね」

「そうです。フォトエッセイです」

「力、入ってたものね」

「その仕事の現場に行ってないというのはおかしいです」

「急に放浪風に吹かれたのかな」

美彩の口調には心配している響きがないように思えた。

「雑誌の仕事をほっぽり出して、ですか」

「まあそれも考えられないか」

「あり得ません。あの雑誌のフォトエッセイには新たな可能性を感じてたんです。それを人に任せてしまうなんてこと、光一さんがするはずありません。何かあったんです」

光一の身を案じると不安になる。

「分かった、分かりました。あなたが心配しているのは十分伝わりました。それじゃ警察に捜索願を出しに行きましょうか」

美彩は軽い口調で言った。

「はい」

「あのね、初井さん。三十一にもなろうかという大の大人が、予定より一日二日帰りが遅いくらいで、捜索願だなんて、騒ぎすぎだわ」

「でも私に何の連絡もないんですよ」

「じゃあ聞く。フリーカメラマンの帰りが遅れてます、おまけに現場に行ってないようで、恋人にも連絡がありません。これで警察が動いてくれると思う?」

「それは……」

光一の両親が妹の美彩に部屋の確認を託したこと、美彩の態度が冷ややかだった原因が分かった。とり越し苦労に付き合わされて迷惑がっているにちがいない。

「でしょう? まあ心配なのは分からないでもない。兄のパソコンを確かめさせて」

「菊池さんは、光一さんが自分の意思でどこかに行ったと思ってるんですか」

「これは嫌みじゃなく聞かせて。あなた本当に兄と結婚するつもりなの?」

美彩は大きく息を吸って、腕組みをした。教師のような貫禄だ。

「ええ。あなたのお兄さんと一緒になる約束をしています」

お兄さんという言葉を使ったのは、自分が年上でもあり、義理の姉になることを強調したかったからだ。

「それにしては、兄のことを知らなすぎるわね」

美彩はリビングテーブルの上にある光一のノートパソコンを持ってきて、スイッチを入れた。パスワード入力画面が現れると、

「パスワードは？」

やっぱり教師のような口調で訊《き》き、横目で希美を見る。

「……聞いてません。親しくてもパスワードって共有するものだとは思わないので」

彼氏がスマホのパスワードを教えてくれない、と膨《ふく》れている同僚がいた。希美にはその気持ちが理解できなかった。

「あっそう」

美彩が素早くキーを打ち込み、

「でもこんなときは、知っておいたほうがいいわ」

とエンターキーを叩《たた》いた。

「不測の事態ですからね。パスワードは何です？」

希美は立ち上がった画面に目をやる。

「本人が言ってないのに、教えられない」

美彩の意地悪げな言葉が痛い。

「そうですか、分かりました」

このとき美彩への気後れの原因が、彼女の自信満々の態度からではなく、あけすけな物言いが会社の「お清」と似ているからだと気付いた。

「パスワードを知ってるのかどうかを試すために、パソコンを立ち上げたんじゃないのよ。あのね、兄は写真を撮り終わると、そのデータを必ずここに送って保存するようにしてた。どんなことでカメラに保存したデータが破損するか分からないから、用心のためにね」

「そんなことができるんですか」

「兄のカメラにはＷｉ－Ｆｉ機能が搭載されていて、インターネットに接続するためにポケットサイズのＷｉ－Ｆｉを持ち歩いている。撮ったらすぐにここに転送する癖がついていた。だから、ここに転送された写真を見れば兄の行動が分かるわ」

お互いの仕事の話はよくしていたのに、肝心なことを知らないようだ。とくに最近の話題は、結婚後の生活のことや伯父への対策をどうするかばかりだった。浮かれ過ぎていたのかもしれない。

花発《ひら》いて風雨多し。母がよく言うことわざを思い出す。

「じゃあ転送ファイルを開くね」

画面にある仕事用ファイルを開くと、日付のタグが付いた写真ファイルがずらっと現れた。

「6・18の日付があります」

思わず声をあげてしまった。それが出張一日目の日付だったからだ。

「現場に行ってないって言ってたわよね」

「ええ、網島さんが光一さんの代役として現場に行かれてるんです。宿泊先に光一さんがチェックインした形跡がないとおっしゃってました」

今度の撮影現場は島根県邑南町で、そこにいる網島の話だから確かではないか、と希美は言った。

「うーん、網島さんの早合点の可能性もあるわ。まずは中身を見てみましょ」

画面に写真を示すアイコンがたくさん表示された。

「百十二枚、か。一日分としては少ないかも」

美彩がつぶやく。

「これで少ないんですか」

「一日撮影してたとすればね」

「いいのだけをセレクトしたんじゃないですか」

「現場では取捨選択しないのよ。後でじっくり検討して二、三枚に絞る。それを雑誌社にメールする訳よ」

撮影現場ではどうしても興奮状態で、客観視できないからだそうだ。ましてや自宅パソコンへの転送はデータが壊れたときの保険みたいなものだから、と美彩が言った。少ないと美彩は言ったが、どれも限界集落を象徴する風景で代わり映えせず、一枚一枚の写真を表示して見る作業は大変だった。

「どれも、荒涼たる原野って言葉がぴったりだわ」

五十枚を超えた辺りで、美彩が首をくるくる回しながら漏らした。

「あの、代わりましょうか」

彼女の隣ではなく、斜め後ろから画面を見ていた希美が言葉をかけた。

「お腹《なか》、減らない？」

新幹線でサンドイッチを食べたきりだと美彩はお腹をさする。

「こんな時間なんですね」

時計を見れば午後二時前だった。時刻を知って、希美も急に空腹に気づいた。

「じゃあコンビニでおにぎりでも買ってきてくれる」

美彩はすぐに画面に目を移す。

希美は近所のコンビニエンスストアへおにぎりとお茶を買いに出て、十分ほどで戻った。

食器棚からコップを出し、そこに茶を注ぎテーブルに置いた。おにぎりをレジ袋から出していると、美彩が声を発した。

「レジ袋、もらってるんだ」

「コンビニはまだ、レジで入れてくれるので」

「兄は何も言わなかった？」

「レジ袋のことを、ですか」

光一との間で気候変動が話題にのぼったことは何度かあるけれど、レジ袋の話が出たことはない。

「そう、ならしょうがない」

美彩のつっけんどんな物言いに、

「光一さんが環境問題に感心を持っているのは知ってます」

と反応したものの、希美はますます光一との距離が広がっていく気がした。

「でもあなたには、レジ袋を使うなとは言ってないんでしょ？　兄たちは私にうるさく言ってたんだけど」

「兄たち？」

些細《ささい》なことが引っかかった。

「まあ、いいじゃない。おにぎり、こっちに持ってきて。兄は現場に行ってるわ、やっぱり」

美彩がパソコンの向きを変える。

肩すかしにあったような気分のまま、希美はおにぎりとカップを盆に載せて運ぶと、座って画面を見た。

画面は、伸び放題の草とその向こうに林野が見える写真だった。

「どうして現場だって分かるんですか」

首を捻《ひね》りつつ、希美は画面を凝視する。これまで見てきた風景写真とそれほど変わらない印象だ。

「出張先は島根県邑南町って言ってたわよね。遠くにホテルの看板があるんだけど、そこをよく見て」

写真上部に写る林、その木々の間から小さく白いものが覗《のぞ》いていた。画面を拡大すると文字が書かれてあるのが分かった。

「確かにカタカナのホの字が見えますね」

「小さいけどその横に漢字がある。これ邑の字に見えない？」

「見えます、邑南の邑ですよ、これ」

「これが邑南のホテルだとすれば、泊まるはずだったホテルなのかどうかは分からないけど、兄は現場に行っていたってことになるわ。で、この後の写真が七十枚ほどあって最後の写真を撮った時刻を見ると、十九時十二分になってる」

美彩が呼び出した写真は、山間の暮れなずむ風景で、蒼く煌《きら》めく池の畔《ほとり》にあまりに小さな人間が佇《たたず》んでいる幻想的な構図だった。素人目《しろうとめ》にも何やらドラマを感じる、いい写真だと思った。

「素敵な写真」

思わず漏らした。

「兄らしいわね。でもこの暗さだから、じきに真っ暗だわ」

「なのに宿泊してないんです」

「こんな山奥まで行くとしたらレンタカーよね」

美彩は、また画面の写真に目を落とした。

「そうだって聞いてます、現地の方に手伝っていただけないときは」

限界集落といえども、その土地の所有者は存在する。むやみに足を踏み入れて問題になってもいけないから、土地の人間に同行してもらうことがある。枝一本花一輪にも手を触れず、ただ風景をカメラに収めていたことを確認してもらうためだ、と光一から聞いたことがあった。

「ひとりでレンタカーなら車中泊したのかもしれない。夜になって慣れない山道を走るのって大変だし、危険だから」

「宿泊先に帰らなかったかもしれないのは分かりますけど、せっかくこんないい写真が撮れているのに、どうして尾坂さんに送らなかったんでしょう」

薄明《はくめい》の荒野と小さな池に、光一ならきっとじんわりと寂《さび》しさが伝わるような文章を添えたにちがいない。雑誌の誌面としても目を引くいいページになった気がする。なにより希美自身が読みたかった。

「二つ考えられる。ひとつは兄自身が気に入らなかった。もうひとつは、それができない何かが起こった」

そう言ってから美彩は、

「気に入らないからといって、写真と文章を編集者に送らないなんて、プロじゃない。そんなこと兄はしない。どうやら、あなたが心配しているようなことが兄に起こったのかもしれない」

慌《あわ》ただしく自分のスマホを手にした。

「どうされるんですか」

「私が知る兄の友人のところに行ってないか確かめるけど、あなたが知っている人には尋ねてみた？」

「いえ、実は光一さんのお友達、よく知らないんです。子供の頃の話も、学生時代のこともあまり話してくれなかったんで」

網島しか知らないと、伏し目がちに言った。

「そっか。じゃあちょっと待ってて」

それから小一時間かけて、美彩は光一の友人、九名に電話した。

美彩が沈んだ表情で電話を切るたび、光一の行方を知る手掛かりがなくなるのが辛《つら》くなっていく。

「東京《とうきょう》に四人、名古屋《なごや》に三人、大阪《おおさか》に二人。兄の行方を知っている人も、連絡を受けた人もいない」

美彩がスマホを確認しながら希美に言い、

「大変なことになってきた。兄さん、行方不明だわ」

と初めて慌てた声を出した。

「やっぱり警察に行ったほうがいいです。事故に遭ったのかもしれません」

「そうね。恵比寿駅前交番があったけど、直接渋谷署に行ったほうがいい」

その日、希美は美彩と共に、渋谷署に千住光一の写真を持って行方不明者届を提出した。

4

警察では落ち着いた態度を見せていた美彩だったが、相当な衝撃を受けていたのだろう。実家に状況を知らせたとき、苛立ちからか母親と口論になった。諍《いさか》いの原因は希美のことだったようだ。

「母さんが来たってどうにもならないって。私がいても仕方ないのに、いろいろ言わないのっ。初井さんっていう人と警察に届けを出したんだから……そんなこと今さら言って。兄さんと所帯を持つ約束してる。言ってなくても、そうなの。もういい、詳しいことは帰ってから話す」

美彩が乱暴にスマホのカバーを閉じる。

「お母様、ショックですよね」

「信じられないようだわ。自分が確かめたいみたい。なまじ島根に近い岡山に知り合いがいるもんだから、その人にも訊けってうるさい」

　美彩が言葉を吐き捨てた。

「岡山、ですか」

「それはあなたには関係ないから、気にしないで」

　ぴしゃりと断言する美彩の言い方には、希美がよそ者だというニュアンスが漂う。

「警察の方が事故の報告はないって言ってましたけど、山奥だったら分かりませんよね」

「積極的に調べてくれそうにはなかった。話には聞いていたけど、成人の家出人に真剣な捜査は期待できない。何か兄を探す方法を考えないと」

「探偵に依頼するとか、ですか」

「探偵ってなんか抵抗ある」

「確かに……そうだ、網島さんが何か分かったら連絡するって言ってくれてました。いまも現地におられます」

「彼なら兄のことをよく知ってるわ」

「それじゃ、私が」

と、希美がスマホを握る。美彩にばかり頼れない。光一は彼女の兄だが、自分の婚約者でもあるのだ。

　希美は、網島に光一のパソコンに転送されていた写真のことや、美彩と警察に行方不明者届を出したことを話し、光一が事故などに巻き込まれていないかを調べて欲しい、と頼んだ。

「こっちからもずっとメールしてるんですが……やっぱり音沙汰《おとさた》なしです。行方不明者届は出しておいた方がいいですが」

「親身になってはくれないようです」

「でしょうね。そんな話をよく耳にします。しかし出張予定日に撮った写真のデータが見つかったなんて」

「邑南町の邑の字に似た漢字が写った看板があったんです」

「現場にきてたってことの証しだ。今回、とりあえずピンチヒッターとして撮影しましたが、正直上手《うま》く行ったとは思っていません。あいつならもっといい写真を撮ってるでしょう。その写真データを俺のパソコンに転送してもらえませんか」

「百十二枚、ありますけど」

「かまいません、美彩ちゃんに言って、あいつが利用しているデータ転送サービスを使ってもらってください。いいのがあったら、それに差し替えましょう。まだ間に合うか、尾坂さんに訊いてみます」

「ちょっと待ってください」

そのままを美彩に伝えると、彼女は大きくうなずいた。

「あいつがこっちに来ていたと分かったら、何としても見つけますよ。写真はあいつの足跡ですからね。それに写真には撮影したカメラ、撮影日時、俺と同じ機種ならGPSログデータも分かるんです」

GPSログデータは、緯度と経度が表示されるのだそうだ。

「転送した写真からですか」

「ええ。プロパティを開くとばっちり。写真から正確な足取りが分かるんです」

と、言って電話を切った。

「やってくれそうね」

「写真が足跡だって言ってました」

転送写真からGPSログデータが分かるという話をした。

「へえー、そうなんだ。カメラにもGPS機能があるんだ。よくスマホ写真から居場所が分かるから注意しろ、と言われてるけどね」

とつぶやきながら、美彩は網島が言ったように百十二枚の写真をアップロードした。

打ち解けられないまま、その日の夕刻、美彩は盛岡に帰って行った。

急に心細くなってきた。何か作業をすれば気持ちも落ち着くと、パソコンの中の写真を開き、撮影場所のヒントがないか調べようとした。けれど人気のない草叢《くさむら》や獣道《けものみち》を見ていると、そんな寂しい場所に光一が独りで足を踏み入れたと思うだけで、鳩尾《みぞおち》あたりがキリキリと痛んできた。痛みに耐えるために、光一とお揃いのマグカップを強く両手で包みこむ。

コンピュータがスリープ状態に入ってしまうと、再開にはパスワードが必要になるため、数分ごとに適当にマウスを動かす。美彩の意地悪が悔しい。

希美のマウスが弱々しくテーブルの上を彷徨《さまよ》う。そのうちポインターが画面の右上にある小さなカレンダーを指した。

左下にあるマークをクリックしてみると、六月ひと月分のスケジュールが画面いっぱいにポップアップした。

六月の予定はおおむね埋まっていた。やはり週刊誌の仕事は大きい。そこにちゃんと、十八日島根へ出発、二十一日にスポットへデータ入稿とあった。やはり出張は四日間だ。

そしてその次の日、伯父たちと会うはずだった二十二日――。

希美は目を疑った。何も書かれていないからだ。

そうだ、仕事の予定だけを書き込むようにしていたから、個人的なスケジュールは記入されていないのだ、と思い直す。それなら希美と伯父対策のために食事に行った日の記述がないこともうなずける。

小さく息を吐き安堵《あんど》したとき、六月二日の欄に『東京駅八重洲《やえす》口、九州料理居酒屋「たから舟」七時に予約』というのを見つけてしまった。

これも仕事にちがいない、と自分に言い聞かせるが、光一が常々お酒の席で仕事の話はしない主義だと言っていたのを思い出すと、嫌な気持ちになってきた。

光一自身が予約したのなら、仕事である確率は低くなる。

そのときスマホの呼び出し音が鳴りビクッとした。画面には網島の電話番号が表示されていて、それをタップする。

「希美さん、雑誌の写真ですが、やっぱり間に合いませんでした。すでに印刷所に回されてまして。だから次号はパッとしない写真に、尾坂さんの文が付けられた誌面になりますが、勘弁してください」

光一には限界集落への強い思い入れがある、そこが自分との違いなんだ、と網島は笑い声を出した。

「それを聞いたら光一さん、泣いて喜びます。網島さんのこと尊敬してますから」

「まあ他の写真は負けないけど、限界集落の風景だけは敵《かな》いません。俺なんか荒廃した風景にペーソスしか感じないのに、やつはそこに愛情を注いでいます。愛には勝てない」

網島は照れくさそうに言った。

「愛情、ですか」

「それで、例の看板が写っている写真なんですが、確かにこの町にあったホテルです。写真のGPSデータを地図上に表示できるアプリによると、ここから二キロほど先にある場所でした。俺が泊まっているホテルの人に訊いたら、もう二十年ほど前から使ってないホテルがあるそうです。明日、そっちのほうへ行ってみようと思ってます。同じ町でも結構広いんですよ」

「すみませんが、よろしくお願いします」

「それと、助っ人が見つかりましてね。NPO法人の『帰郷プロジェクト』ってご存知でしょう?」

網島は光一から、希美と一緒に日本橋《にほんばし》にある事務所に行ったことがあると聞いている、と言った。

「光一さんと東京を脱出する計画をしてたんです。結婚後は地方に定住しようかって夢みたいなこと言って。二人だけの密《ひそ》かな目論《もくろ》みだったのに、網島さんに話していたなんて、もう」

「まあ小言は、やつが戻ったらたっぷり。そのNPOの島根県担当者と連絡がとれたんです。藤原和人《ふじわらかずと》というんですが、光一の記事の大ファンらしくて。というより、実は今回の取材で会う約束をしてたんです。藤原さんという名前に聞き覚えないですか」

「いえ、私は。その方と連絡をとってたんですか、光一さんが」

希美はパソコンがスリープしないようマウスをちょこんと動かす。

「島根への定住の話で会うはずだったようですよ。あいつ、そんな大事なことをあなたに相談してないんですかね」

「島根県は、ないですね。『帰郷プロジェクト』の窓口で西のほうでは和歌山《わかやま》、兵庫《ひょうご》とか四国《しこく》、あと九州方面の話を聞いたことがありますけど」

「せっかく出張するんだから話だけでも聞こうと思ったのかもしれません。こんないいところがあるんだって、帰ってからあなたにアピールしたかったんですよ、あいつ」

「何だか知らないことばかりで」

「俺にだって自分をさらけ出してないやつですから、そういう性質なんでしょう。気にしないことです」

「でも、妹さんに、本当に付き合ってるの、なんて言われました」

「彼女きついところあるから」

「私、さっきから何してると思います？　パソコンがスリープしないよう頻繁《ひんぱん》にマウスを動かしてるんです」

美彩がパスワードを教えてくれなかった、とつい愚痴が出た。

「じゃあ美彩ちゃんが出て行ってからずっと……それは気の毒だ」

そう言って網島は、言いにくそうに続けた。

「やつが変えていなかったらですが、パスワードは『なめとこ』かもしれません」

「なめとこ？」

「ええ、宮澤賢治《みやざわけんじ》の童話『なめとこ山の熊』の『なめとこ』ですよ。それをローマ字で入力するんです」

「宮澤賢治の……」

マウスを握る手に力が入り、弾《はじ》かれたようにポインターが画面上を滑った。

「岩手が誇る作家ですからね。賢治の生家とか、記念館によく行ってたみたいです。車で一時間ほどの距離だと言ってました」

光一が宮澤賢治を好きなことも、希美は知らない。

「でも、もし変更されていたら」

「そのときは俺が美彩ちゃんに掛け合ってあげます」

「網島さんは、菊池さんをよくご存知なんですね」

少なくとも希美より親しいことは、名前の呼び方から伝わってくる。

「美彩ちゃんが高校生の頃から知ってるんでね。岡山の大学に進学したときは、一緒に下宿を探しにいったんです。俺が結婚してなければ、付き合いたいだなんて言ってくれてたんです。まあお世辞でも嬉しいもんです」

網島は二十四歳で結婚して、今年で九年が経つという。

「変なことを伺いますけど、東京駅前の九州料理居酒屋『たから舟』ってご存知ですか」

「たから舟?……ですか」

網島の言葉に、知っているのか、知らないのか判然としない曖昧《あいまい》な響きがあった。

「その居酒屋に今月二日、光一さんが予約しているようなんです。仕事では飲まないって言ってたんでプライベートだと思うんですが」

力を入れて話さないと希美の声は震えた。

「例外もありますよ。少なくなったとはいえ、飲みニケーションで仕事をもらうケースもありますから。まあ自ら営業しないと俺たちフリーランスは干上がってしまいますんで。ところでパソコン、スリープ状態になってません?」

「あっ、うっかりしてました」

慌ててマウスをクリックすると、パスワードの入力画面になってしまった。

「さっき言ったパスワードを入力してください」

「やってみます」

パスワード欄に「ｎａｍｅｔｏｋｏ」と打ち込んだ。

「どうです?」

「立ち上がりました。パスワード合ってたみたいです」

「そいつはよかった。美彩ちゃんも意地悪しないで、すんなり教えてくれればいいのにね。とにかく明日いっぱい動いてみます。それ以降は仕事の都合で、調整しますんで」

「こちらこそ、申し訳ありません。急な代役でご迷惑をおかけした上に、光一さんの行方捜しまで、本当に感謝しています」

その後も何度か礼を言って、希美は電話を切った。

5

「急な話で驚きました」

直属の上司、葉山《はやま》経理課長が休暇願から顔を上げ、

「事由には結婚の準備とありますが、どういうことですか」

と希美に視線を注ぐ。

「婚約者の体調が優れないもので」

「看病ですか。結婚前なのに大変だ」

「なので、式の日取りはまだ決まってません。申し訳ないんですがしばらく有休をいただきたく……」

「有休はたくさん残ってますが、仕事に支障をきたさないようにしてくださいね」

「急な申し出ですみません。よろしくお願いします」

葉山が、うんとうなずいたのを見て深々と頭を下げ、希美は課長のデスクから離れてそのまま廊下に出た。

昨日戻ってきた網島と、東京駅八重洲口の喫茶店で会った。電話のやり取りで、光一の辿《たど》った行程がおおむね明らかになったことは聞いていた。しかし実際に会って網島の撮ってきた写真を見つつ話を聞くと、光一の歩いた山道、見た風景、吸った空気を知りたくなった。現地を歩けば、何かが見えてくるかもしれないと思ったのだ。

そう思わないと、光一という人間を何も知らないという事実に、希美は押しつぶされそうだった。

会社にいても仕事が手に付かない。つまらないミスを叱責《しっせき》され、いじめが横行する会社にこのままいることも嫌になってきた。いじめそのものが楽しい人間が、それをやめるはずはない。無駄なことに神経をすり減らし、ただ勤務時間が過ぎるのを待つ暮らしが馬鹿らしく思えてきた。どうせ光一と所帯をもてば東京を離れるのだ。

光一さえ帰ってくれば――。大げさだな、何も会社を休んでまで探すこともなかったのに、と笑い合える日がくる。その日のために、いまは全力で彼を探すことに傾注したい、という思いに駆られていた。

島根県へ網島に同行を頼んだが、仕事の都合がつかなかった。かわりにＮＰＯ法人

『帰郷プロジェクト』の藤原を紹介してくれた。

網島は、撮影場所を辿るために光一の写真を藤原に転送し、彼にもGPSの位置情報の見方を伝えているという。

翌六月二十七日、希美は朝の飛行機で出雲《いずも》空港へ飛んだ。

午前八時四十分に空港に着き、藤原と落ち合って邑南町へと向かう。

中肉中背のどこにでもいる顔だから、と網島がくれた写真のお陰で、国内線到着ロビーで待つ彼をすぐに見つけることができた。

「おはようございます。この度は無理を言ってすみません」

藤原に駆け寄り、頭を下げる。

「いえいえ、こんなときに申し訳ないんですが、千住先生の奥さんになられる方にお目にかかれて光栄です。僕、千住先生の大ファンでして、せっかく邑南町を取材していただいたのに、こんなことになってしまって、何と言えばいいのか」

藤原の眉の両端が下がった。日焼けした顔に、よく動く太短い眉が特徴だといえなくもない。彼は島根に悪い印象を持たれたくない、と言いながら歩き出す。

「そんなことありませんが、写真が転送された日からすると、もう九日になりますので」

さっと頭で数えた日数を口にして、改めてもうそんなに経ってしまっているのだと思うと鼓動が速くなった。

「心配ですね」

「藤原さんは光一さんと会うことになっていたそうですね」

深呼吸して尋ねる。

「ええ。千住先生から取材の最終日、ええっと二十一日の夕方、街の説明だけじゃなく、撮った写真をセレクトするのに意見が聞きたいと、言われていたんです。雑誌に載る前に先生の写真が見られるなんて、もう舞い上がってしまって、その日がくるのを今か今かと待ちわびてました」

しかし約束の時間に宿へ行くと宿泊していないことが分かり、ずっと心配していたのだという。

「先生は写真のためとはいえ、かなり辺鄙《へんぴ》な場所にまで分け入られるでしょう？　熊も出ますんでね」

「熊……」

交通事故だけではなく、野生動物の被害も考えなければならなくなった。

「近年、天候不順で熊たちのエサになる木の実が不作で、住民が襲われる被害が出てるもんで。だから熊の出没情報も注意してたんです」

駐車場に着くと、藤原がジープのような形で高さのある車のドアを開けた。

「どうぞ」

と助手席に乗り込むのに手を貸してくれた藤原は、登山者のような服装だ。

希美は、迷った末にハイキング用のレギンスにショートパンツ、トレッキングシューズを着用していた。光一の撮った写真が、生半可な気持ちで足跡はたどれないと物語っていたからだ。

藤原がエンジンキーを捻ると、振動がお腹に響いた。

それに負けない声で、

「事故の情報は入っていますか」

と希美が訊いた。

「いや、いまのところは」

「よかった」

自然に安堵の声が漏れた。

「あの奥さん」

「まだ結婚していないので、初井で結構です」

「分かりました。それが事故については難しい問題がありまして。誰も通らない山道では分からないことがあるんです。それに、先生はレンタカーを使っておられなかったみたいなので……」

「車を借りてないんですか」

「たぶん、今回は特に車では入れない場所を撮るつもりだったようです」

網島から見せられた写真には、藤原も見たことのない風景が写っていたのだそうだ。希美にはどこも同じに見える山道や荒れ地だったが、地元の人には区別がつくようだ。その上で、見知らぬ風景を被写体に選んでいたということか。

「だとすれば、どこかで遭難してても……」

嫌な言葉は口にしたくなかった。

「ツテを頼って情報収集してますが、遭難者がいたという報告はありません」

藤原が、いまのところ、と条件をつけた意味が分かった。

「自宅のパソコンに転送した写真、あれは取材初日の分です。その晩は宿に泊まらず撮影を続けたと思うんです。なのにその後の写真は転送されてないようです。これをどう思いますか」

その件について網島は、最後の写真を撮った後に何らかのトラブルがあったか、会心の写真が撮れたのでそれ以上の被写体を見つける必要がなかったからではないか、と推測していた。

「確かに、いくつかいい写真がありました。ただ、もし会心の写真が撮れたと思われたのなら、僕に見せてくれてもいいような気がします」

「やっぱり十八日、薄明の風景を撮った後に何かがあって、撮影できない状況となったと考えたほうがいいんですね」

希美は唇を嚙《か》んだ。

「ずっと先生の作品を見てきたファンとして、どう言えばいいんですかね、先生の狙《ねら》いみたいなものが理解できるようになってきたんです。生意気を言うようですが、写真のどこを一番見てほしいのか、何に焦点を絞られているのかが感じられるんですよ」

藤原が何を言いたいのか分からず、フロントガラス越しに前を走る車に視線を向けた。車高の違いで前方車の後部の屋根まで見える。

「上手く言えないんですが、最後の写真は確かにいいものです。ですが、どこか違う感じがしてならないんです。網島さんは絶賛されてましたけど」

プロカメラマンの網島が感じなかったのに、素人の藤原にそんなことが分かるものだろうか。いや素人の一ファンだからこそ抱くことができる違和感もある。アングルとかフォーカスとか、光一がよく言っていた専門的なこだわりより、好き嫌いの主観のほうが的を射ているかもしれない。

「藤原さんから見て、それほどではないということですか」

「写真の善し悪しじゃないんです。これまでの作品とコンセプトが合わない気がするんですよ」

藤原が素早く車線を変更し、数台の車を追い越した。

横揺れに希美は足を踏ん張る。都内に比べれば車の流れがとてもスムーズで、光一のことがなければ馬上から見るような景色を楽しんだにちがいない。長野の乗馬学校に通っていた幼なじみがいて、乗馬体験をさせてもらったことがある。初めて乗ったときは、あまりの高さに腰が引けて、一歩も馬を歩かせることができなかった。見かねた友達が、自分の前に希美を乗せ、彼女の手綱捌《たづなさば》きで十分ほど牧場を走った。そのときの目線が高いことで味わう優越感に、似ているかもしれない。

運転動作が落ち着いたのを見計らって、

「これがコンセプトなのか分かりませんが、集落の限界点を切り取ることと、網島さんがおっしゃってたことですが、そこに愛情を注いでいるって。それは変わらない気がしましたけれど」

　希美が言った。

「僕が先生の写真に惹《ひ》かれたのも、まさに愛情の部分です」

「愛情が感じられなかったということですか」

　希美も、網島のいう限界集落への愛情を、光一の写真から感じなかった。

「そんなことは、ないんですけど……うーん、どうもうまく説明できません。現場に行けば、分かってもらえるかもしれないんですが」

「現場というのは？」

「最後の写真が撮られた場所です」

「分かりました」

　希美はうなずいた。

　その後二人とも、光一に関係する話題は口にしなかった。

　藤原はもっぱら地方定住のメリットを話し、希美のほうも都会の生き辛さを吐露《とろ》するばかりだった。

　二時間強走り、光一が宿泊するはずだったホテルに立ち寄り、少し早い昼食をとった。

十二時ジャスト、藤原の車は再び山道を登っていく。彼の車はジープではなく、ランドクルーザーというものだと教えてもらった。

ローンでランドクルーザーを買ったのは、彼が走り回る集落には未舗装の上り坂が多く、雨が降ると滑る危険があるからなのだそうだ。

藤原が言ったとおり、三十分ほど走ると雑草だらけの土道に入った。タイヤからの振動で悪路であることが分かる。アップダウンも激しくなって、時折スリップして車が後方にずり落ちる感覚もあった。普通車なら、谷間に転落する危険性がある。

「写真の風景を辿っていくと、この道を通られたはずです。レンタカーを使っておられなくて、かえってよかったと思いませんか」

馴《な》れたものでも、僅《わず》かなハンドルミスで脱輪する悪路が続く、と藤原は首を振った。

「そうですね。でも、車じゃなかったとすれば、ここを歩いたんでしょうか」

希美は、揺れる体を窓の上部にあるグリップを摑《つか》んで支え、ガラス越しに道を覗く。

「いえ、それは無理だと思います。写真には撮った時間データが付いていました。午後三時くらいから撮影をされてますんで、徒歩だと最後の場所に到着するのは早くても午後十時頃になってしまいます。先生はこちらに、飛行機で?」

「いえ、新幹線です。東京駅のホームまで見送ったので間違いありません」

「何時発ですか」

「朝早かったんですが、ちょっと待ってください」

希美はスマホの予定表アプリを確認して、

「六時三十分発ののぞみで、九時四十六分に岡山駅着です。そこから特急で出雲市駅に行くと言ってました」

「それなら、一時過ぎに出雲市駅に到着します。そこからいま僕たちが走ったルートで各地を回られたんでしょうね。やっぱり車がないと不可能です」

「レンタカーじゃないとすれば、誰かに乗せてもらったということですか」

「少なくとも最初の撮影地までは、そうだと思います」

最初の撮影ポイント以降の場所は、距離的にさほど離れていない。ただラストの写真を撮った場所だけ、それまでのものと時間が離れているのが不可解だと藤原が言った。

「距離はどうです?」

「その辺も現地で説明させてもらったほうが分かりやすいと思いますんで」

藤原のハンドルを握る手に力が入ったようだ。大きくバウンドしたかと思うと、今度はフロントガラスが下を向き、ずるずると坂道を滑った。

再び車は、舟のように舳先《へさき》をあげ、登坂していく。道は蛇行を繰り返し、希美の方向感覚を狂わせた。来た道を戻っているはずはないが、そんな錯覚さえ覚え、もう数分これが続けば吐いてしまっていただろう。

車が斜めに傾いたまま停車した。

「ここからは歩きです。大丈夫ですか。休憩したかったけど、止める場所がなかったんです。それに昨夜の雨で、いったん止まってしまうとスリップしそうで、無理をしてしまいました。すみません」

と藤原は頭を下げ、サイドブレーキを引いた。

車から降りると、藤原は二つ折りのスキーのストックのような杖を二本伸ばして、差し出した。

「スキーはされます？」

「はい、出身が長野県なので」

「じゃあ使い方は大丈夫ですね。トレッキング・ポールといって、用途はストックと同じです。道がぬかるんでますんで念のため」

「ありがとうございます。藤原さんは？」

ドアを閉め、リュックを背負う藤原の両手を見た。

「僕は馴れてますから」

藤原は誇らしげに言った。

「山道に入るっておっしゃったので、トレッキングシューズは買ったんですが、これも買えばよかったですね」

希美は手のポールを見た。

「そんなの気にしないで。新しいシューズでは、靴擦《くつず》れが心配ですね。痛くなったらすぐ言ってください。では行きましょう、日が暮れる前にここまで戻らないといけませんから」

藤原がさほどきつくない上り勾配《こうばい》の道を歩き出すと、草の匂い、木々の香り、山道の土塊《つちくれ》の臭いが鼻孔にどっと押し寄せてきた。子供の頃、田舎《いなか》の夕暮れの畑道で味わった寂しさ、心細さを思い出した。いやな体験や不思議な出来事を経験したわけではないのに、胸に迫り来る怖さがあった。

希美の気持ちを感じ取ったのか、

「急に心細くなるでしょう？」

と藤原が訊いてきた。

「うちの田舎では、中学や高校での記念行事として登山を行うんです。でもクラスとか班単位で、寂しさを感じたことはありません。ただ見慣れた田園風景の中で見た夕焼けに、寂しいなって思った経験があります、その感じに似てるのかな」

土塊を踏みしめる靴音が、心臓の鼓動よりどんどん遅くなってくる。

「夕焼けってちょっと悲しいですよね。美しさに感動してるんだっていう人もいますが、僕は一日の終わりを確認する、つまり一日分の命の灯火《ともしび》が費やされたって本能的に感じるからのような気がしてます。詩人ならもっと上手く言えるんでしょうが」

「命の、灯火……」

「すみません、変なこと言って」

藤原の歩みが、やや速くなった。

6

「先生の体調、いかがでした？」

先導する藤原が、突然振り返った。

「体調？」

「疲労感があったり、寝不足だったりということはなかったですか」

「特になかったと思います」

ふくらはぎを筋肉痛が襲ってきた。藤原が心配していたように、足の小指も靴と擦れて痛い。登山をしていた中高生の頃にはなかった外反母趾《がいはんぼし》のせいだ。ヒールを履く暮らしから、もうちょっとでお別れできるところだったのに、肝心の光一がいなくなるなんて――。

「普段の健康面はどうですか」

藤原は希美が自分に追いつくのを待つ。あまりに希美の歩みが遅いせいかもしれない。

「不安があるようなことは言ってなかったです。健康に気を遣う質《たち》でもなかったですけど」

「限界集落ばかり撮っておられたんですから、健脚でしょうしね」

「足腰には自信をもってました」

しばらくは幅員《ふくいん》こそ狭いが、藤原のランドクルーザーの馬力なら車でも通れなくもない山道が続いた。

そして左右の樹木が迫り、人がすれ違うのがギリギリになったところで大木に突き当たった。

「このカシワの木、見覚えありませんか」

Y字路の真ん中にそびえ立つ木を藤原が見上げた。雨が葉っぱに残り、木漏れ日が緑色を一層鮮やかにしていた。

「もしかして」

「そうです、先生の写真の、はじめのほうにあった木です」

藤原は写真データをA4用紙にプリントアウトして持参していた。それと見比べてから、希美のほうに向けて示した。

木は中央ではなく向かって左側に配され、右側には細くて下っていく獣道が写っていた。集落への入り口に立つ道標のように見えたことを、希美も覚えている。

「この木の前に光一さんが立ったんですね」

仕事を無断でサボるはずはない、と思っていた。けれど、光一のことをあまりに知らなかった現実に、確信が揺らぐ瞬間が何度もあった。

希美は木に近づきそっと幹に触れる。

「道は、ここから左手と右手に分かれています。先生は右のほうへ下って行かれました。その先のS集落の周辺を撮るためです。途中沢に出て、その先はまた上りになります。少々きつくなりますから気をつけてください」

「はい」

　希美は木から手を離し、草を掻《か》き分けながら進んでいく藤原の後に続く。

　ところどころ急斜面になっている箇所があって、そのたびに藤原は希美のポールを持って体を支えてくれた。そのお陰で靴擦れの痛みがあるものの、草が繁茂《はんも》する沢に無事下りることができた。

「ここから撮ったと思われる小川の風景が、この十七枚です。ここも同じ江《ごう》の川水系《かわ》ですが、景勝地として有名な断魚渓《だんぎょけい》とは全然違います。まさに光と影って感じです」

「ダンギョケイ？」

「ゴツゴツした岩場が続く、町の観光スポットのひとつです。奇妙な形の岩もあれば、千畳敷と呼ばれる平らな岩もあって面白いですよ」

「そこが光で、こっちが影ですか。確かに暗くて観光って感じじゃないですね」

「十七枚、連続で撮っておられるのは、先生がその影に惹かれたからでしょう。花ひとつないですし」

　藤原は、光一の気持ちを自信を持って代弁しているようだ。

「水と岩、張りついた草……光一さんが好きな被写体かも」

「この先、また上りです。そこでは十三枚の写真が撮られてます」

藤原が歩き出す。

そこから四十分、ずっと上り坂が続き、話す余裕がなくなってきた。ポールを持つ手が痛く、徐々に藤原に追いつけなくなり、彼が立ち止まることが増えてきた。

上り切った道をさらに三十分歩くと、小高い場所に出た。そこから、今まで通ってきたジグザグの道を見下ろすことができた。

「ここで休憩を取りましょう」

藤原は苔《こけ》むした半畳ほどの石の上にリュックを下ろし、塩分補給のタブレットと水のペットボトルを希美に手渡した。

「ありがとうございます」

希美は、倒れ込むように石の上に腰を下ろす。タブレットの酸味と塩味が疲れた体にはありがたかった。ペットボトルの水が甘く感じられ、素早く体内に浸透していく気がする。

「旨《うま》いでしょう、その水」

腰は下ろさず石にもたれ掛かっている藤原がペットボトルを掲げた。

ボトルは見慣れないデザインだった。

「郷《さと》の天然水?」

「それ、村おこしの起爆剤なんですよ」

「お水って、たくさんありますよね」

日本全国にいろいろな天然水があって、ペットボトルで販売もされている。目新しくもなく、水の販売で村おこしが成功するとも思えなかった。

「ええ、水自体、二番煎《せん》じって言い方おかしいですが、ありきたりです」

「何か違うんですか」

ペットボトルのキャップを捻り、水を口に含んだ。癖がなくすっと体の中に吸い込まれる気がする。渇いた喉には美味《おい》しいが、特に他の天然水と変わっているとも思わなかった。

「オーソドックスな軟水で、飲みやすい。つまり特徴はない。そうでしょう?」

と藤原も喉を鳴らして水を飲んだ。

「すみません、そう思いました」

「それが正直な感想ですよ。限界を通り過ぎたH村の起死回生ストーリーがなければ、ただの水です」

「ストーリーを知れば、これがただの水じゃなくなるってことですか」

希美は、改めてボトルのラベルに目を落とす。そこに「『水《みず》の郷《さと》秘話《ひわ》』をお楽しみください」とありQRコードが付いていた。

「今日宿にお戻りになったら読んでみてください。僕がいま一押しの定住プランもそこに載っていますから」

「定住プラン」

「ええ、凄《すご》い方がまだまだ日本にはいらっしゃるんですね。H村の村長と、ある人の感動ストーリーです。まあこれ以上はやめておきます。僕の話なんかより、実際読んでもらったほうがいいんで」

嬉しそうな話しぶり、目の輝きで、藤原がほんとうにこの街を好きなのだと感じる。光一が限界集落に注ぐ愛と、似ている気がした。

「僕が、先生の写真をこれまでのコンセプトとは違うんじゃないか、と思ったのも村おこしに関係しているんですよ」

「そうですか。では宿で」

「そうだ、宿と言えば」

藤原がリュックから双眼鏡を出して二、三歩前に歩き、やや下方を指さした。

希美は石から腰を上げて彼の横に立ち、指し示す方向を見た。

「あそこ？」

「そうです、ここからだと見えにくいですが、写真の端に写っていた看板のホテルです。これで」

双眼鏡を受け取り覗く。看板は見えたが文字は樹木が邪魔で読めない。

「先生はたぶん、いま初井さんが腰掛けていた石のさらに上のほうに立って、シャッターを切られたようです」

藤原は石を振り返り、

「かなり危ない足場ですね」

と言った。

希美が座っていた平らな部分の後ろに、ラクダのこぶのような盛り上がりが二つあった。普段事務仕事で使っている椅子くらいの高さだ。

「登ってみたいんですけど、ダメですか」

光一の靴跡を見たかった。

「ダメです。こんなところで怪我でもしたら大変です」

「靴の跡だけでも確認したいんです」

「じゃあ、一番上までは登らないでくださいね」

希美は、藤原の手を借りて先ほどまで腰掛けていたところに立って、石のコブの上を見た。

二つともよく確かめたが、期待していた靴跡は見当たらなかった。

「ここのところ何度か、雨も降りましたからね」

手を携《たずさ》えながら、藤原が慰めの言葉をかけてくれた。

希美は諦《あきら》めて下りようとして、景色に目をやった。手の双眼鏡でホテルの看板を探そうとしたとき、自分の立っている場所が分からなくなった。

「危ない！」

藤原が両手で希美の腕を強く握り、支えた。

「ごめんなさい」

もし藤原の支えがなければ石から転落して、そのまま斜面を転げ落ちていたかもしれなかった。

「下りてください」

と藤原に促され、希美は一旦石に尻をつけてから、ゆっくり山路に足を下ろす。

「想像してたより、高くて」

「怖かったでしょう？」

「もしカメラを覗いていたら、もっと危ないですね」

「双眼鏡も同じです。だから危険だと言ったんです。先生はよっぽど馴れておられるんでしょうけど」

「ここよりもっと急斜面のところだったら」

滑落した、という幾度ももたげる最悪の事態を否定できない。

「その可能性も考えて、探索したつもりです」

「異変はなかったんですよね」

「ええ。転落しそうな場所では、先生の姿はもちろん、滑り落ちた跡とかリュックがないか確認しました」

最後の写真以降の光一の行動を予測して確認作業をしたと藤原は言い、

「初井さん、僕はどうしても、この写真だけで先生が取材を終えられたとは思えないんです」

写真一覧の束を左右に振った。

「彼なら当然撮っている場所が、他にもあるとおっしゃるんですね」

「そうです。この中から選べといわれても……堂々巡りになってしまうから、はやく最後の写真の場所まで行きましょう」

ペットボトルをリュックにしまうと、二人は再び隘路《あいろ》を歩き始めた。

7

これまで見て回った七カ所の撮影ポイントでは、少しずつアングルを変えて平均して十二、三枚の写真を撮っていた。全部で百十二枚のうち八十八枚の写真の場所を確認したことになる。

残る写真は二十四枚、これも一カ所から撮影されている。そう言って藤原が立ち止まったところは、これまでとは違い平坦な野原といった趣《おもむき》の場所だ。動物写真家ならそこに隠れて被写体を狙いそうな、背の高い雑草が密集している。

「ここから、森と沢を、大体九十度くらいの範囲で撮っておられます」

「森は分かりますが、沢があるんですか」

視力はいいほうだ。目を細めても黒に近い森しか見えなかった。

「望遠レンズでないと無理ですね」

「見た感じ、ここの広さは、小学校の校庭くらいありますよね」

「この場所から撮ったのが、どうして分かったのか、でしょう?」

希美はうなずいた。

「いまこの開けた場所に出る前、獣道のようなところを通ってきましたよね。同じような道が後方と左右にもあるんです。ここがちょうどそれらの道から等間隔の場所に当たる。で、遥か前方に森の切れるところがあります。これを」

藤原の持つ一覧の写真を見ると、森の木がピアノの黒鍵のようにところどころ歯抜けになっているのが分かる。その隙間から水面が覗いていた。

希美が池だと思っていたのは沢だったようだ。

「先生は荒野と森の木、そして沢を切り取りたかったんだと思うんです。どこの木々の間から見える沢の水面がテーマとしっくり合うのかを確かめながら、次々とシャッターを切られた」

藤原は双眼鏡を外し、

「一番左の森の端がこれで、もっとも右手の木がこれ、そして真ん中あたりの木と木の間、見てください」

と希美に持たせた。

「彼が撮ったのと、同じような構図になりますね」

「いまは陽がありますから、雰囲気が違いますが、ここからだと似た写真が撮れる。

それともう一つ、どこの道からもシャッター音が聞こえないんです」

「聞こえないって、誰にですか」

「誰にということはないんですけど、ここ、立ち入り禁止なんです。私有地ですから」

「じゃあ私たちも見つかったら……」

希美は背を低めて、周囲を見渡した。

「大丈夫です、隠れなくても。ちゃんと許可を得てますから」

藤原が笑顔で言った。

希美は引っ込めた首を伸ばし、

「それじゃ、光一さんは許可を得ずにここに入ってきたってことですか」

「ということになりますね。許可を取るために窓口の方に訊いたんですが、今年に入って許可申請をしたのは、僕だけだということでした。だから、どうしても隠し撮りの感じになります。できるだけ音が聞こえないような位置から、望遠レンズを使う」

「隠し撮りなんて、彼が……あっそうか、ここが私有地だってことを知らなかったってことですね」

光一はこれまで、撮影許可の申請を怠《おこた》ったことはない。そう言っていた。

「それはないと思います。お目にかかる約束をしたときにも、私有地の話が出ました。とくにこの周辺は、知る人ぞ知る場所なんで」

「ここ、有名なんですか」

「一般的にはそれほど知名度はありませんけど、地方定住を希望する方にとっては人気の場所になりつつあります。だからこれまでの先生の作品とは違うのではないか、と申し上げてたんです。厳密に言えば、この辺りは限界集落ではなくなりつつあるんですよ」

H村は、「日本の限界点」という雑誌の特集にはもうそぐわない、と藤原は言い切って大きなため息をついた。

その険《けわ》しい表情が、希美は気に掛かった。限界点と言われる集落が脱皮しようとしているのに、限界集落として雑誌で取り上げられることに憤っているようにも感じたからだ。

しかし、それなら光一がこの地に赴くと知ったとき、断ってもよかったはずだ。写真選びを手伝う約束をしたほどだから、この村を被写体とすること自体には不満がなかったにちがいない。

「彼は今回の撮影でこの村に来ることを、藤原さんに伝えていたんですよね」

「もちろんです。僕としても嬉しかった。先生が、ここH村にとても興味を持っておられることも存じてましたしね。十年前までは限界集落を通り越して消滅集落寸前でしたから。ですが、さっき言った村長たちの努力で見事に回復してきた。そのことも心から喜んでおられたんです」

「でも日本の限界点という特集には向いてない場所だと、藤原さんは思っていらっしゃるんでしょう？」

「邑南町は広い。限界集落から脱していく地域がある一方で、依然として光が差さない場所もあるんです。そんな集落のほうが限界点を際立たせる。そう先生は考えていたんだと思い込んでました」

「この風景からは、それほど回復しているように私には見えないんですが」

希美は雑草から頭を出して双眼鏡で沢のほうを見た。

「沢の向こう側、小高い丘を越えた場所に『水の郷ニュータウン』というのができています。先生もそこに住みたい、なんておっしゃって……初井さんは何もお聞きになってませんか」

藤原が、言葉の途中で小首をかしげた。

「東京から脱出して自然豊かな場所に移住しようと話してました。私もその心づもりをしてたんです。でも具体的な場所については……」

「そう、ですか」

藤原が、妙だという顔つきをしたのが分かった。

「彼がその水の郷ニュータウンに住みたいと言ってたんですか」

「明言された訳ではないんですが、かなり気に入ってらしたご様子だったので、お二人の間で話が進んでいるのかな、と感じただけです。えっと、サプライズにしようと思われたのかもしれません」

やはり奥歯にものが挟まっているような言い方だ。

「実際にどこまで話が進んでいたんですか」

「ニュータウンには他府県からの定住者が、現在百九十八世帯暮らしておられます。本格木造の戸建ての団地で、五百世帯が住める町にする計画だと聞いてます。その一区画を購入したいと」

「そ、そこまで話が……」

田舎暮らしは希美にとっても一大決心のいることだ。なのに光一はひとりで場所まで決めようとしていたのか。また一つ、希美の知らない光一がそこにいる。

「明日、そこを案内しようと思っています。少し沢に近づきましょう」

藤原はリュックを背負い直して、ゆっくり沢のほうへ歩き出した。五分ほど雑草の中の藤原の背中を追うと、地面が整備された場所に出る。そこには立ち入り禁止のプレートが付いたロープが張られていた。沢まではまだ二十五メートルほどの距離がある。

「男性が立っていたのはこの辺ですよ」

藤原が光一の撮った最後の一枚を確かめながら言った。

「もう夜になろうとしている時間にその男性は何をしていたんでしょう？　その人も許可なく入ってたってことですか」

人工的に固められた地面とそぐわない林立する木々に目をやる。森の奥へと道は続いているが、ここからは薄暗くて見えなかった。

「いや、おそらく弘永《ひろなが》開発の警備員でしょう。ここには二十四時間稼働している設備があるんで」

「設備？」

その言葉には、森や沢などの自然とそぐわない響きがあった。

「ここから先は、H村の大畑《おおはた》村長の土地で、そこを弘永開発が借りていて、H村再生のためのプラントを建設したんです。そのお陰で、明日ご案内するニュータウンが誕生しました。その経緯は先生もご存知です。もしここを撮影するおつもりなら、誰に許可をとればいいのかも」

「……それに、これまでの限界集落の写真で人物が写っているのって、なかった気がします」

光一は限界集落の主役は情景だと言っていた。一時期、寂れる景色の中に佇む悲しげな表情の人物を撮っていたことがある。しかし、人間の表情があまりに雄弁に語ることで、風景を殺してしまっていることに気づいたのだそうだ。それでは安直過ぎる、と自分を責めもしていた。

「さっき僕たちがいた雑草だらけの光景なら、さもありなんですがね」

ある意味どっちつかずで焦点がぼけていると、プロカメラマンの光一に申し訳なさそうに藤原は付け加えた。

「ここは限界点じゃない、と私も思えてきました」

藤原の話を聞いてきて感じた、素直な気持ちを口にした。

「希望の光ですから、正反対の場所ですよ。どうしてここを撮られたのか本当に分かりません」

半時間ほど経っただろうか、辺りが一層薄暗くなった。標高は高くないけれど山の天候にも似て、照り曇りが激しいようだ。

「ここで彼が写真を撮ってから、どこに行ったと思います？」

「ここに社員の方がおられたから、ロープを跨《また》ぐことなく、Y字路、カシワの木まで戻られたんじゃないですか。急いで辿ってみましょうか」

Y字路の分岐点に立ち返った二人は、もう一方の上り坂へと向かった。峠の一本道は緩やかに左へカーブしていく。路肩の雑草の背丈がどんどん短くなり、雑草も少なくなって辺りが明るく歩きやすい。初心者向けのハイキングコースのような道を、二十分ほど行くと丘の頂上に出た。

「どうです？　それほど危険な道じゃなかったでしょう」

見晴らしのいい場所で藤原が声をかけてきた。

「真っ暗だと、横道にそれる恐れはないんですか」

希美は昼間とは違う夜道を想像しようと試みた。平坦な道でも暗がりが苦手な希美には、どこも危険に見えてしまう。

「先生なら、夜道も問題ないでしょう」

「スマホの電波も来てないようですけど」

希美はスマホを見て、

「急に具合が悪くなったら……」

と言った。

「本当に急を要する場合ってことですね。それなら、その痕跡がどこかにあるはずです」

「野生動物の被害とか」

「この辺りには熊が出没したという情報もなくはないですが、いまのところ、血とか着衣といった痕跡は見つかってないんで、野生動物の可能性は低いと思います。この道を下りていけば、水の郷ニュータウンへ着く。二時間弱かかりますから、今日は宿に戻ったほうがいいですね。明日、別ルートで車を使って行きましょう」

光一が泊まるはずだった邑南町のホテルに着いたとき、西の空が赤く染まっていた。チェックインを済ませるとロビーで藤原と別れた。彼はここから二時間ほどかけて松江市内の自宅に戻る。

それを聞くと、丸二日も光一の件で振り回すことが、希美は申し訳なくなった。郷土愛と光一の写真への気持ちだけで、藤原にはなんのメリットもない。光一が無事戻ってきて、水の郷ニュータウンに定住でもすれば、彼の気持ちに少しくらい報いることができるかもしれない。

いったいどこにいるの、光一さん。

案内されたのは三階の部屋だった。地下に大浴場があるようだけれど、そこへ行く気分ではなく、部屋の風呂で汗を流す。ドライヤーで乾かした背までの髪をブラシでといていると、髪が艶《つや》やかだと褒《ほ》めてくれた光一の声を思い出した。

手入れができていないのは、光一さん、あなたのせいよ。

鏡につぶやき、部屋にある浴衣《ゆかた》に袖を通して、一階の食堂に向かった。

希美が食べた「季節の定食」は、出雲國仁多米《いずものくにたまい》のご飯、飯南《いいなん》町産ヤマトイモのおろし、鮎の塩焼き、シジミの味噌汁と郷土色豊かな食材が使われ、どれも美味しかった。とくに「いずもぶどう」と呼ばれているデザートのデラウェアの甘さには驚いた。

この数日間、空腹を満たすためだけに食事を摂《と》っていて、しっかり味わっていなかった気がする。光一の行方を知る手掛かりが見つかった訳ではないけれど、彼を探す行動に出ていることが不安を和《やわ》らげているにちがいない。

食べ終わってレジに向かい部屋番号を告げ、

「美味しかったです」

と感想を述べた。

「だんだん」

五十がらみの女性は微笑《ほほえ》んだ。「だんだん」は島根弁で「ありがとう」のことで、高校時代に見た朝ドラ「ゲゲゲの女房」で聞き覚えがあった。

「あ、そうだ。あの、サラダの野菜なんですけど、あれはなんというものですか」

アブラナのような葉物で、アスパラガスに似た味が希美の好みだった。東京では見たことがなく気になった。

「島根のブランド野菜です。『あすっこ』っていいます。うめえのは味だけではのうで、体にもな」

「あすっこ、面白い名前ですね」

「島根の明日をめざす野菜で、アスパラガスのような食感いう意味をこめてるーて聞いとります」

「やっぱり、私もアスパラガスに似てるって思ったんです。東京では見かけなくて」

「そんうち、全国で味わえーようになーますよ」

と大きな声で笑った。

「全国で、ですか」

「こん町には弘永さんちゅう凄《すげ》えお方がおられーけんね。たくさんこさえて日本中に売り出されるちゅーに聞いておりゃーすで、そーなったらお嬢さんも食べてごせ」

胸を張る女性の口からも、弘永という人物の名が出た。

「弘永さんというのは、水の郷ニュータウンに関係する弘永開発の方ですね」

「そげです、そげです。やっぱりお嬢さんも関心があーんですね」

女性があまりに嬉しそうなので、否定することなく希美はあいまいにうなずき、部屋に戻ろうとエレベータの前に立つ。ボタンを押すために体重を移動させただけなのに、太ももとふくらはぎの筋肉が痛かった。

エレベータに乗り、ドアが閉まる寸前、食堂にいた女性が腕を伸ばしてそれを止めた。

「驚かせてすまんことです。これ持って行ってごしなさい」

女性の手にはA4サイズのリーフレットがあった。

「これは?」

「ここら辺のPR誌です。地元野菜のこととか弘永さんの記事があーますで、えがったらどうぞ」

「ありがとうございます」

希美が頭を下げると彼女も下げ、しずかにドアが閉まった。

部屋には布団が敷かれてあった。

時刻は午後八時過ぎ、体は疲れていたけれど布団に入るには早い。スマホと今もらったリーフレットを持って、窓際の小さなテーブルセットに腰をかけた。スマホを立ち上げる。留守電が三件ありと表示された。

一件目は網島だった。

『希美さん、お疲れ様です。そちらの状況はいかがです。こっちは光一へメールを送り続けてますが、返事はないです。今日、週刊スポットの尾坂氏と打ち合わせがあり、この先の特集についてですが、当面俺が引き継ぐことになりました。もし、光一がこれまで撮りためていた写真があれば、それを使いたいと思ってます。近いうちに相談させてください。ちなみにいつ戻られるのか教えてください』

続いて母からのメッセージを聞く。

『お母さんだけど、伯父さんが入院した。それで相談もあるんで電話しました。かけ直してちょうだい』

その手で希美は母に電話をかける。いつもの母らしからぬ強い語尾が気になった。

「希美、電話待ってた」

すぐに出た母の声は震えていた。

「忙しくてすぐに電話できなくてごめん。伯父さんが入院したって、どんな具合なの?」

「さっきまで病院にいたんだけれど。血、吐いたそうよ。十二指腸からの出血らしくて、潰瘍《かいよう》か癌《がん》かは検査しないと分からないんだって。どっちにしても、手術になるらしい」

今は集中治療室にいて麻酔で眠っているという。

「そ、そんな……」

真面目な伯父を一番苦しめていたのは、自分だ。光一とのことも、あえて厳しい態度をとっていたのかもしれない。結婚で失敗した妹を見てきただけに、希美には同じ轍《てつ》を踏んでほしくない、と言ったことがある。

「希美?」

「私、心配ばかりかけてた」

「心配性なのよ。娘みたいに思ってるから、余計にね」

「なのに私、娘らしいこと何も」

「そう思うのなら、少し安心させてあげて」

「そうしたいの、私だって」

涙が溢《あふ》れる。

「もう、泣くことないでしょう。一時は危ないって言われたもんだから、慌ててしまって……ごめんね、母さんも悪かった」

検査の結果にもよるけれど、いますぐどうこうということはないらしい、と母は希美を慰めるように言った。

「お母さんが謝らないで」

「それで、落ち着くまで光一さんとのことは堪《こら》えてほしい、すまないけど」

と母がまた謝った。

「そんなこと、分かってる」

「倒れる少し前に、兄さんが、こう言ってたの。そんなに俺は威圧的なのかって。何が何でも時間を守れって言ってるんじゃない。遅れるのならそれなりの理由があるだろう。それを納得いくように説明してほしいだけなんだ。希美を大切に思っているのなら、それが誠実さというものだろうって。兄なりに、光一さんを一所懸命理解しようとしてくれている、そう母さんは思った。結婚というものを大事にしてるのよね」

「分かってる」

「だから意識が戻ったら、一緒に見舞って安心させてあげて」

「ごめんね、お母さん」

　言葉が詰まった。

「大丈夫。伯父さんは、強い人よ」

「私……」

　声にならない。

「光一さんと喧嘩《けんか》でもしたの？」

「ううん」

　あの夜から行方不明だと言えるはずはない。これ以上心配はかけられない。

「それならいいけど、希美も体に気をつけなさい、光一さんもね」

　母の優しい声が辛い。

「伯父さんにもお母さんにも、心配ばかりかけて、つくづく親不孝ものだな、私って」

　無理に笑おうとしたせいで、さらに涙が溢れ出た。

「伯父さんのことは、あなたのせいじゃないんだから」

　返事ができなかった。

「メソメソしないの。伯父さんは大丈夫よ」

「ちがうの」

声に出すと涙が止まらなくなり、喋《しゃべ》ることができない。

「どうしたの？」

黙った希美に、母が何度か声をかけた。

「何か心配事があるのね。ちゃんと話しなさい。言わないことのほうが親不孝よ」

「うん……」

どう話せばいいのか分からない。

「希美？」

「お母さん、実は私、いま島根県にいるの」

と希美はようやく言葉を発した。

「出張？　そうじゃないわね」

「あの夜、光一さんは撮影から戻ってこなかったの」

「どういうこと？」

「そのまま行方不明になっちゃった」

希美は堪えられず、今度は声を出して泣いた。

「ど、どうしてそんなこと」

母は驚いたが、すぐに声を抑えて、

「そう」

と黙って泣かせてくれた。

「ごめんなさい、もう大丈夫」

「それで、光一さんは島根にいるかもしれないの？」

と母が尋ねてきた。

「いなくなる前に光一さんが取材した場所の写真が、彼のパソコンの中に残ってた」

警察への行方不明者届は出したものの、事件性がなければ捜索してはくれないこと、だからカメラから転送された写真を手掛かりにして、光一の行動を追うことになった経緯を話した。

「難しいことは分からないけれど、直前までいた場所が分かったのね。だけどあの日からもう一週間以上経つわ。それでも警察はきちんと動かないの？」

「事故の知らせとか、特徴が光一さんに似た身元不明死体が発見されたら、知らせてくれると思う。それ以外は……」

最後の写真を自宅のノートパソコンに転送して、明日で十日になる。

「といっても素人が探して見つかるもんじゃないでしょうに。それに自分の意思かもしれないでしょう？」

マリッジブルーのような憂鬱が男性にもあるのではないかと、母が言った。

「あなたが悪いとか、そんなんじゃなくて、フリーで仕事をしている男の人だから、急にいろんなしがらみが増えることにストレスを感じたとか。それなら、お母さんと伯父さんにも責任があるかもしれない」

「そんなことは……それに仕事まで放り出すはずない」

希美は光一自身が気に入っている雑誌の仕事にも穴を空け、デスクや先輩カメラマンに迷惑をかけていることを話した。

「じゃあ仕事のトラブルかしら」

「それもないと思う」

「だからといって、希美に探せるの？　あなただって仕事があるんだし。いまはお休みもらってるの？」

「会社にいても気になって。有休とった」

「大丈夫なの？」

「会社なんて、どうなってもいい。いまは彼の行方が知りたい」

「……そう、分かった。母さんの昔の知り合いに元警察官の方がいるから、相談してみようかしら」

「そんな人、いるの？」

母と警察官というのが結びつかなかった。

「ええ、まあ。警察関係者から言ってもらえば、真剣に捜索してくれるかもしれないでしょう？」

「もっと早くお母さんに言えばよかったわ。そんな人がいるなんて全然知らなかった」

「現役じゃないから、どこまで口添えしてもらえるか分からないけど。あなたがくれた光一さんの写真を渡してもいいわよね」

上野の国立科学博物館の前にある、シロナガスクジラの実物大模型の前で撮ったものだ。動物の剝製《はくせい》や恐竜の骨格標本が展示してあると聞いて、そういったものが苦手なので館内には入らなかった。希美が彼を撮った中で一番の出来だった。

「うん。ありがとう、お母さん。ごめんね、伯父さんのことお手伝いできなくて」

小さな体で電機メーカーの製造ラインで働き、伯父の看病をする姿を想像すると心が痛む。

「伯父さんもだけど、義姉《ねえ》さんが心配。兄さんと瑛子《えいこ》さん、仲良しだから。あなたは光一さんのこと、気の済むように頑張りなさい。母さん、希美の気持ち分かったから。ただ、くれぐれも気をつけるのよ」

と母は、希美の体を気遣う言葉を何度も投げかけ、名残《なごり》惜しげに電話を切った。

8

母に光一のことを話せたからか、気持ちが少し楽になった。どっと疲れが出てきて、食堂の女性からもらったリーフレットを手にして、敷かれた布団に身を投げた。

枕を胸にして俯《うつぶ》せ、リーフレットに目を落とす。

『ブランド野菜の工場栽培、鍵は水でした。そして次なる一手も水』という見出しで、写真には真っ白な髪をした男性が写っていた。笑顔だったけれど、目が鋭くお世辞にも優しいとは言えない顔つきで、かなりの高齢に見えた。キャプションには『株式会社ＨＩＲＯＮＡＧＡ』の弘永徳蔵《とくぞう》会長、八十四歳とある。会社名は弘永開発だと聞いていたが、少し違うようだ。

弘永開発は岡山県、広島県で土地開発・建設業を展開し、その利益を島根県のＨ村の『株式会社ＨＩＲＯＮＡＧＡ』に投入しているらしい。

『弘永徳蔵氏は、限界集落と化したＨ村の再生を目的に、十年前Ｈ村と共同でプロジェクトを立ち上げ、株式会社ＨＩＲＯＮＡＧＡを設立。七年前に稼働した野菜工場は現在、二百五十名以上の雇用を実らせた。法人設立と同時に計画した水の郷ニュータウン構想も、二百世帯に迫る定住者を実現。今後は野菜の販路拡大と商品開発で五百世帯が暮らす町を目指している』

　プロフィールを読んで、会社名の疑問は解けた。それにしても地方再生が声高に叫ばれて久しいが、わずか十年で二百五十名以上の働く人を迎え入れられるほどの産業を生み出したとは、凄腕の経営者なのだろう。一度限界集落化が始まった村を回復させた数少ない成功例にちがいない。

　ここは、確かに光一が撮ってきた集落とは一線を画す場所のようだ。侘《わび》しさの中にこそある美しさが魅力だ、と言っていたこともある。以前は侘しい村だったのだろうが、いまは勢いを感じさせた。

　宗旨替えでもしたのなら別だが、最後の写真に光一らしさはない。

　希美はリーフレットに視線を戻す。

　記事は記者の質問に弘永が答える形式だ。

――水の販売は二番煎じでは？

「二番どころか、三番四番、もう出がらしじゃと思とります。いやいや、それくらいのほうが日本人はかえって安心できる。必ずしも目新しいことが重要じゃないんです。こんな言葉聞いたことないですか。新しいアイデアというのは、新しい場所に置かれた古いアイデアじゃと。他の水ははじめから飲料水として掘削されたものですやろ。あるいは湧《わ》き水としてすでにあったものか。まあそれにしても飲むことを目的としてます。私たちの水は、水耕栽培のために掘り出した水です。うちのプラントで作られた『あすっこ』『トマト』『レタス』はその水の栄養をたっぷり吸っています。瑞々《みずみず》しく美味しいのは、一遍でも食べたことのある人なら知っておられるはず。そうでしょう？」

――あすっこ、他府県の方にも味と食感が好評です。

「売り上げも伸びてます。栄養価の高さも注目されてますから、安定的な供給ができればますます期待の野菜ですよ。これは主力商品、もっと生産能力を上げていきます。そこに今度はそれらの美味しさの源である水を商品化する。つまり飲料水としてのみ世に出された商品とのちがいが、ここにある。水耕栽培には沢の地下を掘って湧き出した天然水を使用していますが、これには動植物に必要なミネラルが奇跡的なバランスで含まれてました。じゃけー味も栄養価もこの上なくいい野菜ができた。今度はみなさんに飲んでもらいたい。むしろ水の良さが野菜の良さだと分かってもらえる」

——奇跡の水ということですね。それについては、きちんと研究機関のお墨付きを得ているとお聞きしました。

「もちろんです。わしらは商売は玄人《くろうと》でも、そっちのことは素人ですから。水に関しては、五年前から本社近くにある岡山医療大学の保健医療学部に監修をしてもらってます。それを機に、野菜の栄養の分析データも毎年きちんととってもらい、品質管理してきた。そこの研究員が声をあげたくらいじゃからね、奇跡の水じゃって」

——『郷の天然水』にかける思いがよく分かりました。この商品でニュータウンにはさらに定住者をということで、住居の整備が進んでいるようですね。

「集落、村の再生なんか不可能じゃいうてた人もいた。心ない輩《やから》の悪口は、わしの耳にも入ってきてました。けどわしは是が非でもこの土地を消滅させとうなかった。大恩ある大畑家のために、命懸けでこの事業を成功させせんとならんかった」

——そこまで頑張るのは、なぜですか。

「今言った、大畑家への恩返しです。わしらは戦争いう忌《い》まわしい出来事を体験してますから、大げさやなく、こうして生きているのも、大畑喜平《きへい》村長のお陰なんじゃ。

今の人には分からんじゃろが、そのとき受けた恩情には何があっても報いるのが人の道やと思って生きてきた。大恩ある喜平さんが亡くなる際、現在の村長、大畑良喜《よしき》さんのこと、村の今後を託されたんです」

――今後の夢をお聞かせ下さい。

「これまでわしは、たくさんの失敗をしてきました。その経験から、成功いうのは、多くの失敗のすぐ側《そば》にあるもんじゃと確信するようになりました。本当に紙一重のところにある。けどみんな、もうちょっとじゃいうところまできてるのに諦めてしまう。わしは成功するまで諦めなかった。今度の『郷の天然水』も、必ず成功させます。いや成功するまでやり続ける。その結果、現在の目標のさらに上、野菜工場、その他事業で二千人規模の雇用と、一千世帯以上の若い定住者を実現したい。そして弘永メソッドを日本、いや世界に広めていくのがわしの夢です。その夢の実現の前に、ニュータウンに定住を決めた方々の暮らしをもっともっと充実させせんといかんでしょう。自然環境は言うに及ばず、経済面、そして忘れてはならないのが文化面です」

――文化ですか。

「食文化も重要だから郷土野菜を野菜工場の主力に据えました。ただ文化いうのはそれだけじゃない。わしは人生には詩心が大切だと思っとります。先代の村長の薫陶《くんとう》のお陰で、腹と同時に心も満たさんと、ほんとうの豊かさではない、と考えてますけん。島根県と同じ中国地方には偉大な詩人がおられた。永瀬清子《ながせきよこ》いうんじゃが、この方のような詩人を輩出できるような新人賞を創設したいとも夢想しているくらいです。その節はよろしくお願いしたい」

――島根県から、経済、文化の両面にわたり地方再生ののろしを上げる『ＨＩＲＯＮＡＧＡ』の会長、弘永徳蔵さんにお話を聞きました。本日はありがとうございました。

リーフレットの文字を追っているだけなのに、弘永の声が聞こえてきそうな力強さが漂っていた。誌面を飾る写真の、自信に満ちた様々な表情からの印象なのだろう。命懸けで恩に報いるだなんて、時代遅れの感はあるが「成功いうのは、多くの失敗のすぐ側にあるもんじゃ」というのは、伯父が好きそうな台詞だ。

伯父を尊敬していたし、男親への気持ちというものはこんな感じなのだろうと思ってきた。威厳もあるし、叱責はそれなりに怖い。ただ強い男というイメージを伯父に抱いたことはなかった。弘永は、どちらかといえば大好きだった祖父に似ている。

弘永を見ていると、十歳の時に亡くなった祖父を思い出し、頭の中では文字を、野太い声で再生しているのだった。

過疎地で事業を立ち上げた弘永は、紛《まぎ》れもなく強いリーダーシップをとる男にちがいなく、「凄い方がまだまだ日本にはいらっしゃるんですね」と藤原が言った意味も理解できた。詩とは縁遠いような風貌から飛び出す夢想も、絵空事に思えないから不思議だ。

『郷の天然水』のラベルにあった『水の郷秘話』のＱＲコードが、リーフレットの最後の頁にも付いている。

その他には、水の郷ニュータウンにある水耕栽培工場や、水管理システムを制御する管理棟の図解イラストが載っている。水源地の水質を厳密に管理した上に、水耕栽培の作物が最高品質を保てるよう、それぞれに応じた供給システムになっていて、やはり農業というより工業だと思った。高度なセキュリティによって守られた管理のあり方も、最先端企業のイメージだ。

希美は俯せの格好が苦痛になり、仰向《あおむ》けに体勢を変えて天井を見詰める。瞼《まぶた》を閉じればそのまま眠りに落ちると思っていた。体は疲れているのに、神経は高ぶっているようだ。

ふと何でもない疑問が浮かんできた。体を起こしてスマホを見る。布団の上に座り直すと、午後九時なら仕事中かも知れないと躊躇したけれど、網島の番号をタップした。

電話に出た網島に、希美は今日一日の行動をかいつまんで報告した。

「それは大変でしたね。堪《こた》えたんじゃないですか」

「足腰、痛くて。たぶん明日のほうがきついかも」

「しかし、あいつ夜はどこにいたんでしょうね。車じゃないと戻れないし、いやホテルに戻ってないのか。じゃあもっと先に進んだってことですか」

「そのほうが距離があるみたいですけど、今日は日が落ちてしまってダメでした。明日確かめるつもりです」

「写真の場所はすべて確認できたんですね。気休めに聞こえるかもしれませんが、徐々に、やつに近づいているんじゃないですか」

網島が気を遣っているのが伝わってくる。

「あの、もう少しお時間よろしいですか。伺いたいことがあるんです」

と切り出す。

「かまわんですよ。どうぞ」

網島は改まった声を出した。

「紹介していただいた藤原さんが、光一さんから送られた例の写真について、コンセプトが合わないっておっしゃるんです。とくに最後の、人が写り込んでいるのは、光一さんらしくないと」

網島はそれを雑誌に使おうとした。間に合っていたら、雑誌に掲載されていたはずだ。

「人がいたからなんでしょう？　しかし、森の深い感じ、沢の吸い込まれそうな水面の妖しさ、一級品ですよ。それに比べて、今回も代役で、山梨《やまなし》県の限界集落を撮ったんですが、やっぱり自信ないですもん。あいつのようにはいかない。で、どうして、藤原さんの意見が気になったんですか」

「光一さんの最後の写真、網島さんはほんとうにいい写真だと思われたんですよね」

「ええ。人が写っていた以外に。そんなにあいつらしくないかな？」

希美は、写真では暗くて見えないが、プラントへと続く整備された道があり、限界集落とは呼べない街づくりが現在進行していると説明した。

「それを聞くと私も、いままで光一さんが追い求めてきた風景とはちがうな、と感じたんです。それを『限界点』には使わないだろうって」

「素人の藤原さんが分かったのに、なぜプロの俺が雑誌に載せようとしたのか。そう思われたんですね？」

らです」

「単純です。写真の出来がいいのに加えて、プロとしてあいつの強い意思を感じたか
「すみません」

と網島は言い切った。

「強い意思というのは、前におっしゃった限界集落への愛情ですか」

「それもありますが、少しちがいます」

網島は、咳払《せきばら》いをして声を整え、

「表現が難しいんですが、あの写真には獲物を狙う間合いと殺気を感じるんです。あの最後のものだけに」

それは、カメラマンがファインダー越しに被写体と対峙《たいじ》して、これは絶対にカメラに収めねばならないというとき発する独特の熱なのだそうだ。

「それが写真から？」

「ええ、ビンビンと訴えてくる。構図とか露出とかそんな細かいことじゃないんです。一目見て、あいつがハンティングしたいと思い、そして捕獲した絵だ、と分かりました」

だから雑誌に載せたかったのだ、と網島が悔しげにつぶやいた。

希美には、網島の比喩がよく分からなかった。カメラマン同士でしか分かり合えない何かがあるのだろう。彼がそう主張するものを素人の希美がどうこう言えない。

「コンセプトがちがうという藤原さんの意見については、どう思われます？」

「理詰めじゃない部分なんで、何とも言えないな。集落の再生を知っていて、またそこがその源流になる場所だと分かっていても、やつはそこを限界点だと感じていた。私有地でもなんでもその瞬間、瞬間の衝動で雑草を分け入ってしまい、シャッターを切った一枚だった。俺が分かるのは、頭じゃなく感情が突き動かしたんだろうってことだけです」

「複雑な一枚なんですね」

「いや、衝動だから、単純だとも言えるかもしれません」

「あのもう一つ。地元のＰＲのリーフレットに岡山医療大学という名が出てきます。これって彼の妹さんの出身大学ですよね」

「あー載ってましたね。俺も藤原さんから同じリーフレットをもらいました。ええ、そうです、美彩ちゃんは岡山医療大卒ですけど？」

「光一さんがいなくなって、妹さんの大学が出てきたんで、何か妙な感覚に襲われてしまって」

「妙って？」

「このところ、ずっと出てくるのは知らないことばかりで、ひがんでしまうんです。実は私だけが知らなくて、みんなは彼の居場所を知っているんじゃないか、と思えてきて」

言葉にすると、ますます自分が嫌になる。

「被害妄想ですよ。それに考え過ぎだ。こんなときだから何でも光一と結びつけてしまうのは分かりますが、単なる偶然です。これは慰めでも何でもなく聞いてほしい。撮らねばならないと感じた被写体と対峙したときの、あいつの熱量は凄い。見る者の感情を揺さぶる。その熱量を、ある写真を見せられたときにも感じました。結婚したい女性なんだって俺に見せた、あなたの写真だ。窓辺に佇み空を見上げた後ろ姿の写真、あれですよ。たぶんあなたも撮られたことに気付かなかったでしょう。今にも飛翔しそうなしなやかな強さ。そんなあなたの内面を写し出したんだ。あなたを思う気持ちに嘘はない、とプロとして保証します」

網島の言葉を聞きながら希美は、消えゆく飛行機雲を見るために彼の部屋の窓を開けたときのことを思い出していた。同僚がパワハラで会社を辞め、光一との結婚にも反対され、精神的に参っていた時期だった。なのにその写真の後ろ姿に暗さはなく、

いまも大切にしまってある。

しなやかな強さ――。

「ありがとうございます、網島さん」

これまで滞《とどこお》っていた血液が全身を流れ始めたように、希美は感じた。

9

「初井さん、あなた今、島根にいるんだってね」

早朝に鳴ったスマホに出たとたん、聞き覚えのある声がした。

昨夜、網島に美彩の出身大学のことを訊いていたので、夢でも見ているのかと思いながら体を起こす。

「菊池さん」

寝起きの声を出さないように力を込めて言った。

「昨夜遅くに、網島さんから電話もらったのよ」

「網島さんが」

二人は連絡を取り合っている？

「で、何か分かった？」

　と美彩が、希美に考える間を与えず聞いてきた。

「転送された写真の撮影場所を見て歩きましたが、居場所の手掛かりは見つかりませんでした」

　ホテルの部屋を見回し、着ている浴衣《ゆかた》の襟《えり》を直して、現実だとはっきり認識した。

「今日で十日だものね。それに素人《しろうと》のあなたが行って見つけられるとも思えないし。地元の警察はどうなの？」

「案内をしてもらっている方の話では、警察に事故などの報告は届いてないって言ってました」

「そう……」

　美彩の言い方には、少しも安堵感がない気がした。

「どうしてお電話を？　そちらで何か分かったんですか」

「網島さんから電話をもらう前から、あなたには連絡したいと思ってた。突然電話して悪かったわ」

　美彩が沈んだ声で言った。

「やっぱり何か？」

座り直そうと引き寄せるふくらはぎの、筋肉が痛い。筋肉痛は腰や背中にもあった。

「あなた、私の出た大学について、網島さんに聞いたんだって？」

「はい。泊まってるホテルにあったリーフレットに載ってたんです。野菜工場の監修をしてもらってるって」

「弘永開発ね？」

希美が説明する前に、美彩がその名を出した。

「ご存知なんですか」

「岡山医療大学保健医療学部は私の在籍していた学部よ。その野菜工場の監修をしてるチームの責任者が、私の先輩なの」

「そうですか、それで」

「あのね、初井さん」

美彩の声が明らかに変わった。無駄口を叩《たた》かせない厳しさだ。

「はい」

希美は緊張の声を出した。苦手意識がまとわりついている。

「さんざん迷ったんだけど、網島さんの電話で、やっぱり言っておいたほうがいいと思って、あなたに話す。だから落ち着いて聞いてほしいの」

「分かりました」

枕元の腕時計を見る。藤原が迎えにきてくれる時間まで二時間ほどあることを確認して、窓際の籐《とう》の椅子に移動した。

「さっき言った私の先輩の名前は、下槻優子《しもつきゆうこ》さん。とても優秀で、かっこ良くて多くの同学部の女子が憧《あこが》れている人なの。保健医療学部でも私たちが研究していたのは、日本の水質環境についてだった。生命の源である水が文明の発達によってどんどん変化している。平たく言えば汚染されている状況を調査、分析して、人体への影響を研究してた。要は化学物質が健康にどんな害を与えるのかってことね」

美彩は食品添加物の安全性を研究していたので食品メーカーに就職したけれど、三つ上の下槻優子は大学院を終え、研究者として歩み始めていたという。

「優子さんは優秀だって言ったけど、それと研究学会での評価とはまた別ものなのよ。言いたくないけどまだまだ男社会でね。とにかく論文を書かないとダメ。そのための実験にお金も時間も必要になる。いくつかの大学で非常勤講師をやってるけど、そんなの焼け石に水だわ」

大学非常勤講師の収入はとても安く、五カ所くらいハシゴしても独身者がカツカツの暮らしを強いられるのだ、と美彩は横道にそれたが、

「それで、あなたの読んだリーフレットに話は行き着くわけ」

と話を戻す。

「野菜工場の監修ですか」

「そういうこと。研究費を何とかしたいと、スポンサーを探した。そして声をかけたのが大学のある総社《そうじゃ》市に本社があった弘永開発だったのよ。土地開発とか建設業は環境問題に直結してるから、社会貢献をすべきだと言ってね」

弘永開発は、いま取り組んでいる水耕栽培事業、つまり野菜工場の監修をするなら研究費用を援助してもいいという返答だったそうだ。

「その話、光一さんと関係あるんですか」

落ち着いて聞け、というほどの内容とは思えなかった。

「あるの、大あり。私の卒業した五年前、弘永開発の限界集落を救う取り組みはすでに始まっていたけれど、ほとんど知られてなかった。でも兄は摑んでいたのよ」

「彼は限界集落ばかりに目を向けてたから」

それは当然だと言いたかった。

「そうじゃなくて弘永開発のことよ」

「どういうことですか」

「アンテナを張っていたから弘永さんのことを知ったの。つまり限界集落とはいえなくなることを予測した」

「ちょっと待ってください。限界点の取材場所を決めたのは光一さんなんですよ」

希美は、光一が自ら尾坂デスクに進言したらしいことを美彩に言った。

「それは……分からない」

「じゃあ、光一さんが転送してきた写真の場所が、弘永開発に関係するってことも知ってたってことですか」

昨日訪れた野原や沢、森の存在を光一は五年も前から知っていたのかもしれない。もしそうなら、やはり「限界点」と呼ぶのに相応《ふさわ》しくない場所だということも分かっていて、カメラに収めたことになる。

「写真の、あの風景ね……」

美彩は思い出すような声を出し、

「私自身は行ったことないから、あれが弘永開発と関係のある場所だってことも、私は知らない」

と言ってさらに続ける。

「でも兄は、優子さんから聞いていたと思う。森林環境と沢の水の関係を調査してたのは、先輩だから」

　優子の名を出す前に、少し間が空いた気がした。

「菊池さんの先輩の優子さんという人と、ここの話を？」

　希美と光一との間で、島根の話題が出たことはない。結婚後に住む候補地だと考えていたことも知らない。

　東京を離れ地方に移住しようと計画していたのは、光一と希美なのだ。なのにその場所をよく知るのは、他の女性だったというのか。新居になるはずの場所が、真《ま》っ新《さら》ではなく汚された感覚があった。

「それはね……気分がよくないと思うけど、実は、あなたと出会う前に、兄と優子さんは付き合ってた」

「……そうですか」

　希美の悪い予感は得てして当たる。

　光一と出会ったのは三年前、彼が二十八歳の頃だった。それまでに交際相手がいたとしてもおかしくない年齢だ。なのに「あら、そうだったんだ」と軽く笑えなかった。

「初井さん、私、そんなことを言うために電話したんじゃない。結論から言うと、優子さんとも連絡がつかないのよ」

美彩は、光一の島根県への取材を知ったとき、その時点では優子とは結びついていなかった。が、島根県への長い道のりを飛行機を使わず、なぜわざわざ時間のかかる鉄道にしたのかが疑問だったという。転送写真の邑南町という文字を見たときに、岡山駅を経由することが目的ではないか、と思いついた。

「光一さんが、優子さんを訪ねたという意味ですか」

「ええ、そう。さっき網島さんと話してたら、九州料理居酒屋『たから舟』のことをあなたから尋ねられたって聞いた。あそこには私も兄と、優子さんとでよく行ったの。先輩の出身が熊本《くまもと》だから」

出身地という理由が、優子と光一との親密さを強く感じさせた。二日に光一が予約を入れていたのは、優子と会うためだったということか。元カノとこっそり会っていたなんて信じられないが、もしそうなら希美に言えるはずもない。

黙ったままの希美に、美彩が話し続ける。

「それで、兄が優子さんを訪ねたんじゃないかと思って、連絡をとったんだけど繋《つな》がらない」

美彩には、竹宮麻美《たけみやあさみ》という同学年で研究室に残った親しい友人がいた。麻美なら優子に連絡がとれると思い、電話したのだという。

「今月の十九日から研究室に姿を見せないんだって言うの。兄が島根へ出発した次の日だわ」

「そうですけど」

関係ない、と言い切りたかった。でないと、光一と優子が行動を共にしていると思い込んでいる美彩の考えを認めるようなものだ。しかし、希美には否定する言葉が、まるで浮かんでこなかった。

「こんな偶然、あると思う？」

偶然。希美の最後のよりどころを美彩は事もなげに打ち砕いた。

「でも、そんなおかしなこと。どうして二人がいなくなる必要があるんですか。もしそうだとして、大事な仕事を放り出すのは変じゃないですか」

「変よ。変だから、焦《あせ》ってるんじゃない」

動悸《どうき》と耳鳴りが激しくなり、美彩の声が妙に遠くから聞こえる。

「もしもし、初井さん？」

返事をしようとするけれど、息が吸えない。

「どうしたのよ、返事くらいしてよ……」

大きく息をするために、いったんスマホを耳から外した。少し耳鳴りが和《やわ》らいだので再びスマホを顔に近づける。

「……ちょっと、聞こえてるの」

「あっはい、すみません」

頭の芯が重い。

「これは確認ね。あなた、うちの大学のことは、そのリーフレットで見たからって言ってたけど、本当にそれだけ？」

「はい」

「兄を追っていて、うちの研究室にたどり着いたんじゃなかったのね。とにかく研究室も大変なことになってる。私もそっちに行く」

「菊池さんが？」

「そんな嫌そうな声、出さないでよ。悪いけどあなたには予定を変更してもらう。事態は深刻なの。いい？」

「分かりました」

抗《あらが》える心境ではなくなっている。

「今日の夕方、大学の研究室に着けると思うから、そうね、午後七時にＪＲ岡山駅前のビジネスホテル『ＳＲ岡山』ってとこのラウンジで落ち合いましょう。電話で話せないこともあるの」

電話が切れたのを確認して、希美は藤原に謝罪し予定の変更を告げた。光一を探す気力を失い、藤原と顔を合わせる気にもなれない。希美の声が沈んでいたのだろう、何かを感じた藤原は、

「いつでも声をかけてください。先生と奥さんを僕たち島根の住民はいつでも大歓迎ですから」

と真剣な口調で言ってくれた。

10

「初井さんもここに泊まるでしょう。部屋とっておいたわ」

駅前ホテルのラウンジで落ち合い、ソファーに座ると美彩が言った。

「ありがとうございます」

と希美もバッグと一緒に席に着く。

「食事は？」

「いえ、まだです」

「じゃあサンドイッチ頼むから、適当につまみながら話しましょう。少し痩《や》せた？」

「山道歩いたんで」

疲れているだけだ、と希美は答えた。

「移動だけでも疲れるわよね。申し訳ないと思う」

美彩が目を伏す。

「それは菊池さんも同じです、お疲れでしょう」

「うん。でも、一大事だから」

そのとき水を運んで来たウエイターに、美彩はクラブハウスサンドとパンケーキにアイスティー、希美はコーラをそれぞれ注文する。ウエイターの背を見て、

「研究室に寄って、友人の竹宮麻美に会った。優子さんは自宅にもいないし、いまだに連絡も付かない。思った以上に大変なことになってるようだわ」

悲しげな目を希美に向けてきた。

「本当に光一さんは優子さんと会ったんですか」

感情を殺すために言葉の抑揚《よくよう》を抑えた。

「あなた撮影現場に行ったんでしょ？　歩いていける場所だった？」

「レンタカーでもないと無理だと、案内をしてくれた人が言ってました」

希美は上下に揺れる悪路の腰への振動を思い出した。

「やっぱりそうよね。優子さんの車がなくなってるそうよ」

軽自動車ながら四駆で、少々の山道にもへこたれないものだそうだ。

「光一さんは優子さんの車で」

「こんなこと軽々しく言えることじゃないのは承知の上で、客観的な情報を見るかぎり、二人は一緒であり、かつ危険な状況かもしれない。私も研究室のスタッフもみんな心配してるわ」

だから矢も楯もたまらず、岡山に飛んできたと美彩は言った。

「二人が一緒……」

希美の知る光一とはちがう面がまたひとつ増えた。しかし、網島の昨夜の言葉をいまは信じよう。

軽食と飲み物が運ばれ、テーブルに並べ終わるのを待ち、

「あなたにとってはショックでしょうけどね」

と、美彩がアイスティーにシロップを入れ、ストローでかき混ぜた。

「あの、危険な状況ってどういうことですか」

希美がコーラで喉を癒《い》やした。

「……研究室で多額の使途不明金が発覚した。弘永開発からの監修費、ほぼ全額八百万円の行方が分からないのよ。銀行から引き出したのは優子さんだってことははっきりしてる」

「どうして優子さんだと分かるんですか」

「私だって先輩を疑いたくはないけど、優子さん自身が、会計担当の麻美に通帳と印鑑を用意させたの」

「使途不明だといえるんでしょうか。何か急に入り用のものがあったんでは？」

なぜ優子の肩を持っているのだろう。

「それなら麻美にその旨を伝えるはずだわ。これからの研究計画を立案するのに、確かめたいことがあるとしか言わなかったみたい。それならと通帳を渡したら、印鑑も貸してと、とても厳しい顔つきで要求したそうよ。その態度に麻美は逆らえなかったって。だから危険だと言ったのよ」

美彩が肩をすくめ、

「危険の意味、まだ分からないようね」

と睨《にら》み付けてくる。

希美は黙って視線を返した。

「監修する対価として受け取ったお金よ。それは大学への寄付という位置づけになる。だから大学のものだわ。それを持ち逃げしたとなれば犯罪よ。警察沙汰《ざた》になりかねない。その優子さんと行動を共にしてる兄だって罪に問われる」

自分たち二人は、犯罪者の妹と交際相手になるのだ、と美彩は声をひそめて言った。

「もし光一さんが一緒ならそんなことさせませんよ」

光一は、時間にルーズな面があったことは認めるが、金銭については神経質なほうだった。

「まだ二人が一緒じゃないと思ってるのね」

「連絡を取ってたってことだけじゃないですか」

今度は抗議に近い口調で希美は言った。いまだに連絡を取り合っていたり、こっそり会っていたのは悔しいけれど、だからといって二人が共に行方をくらました証拠にはならない。

「無理もないか、恋人だから。でもあなたに見てもらいたいものがある」

美彩がさらに難しい表情を見せ、傍らのバッグを膝《ひざ》の上に置き中をまさぐる。そして取り出したのは、一枚の一筆箋《いっぴつせん》だった。

そこには『もののあわれは、私たちが「移りゆく者」「死すべき者」であることに根ざしている』とだけ書かれていた。

「これは……光一さんの字」

「やっぱり、そうよね。ここしばらく手紙のやり取りがないから、あなたに確認してもらいたかったのよ」

「文面も知ってます。彼が『限界点』の第一回の冒頭で書いた言葉です」

日本人の持っている時間の感覚は、常に自分自身も去りゆく者というところで共有できている。町の盛衰《せいすい》を目の当たりにして、そこに自分たちの盛衰を重ね合わせることができる物差しを持っている、と光一は書いた。

以前、彼が尊敬する日本屈指の写真家、江成常夫《えなりつねお》の話をしてくれたことがあった。江成は病気療養中に新たな写真のスタイルに挑んでいた。例えばかぼちゃを庭先に放置し、それが朽ち果てていく様子を写真に収めるという方法だ。かぼちゃは傷《いた》み、変色し腐っていく。痛々しく無残だ。けれど最後に残るのは種だ。そこに撮影者自身は光を感じているのだろう。写真を見た人間にも未来を予感させる。そんな風に思えるのは、同じ時間の経過をたどり、いずれは朽ち果て、この世を去る者として写真を見るからだ、と光一は語っていた。

つまり光一の写真における哲学みたいなものが、今手にしている一筆箋の文章に凝縮されているといってもいい。

「雑誌の第一回っていつだった？」

「四月の第一週です」

「そう。それ、研究室の優子さんの引き出しの中にあった。大切に封筒に入れてね」

「………」

希美は思わず一筆箋から手を離す。紙片は音もなく、テーブルの上に落ちた。「日本の限界点」の核になる部分を光一は優子と共有していたのか。

「それ、永瀬清子という詩人の言葉なんだそうよ。岡山県出身の麻美はよく知ってるみたいで、彼女が私に教えてくれた。優子さんも大好きだって」

どこかで聞いた詩人の名を美彩は口にした。

そうだ、弘永徳蔵のインタビューに登場していた。徳蔵は永瀬清子の名を冠した新人賞を創設したいとも言っていたはずだ。

「その詩人のことを、光一さんも？」

「みたいね。兄も優子さんに感化されたのかしら。その永瀬清子には、兄の好きな宮澤賢治についての文章があると麻美が言ってた」

詳しくは分からないけど、と美彩は言った。

希美は、もう一度一筆箋を手にする。光一が優子に感化されていたとは思いたくない。
「兄は車じゃないと無理なところで、写真を撮った。同じ頃、優子さんは車で出かけ、二人とも家に戻ってない。かつて二人は交際していて、兄の書いたそれを後生大事に職場の引き出しに保管していた。二人とも連絡が付かないことを加味すると、今二人が行動を共にしていると考えるのは、荒唐無稽《こうとうむけい》な想像だと言えるかしら」

「優子さんのご家族には確かめたんですか」

「麻美が真っ先にね。優子さんのお母さんは看護師さんで、薬局をされてたお父さんは学生時代に病気で亡くなってるから、実家は今はお母さん一人。やっぱり、いなくなったなんて言えないから、聞きづらかったみたいよ」

「お母さんがお一人、ですか」

母も、希美が失踪したと聞けば動揺するだろう。気遣いを見せた竹宮麻美という女性に好感を抱いた。

「電話でやり取りしてるらしいけど、ここ何年も里帰りはしてない。優子さんにはしっかり仕事しなさい、とおっしゃってたそうよ」

「それなら、優子さんがいなくなったなんてお母さんに言えないですよね。いったい何にそんなお金が必要だったんですか。それにすぐにバレることくらい分かりますよね。二人とも馬鹿じゃないんだから」

　希美は、何も知らずに娘を心配する母親を思うと、言葉が荒くなった。

「麻美の話では、そう思うとここひと月ほどの優子さんは、どこか変だったたって言うのよ。物思いに耽《ふけ》るというか、心ここにあらずって感じだった。何度か呼ばないと返事がないってこともあったようだわ。切羽詰まった金銭的なトラブルがあった可能性もある。一時的に借りたのかもしれないし」

「なら、姿を消すことないじゃないですか」

「金銭面で兄のほうはどうだった?」

「トラブルなんてないです。雑誌の仕事も順調に行くはずだったし」

「いずれにしても二人を見つけないと。今は、お金のことは麻美しか知らない。でも、会計としてずっと黙っている訳にもいかないわ。明後日《あさって》には検査機器のリース料が引き落とされるから、何とかしないとね」

　リース代は三十万円以上だから、簡単に立て替えられないし、と美彩がことさら大きなため息をつく。

「明後日……」

「私が焦ってるの、分かったでしょう？」

「どうするんです？」

「とにかく明日、優子さんの部屋から、手掛かりを見つける」

「光一さんの時のようにプライバシーの問題があるんじゃないですか」

「その点は大丈夫。学生時代から同じ住まいだから」

明日、八時にここを出ましょう、そう言うと美彩はパンケーキを頬張る。

希美も負けじとサンドウィッチを口に運んだ。


翌日ホテルからタクシーで、美彩の母校にほど近い住宅街にある、優子の下宿先の川森《かわもり》家に向かった。

周りには小振りのマンションが建ち並んでいるが、川森家は見るからに旧家で二階建ての大きな屋敷だった。

「全然変わってない」

懐かしげに、立派な門を眺める。

「来られたことがあるんですか」

希美は美彩の背後から訊いた。

「何言ってるの、私もここにお世話になってたのよ。下宿人たちみんな仲良くって。だから大家さんもよく知ってるの」

と美彩が微笑んだ。いつもの威勢のいい美彩ではなかった。

昔共に暮らした憧れの先輩が、お金の持ち逃げをした事実を受け止められていないようだ。空疎な気持ちは希美と同じなのかもしれない。

美彩は玄関口から生け垣のほうへ歩く。家屋の側面を進んだ先に、もう一つ小さな門があった。そこを入ると庭の先に別の木造家屋が現れた。

「離れが下宿よ。下宿する者も、下宿人に用事がある人も母屋《おもや》ではなく、ここから出入りするの」

「敷地が広いんですね」

「本業はお醤油の蔵元さん。自宅側からだと分からないけど、角を曲がったお店側だと、川森醤油の看板が掛かってる」

そう言いながら、美彩が戸口のインターフォンを押す。

「はい」

若くはない女性の声がした。

「お電話していた菊池、あ、いえ千住美彩です」

「あー美彩ちゃん。入って入って」

歓迎の声に、

「お邪魔します。知り合いも一緒です」

と美彩が答え、引戸を開けて中に入る。

「ほんまに懐かしぇじゃ」

黒光りした廊下の奥から、眼鏡をかけたエプロン姿の女性が足早に近づき、スリッパを出してくれた。

「よう来てくれさったね。何年ぶりじゃろうか。でぇれきれいになられて」

女性は嬉しそうに、二人を六畳ほどの和室に請じ入れる。

「ご無沙汰してしまった上に、突然ですみません。こちらは、兄の知り合いの初井さんです」

出された座布団に座る前に、美彩が女性に紹介した。

「初井です」

頭を下げた。それ以上、どう言えばいいのか分からない。

「こちら、在学中お世話になった大家さんの川森恵里《えり》さん。昔もいまも恵里さんって呼ばせてもらってる」

「ようこそ、よろしくね」

恵里はお辞儀をすると、美彩に向かって言う。

「優子ちゃん、どうしたんじゃろ。あんなに真面目な人が連絡もせんと仕事休むなんて。実家の親御さんには確かめた？」

「研究室の者が」

美彩が即答した。

「そう。こっちにも帰ってきた様子はないし、心配じゃね」

「あの、優子さんの部屋は、昔のままの二階の奥ですか」

「ええ、変わっとらん、そのままじゃ。その手前の美彩ちゃんが使《つこ》とった部屋は、新しくできた短大の文学部の学生さんに貸しとるけどね」

「ここには、今何人が下宿してるんです？」

美彩が尋ねる。

「優子ちゃん入れて、四人。一番多いときは七人じゃった。義母《かあ》さんも元気じゃったし、張り切っとった」

一昨年の急死は本当に驚きだったと、しみじみとした表情で恵里は美彩の顔を見る。

「ほんとうですね。美津《みつ》母さん、元気いっぱいの方だったから、八十歳を前に亡くなるなんて思っていませんでした。知らせをもらったとき、優子さんとも話をしたんですけど、彼女、相当なショックだったみたい」

主に下宿人の世話を焼いていたのは川森美津で、親しみを込めて「美津母さん」と呼んでいたようだ。

「二人は仲良しじゃったから、身内の私らよりもでえれぇ悲しんでた」

「電話の声だけでしたけど、あの感じじゃ立ち直るのに時間がかかるだろうなって思いました」

「お義母さんは女学生が好きじゃった。優子ちゃんは特別可愛がってたさけな。実の孫みたいに」

「優子さんは茶道を心得てたから、二人でお茶を点《た》てたり。私もよくお相伴《しょうばん》にあずかりました」

「優子ちゃんにとっては泣きっ面に蜂じゃ。あんたのお兄ちゃんと別れてしもうた後やしね。ほんまにお似合いだと思っとったんじゃがね」

「あの、恵里さん、優子さんの行方を知りたいので部屋を」

美彩は気を遣ってくれたのか、作り笑顔で恵里の話を変えた。

「ああ、そうじゃった、そうじゃった。連絡がつかんいうのはほんまに心配じゃね」

　三人は、廊下に出て二階へ上がる。

「ここ、私が住んでた部屋だったの」

　階段を上り切り、黒光りの廊下を二部屋通り過ぎた場所で、美彩が希美に言った。

「じゃあ隣が？」

「そう。ほとんど寝食を共にしてたって感じ」

「そうじゃね。うちはトイレも台所も共同じゃから、家族みたいになるわのう。文学部の子は初めてで、やっぱり学んどる学問で雰囲気がちごうとるけど、不便を承知で住んでくれとるわ」

「お風呂も共同。仲悪かったらどうしようもないけど、楽しかったです」

　一番奥の部屋の前で、恵里が鈴の付いたキーホルダをエプロンのポケットから取り出した。

「恵里さん、立ち会ってくださいね」

　美彩が言うと、鍵を木製の開き戸に差込みながら、恵里が二人のほうを見た。

「そりゃそうじゃね。時間かかる？」

「三十分ほどいただけるとありがたいんですが」

「それくらいなら。急《せ》かして悪いけど、職人さんのお昼の支度しないといけんの。堪えてつかんさい」

　恵里は頭を下げて微笑んだ。

　大きな目にふっくらした頬《ほお》が優しそうだ。美彩との会話から、義母の面倒見の良さを恵里が引き継いでいるのだろうと思った。

「こちらこそ、急に押し掛けてすみません」

という美彩と共に、希美もお辞儀をした。

「お友達、びっくりしてるんじゃなかろうか。下宿人いうても勝手に部屋に入るじゃなんて、プライバシーの侵害じゃって」

　希美は苦笑するだけで返事できなかった。

「優子ちゃんは特別じゃけんね。中に入ったら分かるよ」

　恵里が戸を開く。

はじめに目に飛び込んできたのは、棚に置かれたいくつかの苔玉《こけだま》盆栽の緑だ。備前《びぜん》焼《やき》だろうか、皿や鉢に丸い苔、そこからオリヅルランの葉が長く伸びている。目で数えると五鉢あった。

「研究とか論文で帰れない日がたまにあって、この子らの世話を頼まれとります」

「世話、ですか」

希美が苔の緑を見渡す。

「世話いうても乾かんように霧吹きでお水をあげることと、窓を開けて換気するだけじゃ。ただ、それをせんかったら枯れてしもたり、蒸されてカビが生えたりしてあかんようになる」

「それを恵里さんに頼んでるの、優子さんは。長いですよね、苔玉盆栽歴。私も世話したことあります」

美彩が苔玉に近寄り、猫でも撫でるような優しい手つきで苔玉に触れる。

「大学の入学時からじゃなかったかな。美彩ちゃんがここに来んさったんは院生からじゃのう?」

「そうです、美津母さんに無理言って」

「で、美彩ちゃんのお兄ちゃんと優子ちゃんは知り合《お》うたんじゃったな。まだ忘れてないみたいで、壁に掛かってるじゃろ、あんたのお兄ちゃんが撮った写真が」

恵里が見た壁に目をやる。

そこにはＡ４サイズに引き伸ばされた、海に浮かぶ小島のモノクロ写真が貼られていた。それは見覚えのない、どこかの海岸から望む島だった。光一の写真といえば山間の森、荒野、手入れされていない河川敷や田園風景ばかりで、海が写ったものは見たことがない。

「海なんて」

写真の凪《な》いだ海に心が乱され、カーッと顔が熱くなるのを感じた。

「初井さん、三十分しかないのよ。早く手掛かりを見つけないと」

美彩が、希美の肩を叩いた。

「そうですね」

「そうよ、余計な考えは捨てて」

「はい」

「じゃあ、こっちに避難しとる」

恵里は優子のデスクの椅子を戸口付近までひっぱり、そこに腰掛けた。

「すみません。そこで私たちが何も持ち出さないことを確認してもらいます。まずはデスクの上から見ますね」

美彩が横目で促《うなが》す。

しかし希美は、会ったことのない優子の部屋を物色することの後ろめたさと、光一の痕跡を見つける怖さに手が動かなかった。

デスクの上には書きかけの論文をプリントアウトした束と関係書籍が、こぼれ落ちそうになっていた。ただ中央にはものを書いたり、書物を読むには十分なスペースが空いている。優子が几帳面なのか、ずぼらな性格なのか、希美には分からなかった。

「付箋だらけですね」

書類や書籍には多くの付箋が貼られていた。

「そこは私が調べる。あなたはデスクの引出を抜いて、恵里さんの見えるところに持っていって」

「いいんですか」

「手掛かり、探したくないの？」

希美は意を決して、デスクの引出ごと抜いた。それを恵里が座る椅子の下まで運ぶ。

そこには一筆箋や手紙、ハガキなどと、何も書かれていない便箋がしまわれていた。

「プライベートな品じゃけんど、居所を知るためじゃからしゃーないじゃろね」

頭上で恵里の声がして、逡巡《しゅんじゅん》する希美の背中を押した。

一つずつ手に取り、黙読する。一筆箋はどれも研究員たちとのやり取りのメモか、優子自身の覚え書きのようなものばかりだ。中には水質調査へ出かける際の交通費の詳細とか、手順を書いたイラストもあった。

ハガキは研究員からのものが多く、大体が旅行先からの絵ハガキだ。休日を楽しんでいるという文面がほとんどで、一斉に休むことができなかったことが想像できる。

『優子さんたちが汚泥《おでい》と格闘しているのに、私だけモルジブの透明な海で泳いでいていいのかな』

『次は優子さんだよ。たまには休みをとってくださいねー』

『本当はみんなでこられたらいいんですが』

『優子さんお勧めのアスピーテライン、最高でした。もちろん地熱温泉も』

ハガキ類の最後に手が止まった。どことなく部屋の壁に貼ってある写真に似た風景をそこに見たからだ。裏返して文章を読む。

『大勢のカップルや家族連れが楽しそうに笑っています。はしゃぎ声であふれかえる臨海公園には、長閑《のどか》な風が吹いています。優子さんから話を聞いて、実際の場所に立つと、足の裏から人や魚の悲鳴が聞こえてきそうで、怒りが込み上げてきます。私たち研究者の存在意義を試されている気さえして、戻ったら調査研究に頑張ろうと思いました。優子さんのお母さんにお目にかかりました。大丈夫、元気でしたよ。安心してください』

差出人は美彩の友人、竹宮麻美。日付が四月二十八日と最近のものだった。

彼女は休みに優子の実家を訪ねた。優子の実家があるのは、九州の熊本県だと美彩が言っていた。ならばあの写真も熊本の海岸なのだろうか。

希美は壁の写真を凝視する。ハガキはカラー写真で、島のかたちが似ていた。ただアングルがちがうと、まるでちがって見えることがある。島のかたちをハガキと見比べていると、美彩が書棚や押し入れを調べている姿を目の端にとらえた。

「あの、菊池さん」

「なにか見つけた？」

美彩が振り向く。うっすらと額に汗が滲《にじ》んでいた。東京より幾分気温が高いからだ。ましてや盛岡に住む美彩には暑いのかもしれない。

「そこの島の写真ですけど」

「ああ、それ、いまは気にしないの」

椅子の恵里のほうを横目で見て、美彩が片目を瞑《つむ》り小さく首を振る。美彩の顔つきが、友人としてここにいるのだから嫉妬《しっと》は見せないで、と言っている。

「いえ、変な意味じゃなくて、単純にどこの海なのかなって」

希美は明るい声を出した。

「それは優子ちゃんの故郷の海じゃ」

後頭部に恵里の声がした。

「優子さんの？」

「元カレとの思い出じゃろうね」

美彩が咳払《せきばら》いをして割って入り、

「水俣《みなまた》の海よ。公害をまき散らしたチッソって会社、知ってるでしょう？　その諸悪の根源があった工場と、汚しに汚し殺してしまった海を埋め立てて公園を作った。そこからの風景を兄が撮った。一見、きれいになって、憩いの海岸公園、エコパークになってるんだけど、その足許《あしもと》にはメチル水銀で汚染されたヘドロと、魚の死骸《しがい》を詰め込んだドラム缶が埋まってる。多くの人を苦しめた上に、さらに多くの生き物の命を踏み台にしてるのよ。兄はそこに疑問を感じたってわけ。あくまでジャーナリズムの観点ね」

と早口で説明した。

「そうなんですか。水俣……」

水俣病が、チッソという会社の廃水によって引き起こされた公害病だということくらいは、希美も知っている。漁村で水俣の魚を食べ、踊り出してそのまま狂死する猫や、激しく痙攣《けいれん》する人の姿を映像で見たこともある。そんな悲惨な現実とかけ離れた風景が、光一の写真にはあった。謂《い》われを知れば、その穏やかな美しい海に、光一が釈然としない何かを訴えようとしたと思えてくる。

「優子さんのお祖母《ばあ》さんも水俣病で亡くなった。その様子を間近で見ていたお母さんは看護師、優子さんは水質浄化のエキスパートの道を選んだって訳。一般にはあまり知られてないけど、有機フッ素化合物除去の研究がやっと認められてきた。それにしたって、八割方優子さんの研究の成果なのに、特許共同出願だったと聞いてるわ。女性が研究者としてやっていくのは大変なのよ。だから、めげそうになると原点に立ち返らせてくれるものが必要になる。歯を食いしばって頑張るために、ね。だから、その写真はチャラチャラしたものじゃないわ」

「そんな風には思ってません。ただ、このハガキを読んだので」

希美は立ち上がり、ハガキを美彩に手渡した。

「麻美、水俣に行ったんだ」

美彩は、親しみのこもった声を上げた。

「同じ島ですね、やっぱり」

「水俣湾に浮かぶ恋路島《こいじしま》。さっき言った埋め立て地にあるエコパークの人気スポットから撮ったものよ。分かったら、もういいでしょ」

「竹宮さんは、優子さんのお母さんに会われたみたいなんですけど、具合でも悪いんですか」

ハガキの「大丈夫、元気でしたよ。安心してください」の言葉に、母の体への強い気遣いを感じた。

「さあ、どうなんだろう。恵里さん何か聞いてません？」

美彩が恵里を見る。

「優子ちゃんは自分のことは喋《しゃべ》らんけ。何も聞いとらんね」

「麻美に聞いてみます」

その後、希美たちは黙々と優子の行き先を示唆《しさ》する手掛かりを探した。しかしこれと言って何も見つからなかった。

「白衣がきれいに畳んであって、いますぐにでもただいまって帰ってきそうじゃけどな」

棚の目覚まし時計を見ながら恵里が、美彩に言った。

美彩は通販で宣伝しているような、回転式の洋服掛けを探り、

「調査に出るときは、どんな格好を？」

と訊《き》いた。

「そうじゃね、調査の時は登山の人が着るようなオレンジのジャケットじゃったわ」

「オレンジのジャケット……ここにはないわ。あの恵里さん、靴箱も見ていいですか」

「そんなもんまで、私の許可はいらんじゃろに」

恵里が肩をすくめた。

「それじゃここはこれくらいにして」

美彩が、約束の三十分も過ぎたことだからと希美に目配せすると、原状回復して三人は廊下へ出た。

「美彩ちゃん、下駄箱は監視いらんじゃろ?」

と訊きながら、恵里は施錠する。

「いいえ、申し訳ありませんが、やっぱり立ち会ってください」

「誰も美彩ちゃんを疑ったりせんのに」

「一分もかかりませんから」

美彩は拝むような格好をした。

「しょうがないね」

恵里の後を二人は付いて玄関に行く。美彩はヒールを履き下駄箱の前に立った。

下駄箱は木の扉を開けると五段の棚になっていて、段ごとに割り当てられている。

優子が使用していたのは最上段だった。

「調査に出るときの長靴もトレッキングシューズもないわ」

靴を確認している美彩が、サンダルに履き替える恵里に訊いた。

「それじゃ、調査に出かけとるんじゃろ。一週間くらい帰らんこともある。けど研究室に無断はいかんね」

「そうですね。恵里さん、今日はお手間取らせてすみませんでした。今度またゆっくり」

美彩が框《かまち》の恵里に声をかけた。

「案外、ふらっと帰ってくるかもしれん。竹宮さん、捜索願を出したみたいじゃが、戻ったら優子さんびっくりするんじゃなかろかね」

恵里は笑ってみせた。

美彩はお辞儀をすると、希美を顧みず歩き出す。そして川森家の門が見えなくなった頃、

「やっぱり二人は一緒……」

とつぶやいた。

11

希美は美彩に連れられて、研究室にいた。大学院内の七階建てのビルの二階がラボで、一階に各研究室の共用スペースがあった。そこの応接テーブルで待っていたのが竹宮麻美だ。

「二日も家を空けて、大丈夫なの？　菊池さん、よく許してるわね」

麻美は小柄で長髪を後ろに固く結び、大きめの眼鏡《めがね》をしていた。移動中のタクシーで聞いた話では、四つになる女の子の母親ということだったが、化粧っ気のない童顔は既婚者どころか女子大生でも通用するように見えた。

「許すも許さないも、兄に続いて、先輩がいなくなったんだもの」

そう言ってから、美彩は夫との距離をとる口実も手伝っている、と漏らした。学生時代の友人にだから吐ける本音のようだった。

「同郷っていうだけで、シンパシーを抱いちゃったのよね」

麻美が、からかうように横目で見る。

「相手のことをろくすっぽ知りもしないで結婚したのが、大間違いよ」

と言ってから、光一の交際相手だ、と美彩が希美を紹介した。

「そうなの。優子さん、何を考えているんでしょうね、まったく」

麻美の口調は憤《いきどお》っているけれど、目には同情の色が漂っていると感じてしまう。

「優子さんの部屋を見てきた」

「お金、なかった？」

「見当たらなかった」

「あーどうしよう。優子さんが戻ってこないのなら、リース代なんとかしなきゃ。少し待ってくれるように頼んでいるんだけど、代行業者だからまず無理よね。日割りで利子だけはシビアに加算されるし」

「引き落とし金額だけど、全然ないの？」

美彩が目を落としたテーブルには、自動販売機の紙コップが並んでいて、細かい氷とアイスコーヒーが入っていた。

「厳密に言うとね、二十八万円足りない。顧問以外の事業で多少入ってくるお金はあるけど、それは研究スタッフの給料で消えていくから回せない。優子さんも持って行くなら今月の経費くらいは残しておいてほしかった」

「ほんとよね。気配りの人のはずなのに」

美彩はアイスコーヒーと一緒に氷を口に含んだようだ。氷をかみ砕く音が聞こえた。

美彩がお金を探していたとは思いもしなかった。ただ行方の手掛かりを見つけようとしているものとばかり思っていたのだ。

「通帳と印鑑をって言われたとき、その訳をちゃんと訊けば良かった」

麻美は自分を責めるように顔を両手で叩く。

「その辺のこと、詳しく聞かせてよ」

改まった声を美彩が出した。

「五月の頭くらいから一点を見詰めてることがあったかな。優子さんは普段から頭の中でいろいろ思いを巡らせることが多いから、それほど気にとめてなかった」

「昔からそういうとこあった。じっとパソコンのデータを見詰める姿、それがキリッとしててかっこ良かった」

「男装の麗人といった感じでしょう？　それがそうじゃなくなってきた。キリッとした雰囲気がなくなった、うつろな表情でぼうっとしてるような」

「イメージ崩れちゃう」

美彩がまた氷を奥歯で噛《か》んだ。

「そのうち返事しなかったり、凡ミスがあったり。いなくなる日の三日くらい前に通帳と印鑑を貸してって言われたのよ。そのときは、有無を言わせないという怖い顔つきだったから」

麻美がコーヒーと氷を口に運んだ。

「いなくなった日はどんな感じだった？」

「実はね、朝に電話があったの」

頭痛がするから少し遅れる、と優子が告げたのだそうだ。ただ代表となった今年四月以来、何度かそういうことがあり、口調も普段通りだったので気にならなかったのだそうだ。

「代表？」

美彩は知らなかったようだ。

「スポンサーのお陰よ。新しい商品企画もあって、今後の顧問契約は倍近く増えることになってた。その功労者はもちろん優子さんだから」

「古平《こだいら》さんの立場は？」

「そのまま主任研究員」

「そう」

美彩は、黙って二人のやり取りを見ていた希美に、

「元は古平文明《ふみあき》って人が研究室の代表だった。そこに優子さんや、麻美たちが大学を卒業して研究員として集まり、そのうち独立採算がとれるように法人化されたの」

と説明してくれた。

「優子さんといえども、一回り上の先輩を差し置いて代表になったんだから、大変なプレッシャーがあったんだと思ってた」

「優子さんがプレッシャー……らしくないな。妙なこと訊くけど」

「何？」

「優子さん、いまもあのポーチを使ってた？」

「もちろん。私たちがプレゼントしたんだもの。研究室で徹夜するときは必ず使っていたわよ」

「そうよね、そうだと思ったんだけど、部屋にあったから」

二人は誕生日のプレゼントとして化粧ポーチと、その中に小型の電動歯ブラシを付けて贈ったのだ、と美彩が教えてくれた。

「電動歯ブラシは現役だし、その他に化粧品と常備薬も入れてた」

食後は化粧室で歯磨きしてから、化粧直しをするのが習慣で、麻美はその姿を何度も見ていると言った。

「実は、ジャケットと長靴、トレッキングシューズがなかったのよ。だから調査に出かけた可能性がある。でもポーチがあったということは、やっぱりすぐに戻るはずだったんだわ。何があったのかしら、優子さんに。兄が、そんな無責任なことさせたとは思えないし、もう何が何だか分からない」

美彩が頭を掻《か》きむしる真似をした。

「ねえ、美彩、お兄さんがいなくなったことに優子さんが関係してると、思ったんでしょう?」

希美の顔色を見ながら麻美が言った。

「一日違いでいなくなった。島根へ行くのに、兄は飛行機ではなく、新幹線を使った。岡山に立ち寄るためとしか考えられないでしょう。その上、兄が被写体にしたのが、この研究室のスポンサーの土地だった。これで関係がないって思うほうが変じゃない」

美彩は、二人は優子の車で移動していると思っている、と言った。

「どうしても兄と優子さんとを切り離しては考えられない。強い絆《きずな》を感じる」

美彩の言葉が希美の胸に突き刺さった。

「それじゃいくらなんでも、ひどいじゃない。初井さんが可哀想《かわいそう》すぎる」

「私も二人の行動はあんまりだと思ってる。優子さんのことが忘れられないのなら、ちゃんと言うべきだったし、ましてや結婚話が出たときに、それなりのけじめをつけるべきだった」

「けじめ？」

希美は小さな声で言った。

「優子さんを思いきるか、あなたと別れるか」

「ちょっと美彩、確かにそうだけど、この場合、優子さんも優子さんなのよ。代表者としての分別もないし、この件に関しては優子さんが悪い」

希美の気持ちを代弁してくれたようだが、同情ならしてほしくない。

「優子さんのデスクに書類があったけど、昔から愛用してるパソコンがなかった。自宅に仕事を持ち帰っているのに、デバイスを使ってないの？」

「まさか、プレゼンするのに使ってる。携帯できるモバイルプリンターまで持ってるわよ。いつも部屋のデスクに鎮座ましましてるんだけど、それがなかった？」

「なかった。書類の束がある中でそこだけぽっかり空いてた。初井さんも見たでしょう？」

「はい。あそこにパソコンとプリンターがあったんですね。それなら納得しました」

希美は、デスクの上の余地に違和感を抱いていたことを話した。

「変ね。プレゼンでもなければ、プリンターまで持ち出さないでしょうに」

麻美が眼鏡のツルの位置を直し、

「ポーチは持たず、なのにパソコンとプリンターは持って出た。やっぱり資料の説明でもしようとしてたのかしら」

と、また眼鏡に触れた。思案するときの癖のようだ。

希美の友人、志緒理もコンタクトに変える前、よくやっていたしぐさだ。目の前の美彩と麻美を見ていて、ふと高校時代のことを思い出した。志緒理に、光一が優子と行動を共にしていたかもしれないと話したら、どう言うだろう。たぶん、所詮《しょせん》男なんてそんなものだと笑い飛ばすにちがいない。

それならいっそ不貞の決定的な証拠を発見したい。中途半端さが耐えられない。

「そうだ、優子さんの部屋で麻美の絵ハガキ、読んだ」

思い出したように美彩が、水俣から出したエコパークの写真のハガキに触れ、

「優子さんのお母さんに会いに行ったんでしょう？」

と尋ねた。

「うん。うちの旦那の実家、鹿児島なの。里帰りの予定があれば、ついでに水俣に立

ち寄ってもらえないかって、優子さんに」

ゴールデンウイークは帰省できないから、母の様子を見てきて欲しいと頼まれたのだという。

「上手《うま》い具合に、優子さんの家にあった写真に似たハガキを見つけたのよ」

旅行先からはメールではなく、絵ハガキを送るというのが研究員の暗黙の了解なのだそうだ。

「昔からね」

美彩が希美を見る。

「そう。言い出したの古平さんだよ、デジタルには質量を感じないから伝わってこないって。化学じゃなく物理学を専攻すればよかったのにってみんな言ってた」

と麻美が笑った。

古平という男性の名前を出すときの美彩や麻美の態度から、彼は優子に出世を阻まれ同情すべき存在のようだ。

「でもお母さんが元気かなんて、電話で確かめられる。なにも麻美に頼まなくても」

「疑問に思った。よほど怪訝《けげん》な顔つきをしたんでしょうね、わたし。優子さんが、母の顔色、それと見た目で痩せてないかを確認してほしいって補足した」

電話で何を訊いても元気で変わりない、という母親の言葉を優子は訝《いぶか》っていたようだ。それなら自ら水俣に帰って確かめればいいではないか、そもそも働き過ぎなのだからと麻美は休暇をとることを提案した。それに対して、今年はどうしても時間がとれないと返答したそうだ。

「何か差し迫った案件でもあったの？」

「そんなのないはずよ。だって大型連休前にみんな必死になって片づけたもの」

「研究室の仕事で時間がとれなかったんじゃなかったのね」

美彩がうなずくのを見て、希美は大型連休前後、自分はどうだったのかを思い返した。

光一は、相変わらず取材に出かけていて、普通の恋人のようにデートも思うに任せなかった。会社を辞め、彼と結婚した後、どんな暮らしになるのかを夢想しながらも、母と伯父にどうすれば光一のいいところを分かってもらえるのかと、そればかり考えていた気がする。

優子が実家に帰れない理由として、いやな想像をしてしまったが、光一の取材先は秋田《あきた》県北秋田市鷹巣《たかのす》地区の湯車《ゆぐるま》という集落で、東京から見ればまるで方向が違う。集落に空港ができたために、その傍《かたわ》らでより限界集落化した荒野を撮った写真は、陰翳《いんえい》に富んでいるだろう、と珍しく自画自賛していた。〆切に間に合い、雑誌に掲載されているのだから、光一が現場にいたことは疑いようもないのだ。

「優子さんだけが、ここに残って何をしてたのか」

美彩の口ぶりは、そのときすでに何かが始まっていた、と言わんばかりだ。

「それはいくら何でも考え過ぎよ」

「そうかな、優子さん、一人で抱えてしまうところあったから。お金も自分のために都合したとは思えない」

「それは同感。正義感のかたまりみたいな人だからね」

麻美が、優子と連絡がつかなくなって一週間、警察に行方不明者届を出さなかったのも、捜索の過程でお金のことが発覚して横領を疑われたくなかったからだ。一研究員時代、一週間や二週間、フィールドワークに出た経験がある。連絡がないのはおかしいけれど、ある程度目処《めど》が付くまで他人に明かせない研究に没頭していることも、完全に否定できない、と麻美が言った。

二人の話から優子はきれいで頭も良く、姉御肌で人一倍正義感が強い女性だと分かる。

希美は優子の顔を知らないことに気づいた。

「あの、お話し中すみません。優子さんの顔写真って、ありますか」

と希美が口を挟むと、美彩と麻美が同時にこちらを見た。


優子が思索を巡らすために通っていた図書館の自習室や、利用していた駐車場を見て回って、宿泊先に着いたのは午後六時前だった。美彩と早めの夕食を摂《と》り部屋に戻った希美は、シャワーで汗を流し、ベッドに座って足を投げ出した。

麻美に借りた『弘永開発』の会社概要を開く。優子は写真が苦手だったそうだ。研究室で撮った写真はあるが、どれも小さくしか写っていない。その中で顔がよく分かるスナップショットは、麻美が行方不明者届を出すときに警察に預けたそうだ。思案していたが、会社概要があるのを思い出して貸してくれたのだ。

監修者として紹介されている優子は想像していたよりも、うんと女性らしく表情も柔らかだ。白衣姿もよく似合っているし、化粧は施しているのだろうけれど、整った目鼻立ちは誰が見ても美人だというだろう。嫉妬心すら失わせるほど美形なのに、写真を撮られることが嫌いだという。

女性誌のモデルといっても通用する被写体だと思えた。光一もそう思ったにちがいない。

「カメラマンに、無性に撮りたいと思わせる被写体」

光一が希美に交際を申し込んできたときの台詞《せりふ》だ。優子にこそ相応しい言葉ではないだろうか。

優子を忘れられなかったのなら、希美と婚約などしなければいい。適当に付き合う程度なら、母や伯父と会う必要もなかったし、将来がどうだ、安定した収入がどうだ、といやなことを言われることもなかった。

そもそも気持ちが通じ合っているのなら別れることはない。希美の知る友人に、遠距離恋愛の末にゴールインを果たしたカップルもいる。

それほどの愛情がないのなら、きっぱりと思い切ればいい。生煮えの恋愛ほど迷惑な話はないのだ。

希美は、優子の顔を睨《にら》みつける。ところがどうしても憎みきれない自分がいる。

原因は分かっている。優子の母親を思う気持ちだ。希美と同じように、一人で地方に住んでいる母親のことが、彼女の頭にも常に宿っている気がしてならない。

希美は、母、希実代《きみよ》が勤める工場のラインがどんな職場なのか知らない。しかし、寂《さび》しげにうつむき黙々と作業する母の姿を想像してしまう。

母と特別仲がいいとは思っていない。ごく普通の母娘関係だろうけれど、どうしても後ろめたさがよぎり、東京での暮らしを楽しめなかった。

自分だけ、幸せになっていいのか。

そんな言葉が、光一ととびきり楽しい時間を過ごした夜、ふと胸に浮かんだこともある。

優子にもそんな気持ちがあって、それが光一との仲をダメにしたのではないか。

たぶん考え過ぎだ。地方に一人、親を残して都会で暮らす若者は大勢いる。その人たちも楽しく暮らしているはずで、それは悪いことではない。むしろ親のほうがそれを願っている。

母の願いに応えるためにも、最愛の人と結婚したいのだ。ところが幸せを求めれば求めるほど、母の暮らしとの差が大きくなる気がして、希美の気持ちは沈んでいく。

概要に載っている優子の写真。

彼女は屈託なくカメラを見ている。カメラを持つのが光一のようで、いやな気がして概要を勢いよく閉じた。

ベッドに横たわって、スマホを見る。母と網島からメールがあった。

『希美へ　伯父さんの検査結果、十二指腸潰瘍《かいよう》でした。お医者さんが安静にしていればよくなるって。お母さんも瑛子さんも胸をなで下ろしたところです。こっちのことは気にしないで光一さんを探してください。ただ無理はしちゃダメよ。母』

ひとまずは安心した。けれど、光一のことで心配させたのが病気の一因かもしれないと思うと、胸が痛む。伯母にも申し訳ない。その光一が以前交際していた女性と行方知れずだと知ったら、もっと伯父を苦しませるだろう。

孝行にはほど遠く、恩知らずもいいところだ。弘永開発の会長、弘永徳蔵はただ「恩」のために『水の郷ニュータウン』を造る手助けをしたというのに。

母への返事の言葉も思いつかず、網島のメールに目を移す。

『初井希美さん　やつの居場所の手掛かりはつかめましたか。こちらも、方々《ほうぼう》当たりましたが、さっぱりです。美彩ちゃんと行動を共にしてるんですよね。クールに見えて、案外兄貴思いのところがあって、心配もしています。それにあいつと優子さんのことを話すのも、内心あなたに悪いと思っているようです。ただ、いまがどんな状況だろうと、あいつが希美さんと結婚したがっていたのを俺は知ってます。今回のことは、何かの間違いというか、それ相当の訳があってのことです。あいつも、優子という女性も軽率な行動をとる人間ではありません。自制の利く大人です。それだけに深い事情があって、連絡できない状況なのだと思います。信じてやってください。雑誌の連載フォトエッセイですが、尾坂さんからは全体のムードはそのままで、と言われています。あいつのような写真と文章は無理だけど、つなぎとして精一杯やります。もし、あいつが次の取材地と考えていた場所を知っていたら、教えてください。網島
追伸　引き続き俺も知り合いを当たってみます』
自制の利く大人。しかし十日も婚約者や友人、家族に連絡しない大人がいるだろうか。
次の取材場所？　知らない。想像も付かない。自分ほど彼を知らない人間はいないのではないか。この十日間、ずっと突きつけられている現実だ。
希美は、子供の頃から争いごとが嫌いな質《たち》だった。人が争う声そのものにアレルギーがあった。耳の奥が痛くなり、吐き気を催すのだ。幼稚園でも玩具《おもちゃ》や遊具の取り合いを避けてきた。足が遅くはないのに、運動会の声援が苦痛で徒競走で本気を出したことはない。
そのせいもあってか、競って勝つ体験が多くない。負けたくないし、敗北感を味わうことが惨めなのも分かっている。それでも体が悲鳴を上げるために、その場から逃げざるを得なくなる。大げさかも知れないけれど、数多くの敗北感を飲み込んでこれまで生きてきた。
会社でも正義を貫けず、逃げ場が結婚だった。光一さえいてくれれば、それでよか

った。なのにいま彼の隣には――。

飲み込めない敗北感が、胸につかえた。けれど、きっと飲み込んでみせる。

12

翌日の午後四時前、希美は美彩と盛岡駅前にいた。この三日間で三県を移動したことになる。東北はもう少し涼しいかと思ったのに、東京、島根、岡山と変わりなく高温で蒸していた。

体から疲れが抜けていないせいもあって、蒸し暑さは堪《こた》える。行楽でもない希美にとって、飛行機や新幹線の席に座ることすら苦痛で仕方なかった。

しかし、優子の軽自動車が岩手県八幡平《はちまんたい》市の『Aリゾーツ岩手八幡平ホテル』の駐車場で見つかったとなれば、現地に赴《おもむ》かない訳にはいかない。

本来は、岡山県警から連絡を受けた麻美が現地に行くべきだが、地の利のある美彩に託すことになったのだ。本人に会えないときのために、研究室で預かっている優子の車のスペアキーを美彩は受けとった。こんなもの使わないほうがいいのに、と言ったときの彼女は祈るような表情だった。

「岩手八幡平ホテルには何度か行ったことがあるんだけど、駐車場がとても広いの。県民の森という公園があって、そこへ行く人も駐車してるんじゃないかな。だから五日近くも放置されたままになったみたい」

麻美の話では、岩手県警に通報があったのは一昨日だったそうだ。岡山県警に連絡が届くのに一日を要したことになる。それでも対応が迅速だと感じたのは、希美が行方不明者届を提出した際の係官の茫洋《ぼうよう》とした態度を見ているからにちがいない。

「麻美が車のナンバーを警察に知らせておいてよかった」

一旦、タクシーで美彩の自宅に戻り、そこからは彼女の車で八幡平へ向かう。

美彩の車は国産の高級車だった。彼女は車に乗り込むと、夫の菊池に車を使うことをメールで伝えた。

「メールだけで大丈夫ですか」

二晩も家を空けたのだ、家事など不自由しているはずだ。せめて電話で直接話してもいいのではないだろうか。

美彩は答えず、家の駐車場から車を出す。

「立派な家ですね」

希美は気まずさのあまり、話題を変えた。美彩が車のキーを取りに行く少しの間に外観しか見ていないけれど、豪邸と呼ぶに相応しい家だったことに間違いない。

「東京よりは地価が安いから。でも調子に乗ったせいでローン地獄に堕ちてる」

今度は反応してくれ、

「兄は田舎《いなか》暮らしをしたがってたから、てっきり岩手に戻ると思ってたんだけど。あなたは、聞いてないかしら」

と、美彩はハンドルを握りながら首をすくめた。

「………」

希美が黙る番だ。

窓の風景に目をやる。右手のすぐそこに川が見え、それに沿って車は走っていた。時折、外の風景を見ないと車に酔いそうだった。どうも高級車の柔らかいシートは希美の体に合わない。

子供の頃、光一と美彩は「町に出る」といえば盛岡市内のことで、思い出として残っている風景は、北上《きたかみ》川の旭《あさひ》橋《ばし》から見る岩手山だったのだそうだ。

光一は、岩手県の話をほとんどしてくれなかった。幾度か、水を向けたことはあったはずだ。それでも彼が口にしたのは、実家が盛岡の外れでホップなどを生産する農家であること、祖父、祖母に加えて曾祖母《そうそぼ》と七人で暮らしていたこと、田舎暮らしそのものには何の不満もなかったけれど、濃厚な近所づきあいやしがらみを嫌って東京の専門学校を選んだことくらいだった。しがらみが鬱陶《うっとう》しいと思う気持ちは希美にも理解できる。そのうち互いの故郷の話を何となく避けるようになったのではないか。

「光一さん、岩手県に戻る気はなかったんだと思います」

「ほんとに？」

美彩が希美を一瞥《いちべつ》した。

「私たち移住計画を立てていたんです。そこに岩手県があるなら、そもそも『帰郷プロジェクト』の事務局に相談する必要はないと思うんです」

光一が故郷のしがらみを嫌っていたからだと、盛岡に住む美彩には言いづらい。

「そうね。だけど兄が撮りたい風景が、ここにあったんだけどな」

光一のライフワークとも言うべきもののはずだ、と美彩が唇を尖《とが》らせた。

「光一さんのライフワーク……岩手県にも限界集落がありますものね」

考えてみれば、光一はこれまで青森県や秋田県で撮影しているが、岩手県の限界集落には行っていない。

「兄が狙《ねら》っているの、雑誌で連載している限界集落とは、少しちがうのよね」

「限界集落じゃないとすれば、すでに消滅してしまった村とかですか」

「うーん、惜しい。百点満点で七十点くらいね。あなた『なめとこ山の熊』は知ってるわよね？」

希美は曖昧《あいまい》にうなずいた。

「あれ？　兄がパスワードに使っていたのに、興味持たなかったんだ」

舌打ちが聞こえそうな、冷ややかな言い方だった。

「昔に読んだことはあります。内容はうろ覚えですが」

上手な言い訳ではなかった。パスワードだと分かりパソコンの画面を開いてから、頭の中から消え去っていたとは言いたくない。

「内容はともかく、兄が大好きな童話だった。この童話の舞台、なめとこ山がどこなのか分からず、長い間賢治さんがこしらえた架空の山だってことになってたの。でも、豊沢湖《とよさわこ》の奥にある八百六十メートルの山がそうだって、発見した人がいるのよ」

「実在する山だったということですね」

「そう。クライマックスは覚えてる？」

希美の返事を待たず、美彩は咳払いして、

「主人公は熊捕名人とうたわれたまたぎ、淵沢《ふちざわ》小十郎《こじゅうろう》……」

と、あらすじを話し始めた。

中山《なかやま》街道から、約十二キロメートル行ったところになめとこ山の大空滝《おおぞらだき》がある。小十郎は、そこに住む熊の胆《い》や毛皮を売って生計を立てる猟師だった。ただ彼は、「自分には畑もなく、木もとることができず、里に行っても誰も相手にしてくれないから仕方なしに猟師をしているだけで、憎くて殺したわけではない。熊に生まれたのも因果なら、自分が猟師になったのも因果なのだから、次は熊になど生まれないように」と言って皮を剝《は》ぎ、げんなりして山を下りるのだった。そんな小十郎のことを、なめとこ山の熊たちは嫌いではなかった。

「小十郎は熊の言葉が分かるようになっていく。そうなると辛《つら》いわよね。殺さないと生きていけない仕事だもん。撃たれる寸前に、二年待ってくれ、そうしたら小十郎の家の前で死んでるからなんていう熊もいた。そして約束通り、家の前で死んでたの。小十郎は拝むようにしてその熊の胆と毛皮を売る。ある冬の日、かねてより目を付けていた熊を獲ろうと支流を越えて崖を登る。そして因果というか宿業《しゅくごう》というのか、雪の峰の頂上で熊に襲われて死んじゃう。でも、熊たちはすぐに小十郎を食べたりしなかった。最後の部分は賢治さんの文章を読んでみて」

信号で停車すると美彩は、今しまったばかりの自分のスマホをジーンズのポケットから取り出し、メモアプリのファイル名「なめとこ山」を開いてと差し出す。引き締まった美彩の体に、白いシャツとジーンズが似合っている。

『その栗の木と白い雪の峯々にかこまれた山の上の平らに黒い大きなものがたくさん環《わ》になって集って各々《おのおの》黒い影を置き回々教徒《フイフイ》の祈るときのようにじっと雪にひれふしたままいつまでもいつまでも動かなかった。そしてその雪と月のあかりで見るといちばん高いとこに小十郎の死骸《しがい》が半分座ったようになって置かれていた。

思いなしかその死んで凍えてしまった小十郎の顔はまるで生きてるときのように冴え冴えして何か笑っているようにさえ見えたのだ。ほんとうにそれらの大きな黒いものは参の星が天のまん中に来てももっと西へ傾いてもじっと化石したようにうごかなかった』

希美は顔を上げ、美彩に断り、窓を少し開けた。新鮮な空気を入れないと酔いそうだった。

「大丈夫？」

「ええ、風が気持ちいいです」

「ならいいけど。でね、優子さんの車が八幡平で見つかったって聞いたとき、その文章が頭に浮かんだのよ」

美彩がそう言った直後、道路の両側の風景が変わり始めたのが分かった。家屋の数が減って、その代わりに田畑や森林が増えてきた。

「これが……」

希美は賢治の文章に目を落とす。

「まだ私が東京にいるとき、よく兄が話していたライフワークを思い出した。力を付けて、きちんとご飯を食べられるようになったら、写真集『なめとこ山の熊』を作りたいって」

「童話の写真集ですか」

光一が撮っていた限界点の写真と、童話という言葉とがうまく結びつかなかった。それよりも、どうして希美にその夢を話さなかったのか。夢など叶わないと諦《あきら》めていたのか、それとも宮澤賢治に、さして興味を持たない希美に話したところで、分かってもらえないと決めつけていたのだろうか。

きちんと話してくれれば勉強もしただろうし、愛する人が好むものならきっと好きになれた。

「童話写真集と言っても、あくまでイメージ写真よ。それでも物語に相応しい、それなりの雰囲気を持った場所を探さないといけないと言ってた。とくに熊たちが行った葬送の荘厳さは絶対に感じてもらわないとならないからってね」

「さっき、豊沢湖の奥にある山がなめとこ山だ、と発見した人がいるっておっしゃった、それが八幡平なんですか」

岩手の地理に疎《うと》いため、豊沢湖と八幡平との位置関係が希美には分からない。

「ああ。そうじゃないわ。八幡平の標高は千六百メートル以上あったと思うけど、いま言っている『なめとこ山』はもっと低い山。八幡平とは、車で一時間半以上離れてるんじゃないかしら」

「ちがう場所だってことですね」

それなら八幡平で優子の車が見つかったとしても、光一のライフワークと関連づけるのは早計ではないか。

「童話の世界を、実際の写真で表現するのは大変だわ」

「いくらモデルになった山があると言っても、空想ですものね」

「でもね。小十郎が住んでいた家、集落が豊沢ダムの底に沈んだとしたら、どう？　余計にロマンをかき立てられないかしら、兄だったら」

集落が水底で、いまは存在しない。そうなれば光一が撮った風景がそのまま童話のイメージを構築する。そこに光一なら魅力を感じないはずはない。

「ライフワークだって言った意味が分かった？」

美彩が訊いた。

「なのに、岩手に住むなんて、光一さんは一言も……ただ自然豊かな場所へと」

「自然豊かな場所、か。それにしても島根県の水の郷ニュータウンっていうのも、兄とはしっくりこない感じがする」

「藤原さんも光一さんの写真を見て、そんなことを……」

「そうよ。弘永開発が整備して、はい皆さん、自然豊かな場所に住みましょうと呼び掛けてる土地に、魅力を感じるとは思えない」

「整備された田舎か。そうかもしれません」

と、つぶやき、車窓に目をやる。

国道沿いの景色は、東京の郊外とさほど変わりはなかった。勝手に鄙《ひな》びた風景を想像していたようだ。そのとき、ふとひらめいた。

「あっそうだ、そうです。光一さんがニュータウンへの移住を考えてくれたのは、私のためです、きっと」

水の郷ニュータウンへは行けなかったけれど、ＰＲのリーフレットで見る限り自然環境も申し分なく、利便性も保っている街のようだ。田舎育ちで都会に憧れを抱き、東京にやってきた自分への配慮がニュータウンを選ばせたにちがいない、と美彩の顔を見ながらうなずいてみせた。

「あなたのために、ね……」

フロントガラスを見たまま美彩がつぶやく。

みるみるうちに深い緑色の田園が両側から迫り、幅員《ふくいん》が狭くなった。とたんに草いきれが鼻孔に届く。長野の田舎道と同じ香りだ。

懐かしくはあったけれど、本心では田舎暮らしに自信がなかった。光一にも、彼がカメラに収めるような極端な田舎は苦手だ、とそれとなく伝えたこともあったくらいだ。

「私のためじゃ、おかしいですか」

運転中の美彩の表情を窺《うかが》う。

「あなたのためだから、おかしいのよ」

「どういう意味です」

大きな声を出してしまった。

「怒らない、怒らない。私はあなたのことを思って言ってるんだから」

「私のため？」

美彩の頰《ほお》を見詰める。

「ええ、距離感の問題。水の郷ニュータウンはどこにある？」

分かりきった質問だったが、

「島根県です」

と希美は即応した。

「岡山県と島根県、岡山県と岩手県との距離、どっちが遠い？」

「バカにしてるんですか。岩手県に決まってます」

と希美はフロントガラスのほうへ顔を向けた。

車の前の風景には、さらに緑の割合が増えている。雲も出てきて、日が陰ったように薄暗い。標高が上がった気はしないのだけれど、徐々に山の気配が漂い始めているのが希美にも分かる。

「兄は人間的な優しさを持っていると思うんだけど、あなたはどう思う？」

「包みこむような優しさを持った男性じゃないと、私は好きになりません」

希美はきっぱり言った。

「今住んでる東京から離れて、わざわざ元カノの優子さんが住む場所に近づいて、あなたとの新生活を送るなんて、思いやりのある男性がするかな。仮に別れていたとしても、ちょっと無神経だわ」

「そんな意地悪なこと、光一さんがする訳ないです」

仮に、という美彩の言葉が気になったが、光一はそこまで唐変木《とうへんぼく》でないことは疑いのない事実だ。

「なら、岡山に近い島根に移住なんて？」

疑問形をことさら強調した言い方を美彩はした。

「あり得ません」

「どうやら私の言いたいこと、分かったようね。それでもなお水の郷ニュータウンに住もうとしてたとしたら、兄は優子さんのことを忘れられなかったという結論を導き出すしかなくなる。そして優子さんと夢を叶えようといま一緒に行動してる」

変に気を遣わずはっきり言ってくれたせいか、動揺せずに済んだ。

「結婚したくないなら、私が嫌いなら、そうと言ってくれればいいのに」

「兄のいけないところよね。誰も傷つけたくなかったのよ。後でもっと深い傷を負わせることが分かってない」

希美との結婚話を光一が両親に伝えていないのも、家族の揉《も》めごとを避けたからだ、と美彩は眉《まゆ》を顰《ひそ》めた。

「結婚のこと、ご両親は全然ご存知ないんですか」

「交際してることは知ってると思うけど、それ以上の話は、ね」

「じゃあ、どんな風に伝わってるんですか、私のこと」

「付き合ってる彼女がいる程度かな」

それを聞いて、行方不明者届を出しに行ったときの『初井さんっていう人と警察に届けを出したんだから……そんなこと今さら言って。兄さんと所帯を持つ約束してる。言ってなくても、そうなの』という美彩と母親との電話のやり取りの意味が分かった。

「だって、申し訳ないけど、あなたと所帯を持つだなんて思ってなかったもの。うちの家族は、優子さんと結婚するものとばかり思ってたしね」

「優子さんと」

「後々余所《よそ》から耳に入っても嫌だろうし、みんなぶちまけちゃうね」

そう予告して、優子は千住家を訪れ、挨拶《あいさつ》をしており、その際光一は、結婚を前提の交際だと両親に宣言したと美彩は話した。そこには美彩も同席していたという。

「うちの母も父も、優子さんを気に入ってたから。なのに急に別れてしまった。私はまだしも、還暦夫婦には気持ちの切り替えができないのよ」

「そうですか、でもそれは私と出会う前の話ですから」

会社の「お清」からは逃げられても、千住家の「お清」からは逃げられない。光一と結婚するなら、皆を飲み込む覚悟がいる。

「そうね。そちらの家族はどうだったの？　フリーのカメラマンは経済的に不安定だと、反対していたんじゃない？　そう言って兄が悩んでいたって網島さんから聞いてるよ」

「それは伯父が堅い人で」

自分は母子家庭で、父親代わりの伯父が、結婚生活には何より経済的な安定が大事だという考えの持ち主だが、母親は賛成してくれていると言った。

「母子家庭に兄、弱いのよね。優子さんもそうだし。でも伯父さんがどうとかということが問題なんじゃなく、反対されていたことで兄は悩んでいたのよ」

美彩は、優子と縒《よ》りが戻ったのも仕方ないとでも言いたいのだろうか。

「例の九州居酒屋で優子さんと会って、なめとこ山への思いを再燃させたのかも」

美彩はさらに続けた。

「だとしても、兄の行動は許せない。優子さんを巻き込んでるし、軽率過ぎる。そもそも研究室の大金をどうしようっていうの」

「お金は、光一さんと関係がないんじゃないですか」

反射的に言葉が出た。

「そういう風に思うわよね。兄だって、優子さんに汚名を着せてしまうことぐらい分かるじゃない。なぜ、こんなこと言うのか分かる？」

美彩がさらに暗い声で問う。

「いいえ」

つっけんどんな言い方をした。

左側の夕景に岩手山が見えてきた。富士山の片方が崩れたような形は、希美も写真で何度か見たことがある。山側と田園、車窓の左右で趣《おもむき》がまったく異なり、明らかに車は山へ向かっていた。

「一旦岩手山を通り越して、山の裏手に回り込んだ先が八幡平よ」

山の頂上を見ている希美に教えてくれた。

美彩は質問の答えを言わないまま、車を走らせている。単調な風景が続き、再び気持ちが悪くなってきた。

「コンビニに寄るね」

美彩は左手に見えてきたコンビニエンスストアの駐車場に車を入れ、

「冷たい飲物でも買ってきたら？」

と停車させるとサイドブレーキをかけた。

「すみません」

「いいえ、ちょうど警察に電話を入れないといけないから。どうぞ」

希美はコンビニエンスストアの洗面所で顔を洗った。美彩という人間が、意地悪なのか優しいのか分からない、と思いながら炭酸水を二本買って店を出た。

希美が車に戻ると、美彩は盛岡西警察署一本木《いっぽんぎ》駐在所への電話を終えたところだと言った。

「県立盛岡農業高校を過ぎた辺りで、電話くれって言われてたもんでね。ちょっと先にある駐在所の警察官と、岩手八幡平ホテルの駐車場で落ち合うことになってるのよ。だいたい三十分で着ける距離だから。あなた大丈夫？」

「顔を洗ったら、ましになりました。三十分なら、我慢できます」

彼女の分の炭酸水を差し出しながら、微笑《ほほえ》んで見せた。

「ありがと。それじゃ行くね」

この後の三十分の上り勾配《こうばい》は、シートにもたれる格好となることが多く、速度が変化するたび頭が前後に揺さぶられ苦痛だった。

車が駐車場に着くとすぐ、希美は外へ飛び出した。一刻も早く動かない地面を踏みしめ、新鮮な空気を胸いっぱいに吸い込みたかった。

周りはブナやクヌギ、樺の木に囲まれていて涼風が運ぶ緑の香りが爽やかだ。徐々に気分が落ち着いた。

二、三十台は駐まっている駐車場から、白亜のホテルに向かう。玄関を入ると、フロントで美彩が事情を説明した。

警察から連絡済みのようで、

「該当車は、当ホテルの駐車場の一番奥にございます。御案内いたしますので、どうぞ」

と制服の男性が、隣の女性に目で合図するとどこからか別の男性が現れ、二人を先導して外へ出た。

再び広々とした駐車場に戻り、ホテルの側面のほうへ歩いていく。多種多様な車群の向こうに、メタリックブルーの車体が見えてきた。四角い感じが藤原の車の形に似ているが、二回りほど小さい。四駆とは聞いていたけれど、もう少し女性的なフォルムを想像していた。

「優子さん……」

と美彩が、車に近づきつぶやきかけた。

この車に光一は乗っていたのだろうか。優子の車を目の前にしても、希美はまだ二人が行動を共にしていた事実と向き合えなかった。

「それでは私は」

従業員が、そそくさとホテルへ戻っていった。

美彩が車全体を見ようとしてか、少し距離をとった。そしてまたゆっくり近寄る。フロントガラスのワイパーにメモが挟まれ、そこに電話番号が記載されている。その紙が古びて見えた。

「この車は、間違いなく優子さんのものだわ」

美彩が言った。

「あれは」

希美はウインドウ越しに、光一が撮影に持って行く大きなバッグが座席の下にあるのを見つけてしまった。

「兄のバッグね」

「確かめないと」

と、さらによく見ようとウインドウに掌《てのひら》を押し当てた。

バッグの擦《す》れや持ち手の綻《ほころ》びなど、どう見ても光一のものだ。

「ドアを開けるのはちょっと待ってて。警察官が立ち会うことになってるの」

美彩が車のキーをポケットから出して辺りを見回す。

午後六時前だけれどまだ辺りは明るく、鳥の鳴き声ばかりが耳に届く。

美彩は車の周りを歩き、時折前屈したり伸びをしたりしている。希美のほうはバッグを見ないように車を背にして佇《たたず》んでいた。落陽が木々を黄色に染めているのを見詰めていると、林の向こうをパトカーが走るのが見えた。赤色灯は灯《とも》っておらずサイレンも鳴らしていない。

「来たようね」

美彩が隣で言った。


佐々木《ささき》と阿部《あべ》と名乗った警官は、日没を考慮して車をホテルの玄関脇に移動した。ホテル側の了承の下、そこで車の中の物を確認することになった。

年嵩《としかさ》の佐々木は五十代、阿部は希美よりも年下に見えた。二人ともぽっちゃりしていて顔つきも柔和《にゅうわ》で、家出人捜索といえども親身になってくれそうな気がする。

「えーと、どちらが下槻さんの関係者ですか」

佐々木が、希美と美彩の顔を交互に見た。

「私が下槻優子の後輩で、行方不明者届を提出した竹宮麻美に下槻さんの車のキーを

託された、菊池美彩と言います。ややこしいんですが、もう一人行方不明になってい
る千住光一の妹でもあります」
「こちらは？」
佐々木から視線を向けられた希美は、
「私は千住光一の婚約者で、初井希美です」
と自己紹介した。
「千住光一さんを探す、初井さん……あなた五頭《ごとう》さん、五頭肇《はじめ》さんのお知り合いです
か」
「いえ、初めて伺う名前です」
「そうですか。五頭さんは長野県警に勤めていた方で、千住光一の行方を探してくれ、
と方々に声をかけているようです。その折りに、初井希美というお嬢さんから行方不
明者届が提出されている案件だとおっしゃっていたので」
「長野は私の出身地です。もしかしたら母が」
「お母さんが？」
「はい、母に光一さんが行方不明になったことを話したら、元刑事だった方に頼んで
みると申していました。お名前は聞いてないんですが」

「なるほど、そうですか。ホテル側から、どうやら宿泊客のものではない軽自動車が駐車場に放置されている、という連絡を受けましたが、すぐにレッカー移動しませんでした。県内の道の駅でも車中泊をする人たちの通報が数件単位で寄せられてまして、もしそうであれば持ち主が戻ってきたとき困りますんで」

とりあえずホテルの者に駐在所の電話番号を書いたメモをワイパーに挟んでもらい、しばらく様子を見ることにしていたと、佐々木が説明した。

「車の所有者は下槻優子さんで間違いないですね。財布の中に免許証もある。こちらのバッグに折りたたみ式三脚と、レフ板などの写真撮影機材と千住光一さんの免許証……うーん、むしろ心配が増えましたね」

と眉を顰めた。

「そうですね。お金も残ったままですし」

美彩が優子の財布の中身を覗く。つまみ上げた指は一万円札を三、四枚挟んでいた。続け様に、光一のバッグの中にあった長財布の中も調べる。黄色の財布には、希美も当然見覚えがあった。

「兄の財布にも五万円」

「うん、二人とも財布を置いたままだ」

佐々木は小さくため息をついた。

「ただの放置車両ではなくなりましたね」

阿部が佐々木に言った。柔和さが一変し、二人が車を放置して山中にでも入り込んだ、と言わんばかりの表情だ。

「県警と合同で周辺の捜索を開始したほうがよさそうだ」

そう佐々木がつぶやき、美彩を見た。

「ホテルの従業員の話では、この車が四日前の午後四時過ぎまで、ここになかったことははっきりしています。カメムシが大量発生し、駆除業者が同じ場所に駐車していたそうですから。確認したのは三日前の朝です。ここは開放されてますんで、県民の森を訪れる人が利用することもあって、特に気にしていなかった。ですが、次の日の夕方も移動されていなかったんで通報したそうです」

「丸三日経っているんですね」

美彩がうなだれた。

「でも、三日前から一度も車に戻っていないとは限りませんよね」

希美が、美彩と佐々木の話に割り込む。暗い空気が、そのまま最悪の結論に至るのがいやだった。

「もちろん、そうです。この辺りは街中《まちなか》とはちがって、夜になると冷え込みますんで、とても野宿は難しい。車中ならなんとかなります。しかし、ワイパーに挟み込んだ連絡票がそのままでした」

「戻ってない……スマホが見当たらないので持って歩いてると思うんですが、連絡しても通じません」

いま確認した車内の持ち物の中には、スマホがなかったと希美が言った。

「大きな懸念《けねん》材料ですね。財布は持たずにスマホだけを持って出た。そして反応がない。そういったケースでは……」

「どうだというんですか」

希美が語勢を強めた。

「初井さん、これはあくまで仮定の話として聞いて下さい。こういった状況では自暴自棄になった者が、最後に誰かに連絡したいため、電話を持ち歩く例がいくつかありまして……」

最後という語句のアクセントを変え、佐々木は二人の心中《しんじゅう》を仄《ほの》めかした。

「連絡したい人？」

「そうです、大体は謝罪です。ご両親とか、友人、稀《まれ》に会社の同僚や上司にというのもあります」

「私、網島さんに確かめてみます。だから菊池さん、ご両親のところに確認してください」

希美はスマホを手に美彩に声をかけた。

二人の心中なんて認めたくない。

「分かった。お巡りさん、ちょっと待っててもらっていいですか」

美彩が実家に連絡を入れ、希美も網島に電話する。

「あの網島さん、伺いたいことがあるんですが、今いいですか」

「大丈夫ですよ」

「光一さんからの連絡なんですが」

「ないですね、何も。何か動きがあったんですか」

希美はあれから美彩と行動を共にしていて、優子の車が発見された八幡平にいることを伝えた。

「八幡平……優子さんの車が……で、やっぱりヤツも一緒なんですか」

網島は苛《いら》ついた声で聞いてきた。

「彼の荷物がありました。でも本人はいないんです」

「車に戻るのを待って、思いっきり頬を叩いてやればいい。人に散々心配かけやがって……優子さんも一体何を考えてるんだ」

網島の声が耳をつんざく。佐々木たちにも聞こえたかも知れない。

「それが、ここに車が放置されてから四日ほど経っているみたいなんです」

希美は、佐々木が心配している事態を彼の顔色をうかがいながら話した。

「最後の言葉だなんてそんなバカな。……八幡平、か」

網島は、『なめとこ山の熊』のフォト絵本を作りたいという光一の夢を知っていた。八幡平は、童話に相応しい風景の宝庫だと目を輝かせていたこともあったのだそうだ。

「しかし、そこを何も死に場所に選ばなくても。だいたいそんなことをする動機がないじゃないですか！」

「私にも、何が何だか」

希美は涙をこらえた。

「すみません、大きな声を上げて。一番辛いのは希美さんだ。でも、まだ心中したと決まったわけじゃない。撮影のために山に入り込んで寝食を忘れることだってあり得ます。もしくは怪我でもして動けないのかもしれません」

電話の声がやはり漏れていたようで、近くによってきた佐々木が、

「もちろん、その線で捜索します。あらゆる事態を想定して申し上げたまでです」

とスマホの向こうの網島へ言葉を投げた。

「希美さん、あいつが突然いなくなったのは何か特別な事情があったんだと思ってました。希美さんや俺にも言えない何かが。いまの状況を聞いて、信じてやるのは、もう俺たちしかいないと、いっそう感じています」

「私も、そう思います」

「これからどうされるんですか」

「まだ何も決めてません」

「では宿泊先が決まったら連絡下さい。明日の午後まで盛岡にいてほしい。会って話がしたいんです」

「分かりました」

スマホを切ると、傍らに美彩がやって来た。

「両親には何の連絡もない。麻美のほうにも。優子さんのお母さんには、麻美から確認してる。もし思い詰めて妙な考えを起こしたのなら、連絡しないはずないでしょうから」

「網島さんにも何も」

首を振った。

「そう」

美彩が短く答える。

その様子を見ていた佐々木が、

「明日、捜索班を動員して八幡平一帯を捜索しますが、車を証拠品として麓の一本木駐在所へ移動させるのでご了承下さい。車のキーはお預かりしておきます」

と美彩に声をかけた。

「でも、二人が戻ってきたら」

「車のあった場所にコーンを置いて、警察署に連絡するようメモを付けておきます。菊池さんは市内にお住まいですね。初井さんは？」

希美がどう答えようかと思っていると、

「初井さんも私もここに宿泊します」

美彩が相談もなく佐々木に告げた。

希美は大きく瞼《まぶた》を開いて美彩を見た。時間的に考えて、自分はそうするしかないなとは思っていたが、断定的な言い方に驚いた。それに空き部屋があるのかどうかも分からない。

「ツインの部屋だけど、ちゃんと予約してあるの」

「そうなんですか。私は構わないですけど、家に戻らなくてもいいんですか」

車で一時間半かかるとはいえ、自宅のほうが落ち着くだろう。

「あなたは気にしないでいいの」

美彩の言い方に、個人的なことには踏み込まないでほしい、という冷たさを感じた。

次の日、遅めのモーニングバイキングで朝食を済ませた後、身支度を調《ととの》えて二人はホテルのロビーにいた。

チェックアウト後、正午に網島がホテルにやってくるまでの時間、県民の森を歩こうということになったのだ。

「あなた、ほとんど眠ってなかったようね」

ホテルを出ると、手で庇《ひさし》を作りながら美彩が言った。午前十時の太陽が降り注ぐ山の緑が眩《まぶ》しかった。

「何か、いろいろ考えてしまって」

「無理もないけど、あなたが睡眠を削ったって事態は変わらない。私みたいに熟睡しても、悪くなりもしないわ」

美彩は片手を体の前に引き寄せ、肩関節のストレッチをしながら歩く。長身でショートヘア姿は、バレーボール選手のようにはつらつとして見えた。

「頭では分かってるんです」

「それで五頭さんって人のこと、お母さんに確かめた？」

「ええ。母の知り合いでした」

どこで知り合ったのかは、訊いても答えなかった。ちょっとしたことで知り合っただけ、警察にやっかいになったんじゃないわよ、と笑って茶を濁すばかりだ。

「そのお陰かもね。警察の動きが迅速な気がする。夜中、ずっとスマホを見てたみたいだけど、お母さんとメール？」

「いいえ、気を紛《まぎ》らわせようと思ったんですが、裏目に出ました」

「ああ、小説でも読んでたのね？」

「いえ、弘永徳蔵さんの手記です」

「あの弘永開発の？」

美彩が立ち止まった。

「弘永開発は、ミネラルウォーターを販売しているんです」

「へえー、ミネラルウォーターにも手を出しているんだ」

「そのボトルにも付いていますが、ＱＲコードから限界集落だったＨ村を再生する『水の郷秘話』が読めるんです」

希美は、光一が移住の相談をしていたＮＰＯ法人『帰郷プロジェクト』に所属している藤原和人に教えてもらったのだと言った。

「弘永開発がミネラルウォーターを売り出したなら、優子さんも何かと手伝ってたはずね。顧問契約してるんだから。それでその秘話とやらを読んでたのね？」

「いえ、そうではなく、光一さんはその秘話に惹《ひ》かれたんじゃないかと思ったんです。藤原さんが『Ｈ村の起死回生ストーリーがなければ、ただの水です』っておっしゃってました。つまり光一さんが新居に水の郷を選んだのだとしたら、場所が岡山に近いからでも、自然が豊かだからでもなく、そのストーリーに感動したからだと」

「そう」

美彩が希美の顔をじっと見る。

「間違ってますか」

希美も見つめ返す。

「あなた、案外兄のこと分かってるわね」

「婚約者ですから」

「ストーリーを読んでみないと何とも言えないけど。弘永さんが人格者だってことは、麻美からも聞いてる。何でも、スポンサー企業を探して飛びこみ営業した優子さんのことを、一目で優秀だと見抜いた慧眼《けいがん》だけみても、鋭い人だと研究室のみんなが思ったんだそうよ」

と白い歯を見せ、美彩が再び歩き出した。

ゆっくり歩いて、十分も経たないうちに白樺並木に囲まれ、緑が映える芝生の平原に到着した。数組の家族、カップルがそれぞれの気に入った場所で自然を楽しんでいる。天気も良く、散策するのにちょうどいい気温と湿度だ。

美彩は芝生にハンカチを敷き、

「さてと、ここに座って、その秘話を聞かせてよ」

と腰を下ろして希美を見上げる。ブルーのスカートから膝小僧《ひざこぞう》が覗《のぞ》き、色が白くすらっと伸びた足が美しかった。

ショートパンツの希美は、剝き出しの足の長さが分からないよう折り曲げて芝生に座り、ハンカチを膝に置いた。

弘永開発のホームページをスマホの画面に呼び出し、『水の郷秘話』「報恩に生きる」というタイトルをタップした。

冒頭に、一枚の茶色く薄汚れた粗末な紙片の写真が表示される。そのままだと文字が小さくて読めないのでピンチアウトすると、書かれた鉛筆文字は大きさもバラバラで、ほとんどがひらがなの稚拙なものだと分かる。ただ筆圧は強く、ところどころに鉛筆の先が貫いた穴が空いていた。その写真以降、弘永の手記が始まる。

13

お母ちゃん、ごめん。ぼくは、少しもいいつけをまもらなかった。うそをついちゃいけない、人のものをとっちゃだめ。大きくなったら人のやくにたつ人間になるんだよ、といつもいっていたのに。ゆるしてください。これいじょう、ここにいたらもっと悪い人間になってしまうから、思いきってお母ちゃんに会いにいきます。生きものを大事にしなさいという約束もやぶりますけれど、どうしても会いたいからゆるしてください。マキシじゃなく徳蔵にもどりますから、徳ぼうとよんでだっこしてほしい。十にもなってと、しからずにいっぱい、いっぱい。そっちに行ったら戦死したお父ちゃん、徳一《とくいち》兄ちゃん、陽二《ようじ》兄ちゃん、クミ姉ちゃん、トミ子、いっしょにいっぱいあそぼ。いままでめいわくをかけたひとたち、ごめんなさい。みなさんにうらまれると

お母ちゃんたちに会えないと聞きました。だからどうかゆるしてください。このとおりです。徳蔵

私がこれを書いて、ズボンのポケットにしまい、上野駅から伸びる列車のレールに横たわったのは、敗戦の日から六カ月が経とうとしていた二月四日の夜でした。凍り付きそうなレールに耳を当てていると、午後十一時上野発沼津《ぬまづ》行きの車輪音が聞こえてきます。もうすぐ母に会える、母の温かい手で抱きしめてもらえると思うと胸が高鳴り、レールの振動が近づくのが分かると涙が溢《あふ》れ、耳たぶを濡らすのを感じていました。ただ、子供の私には嬉し涙が理解できませんでした。しかし死の恐怖でも、少ない友達との別れの寂しさでもないことだけは感じていた気がします。

両手で耳を覆わなければ、レールの響きで鼓膜が破れそうになったとき、私は残った力のすべてを使って「お母ちゃん！」と叫びました。そしてぎゅっと目を閉じたのです。

ふわっと宙に浮いた感覚がありました。次の瞬間、両腕とお尻に痛みが走り、天国でも痛さは感じるものなのかと、思いました。

「大丈夫か」

若い男の声でした。

恐る恐る目を開くと、そこには無精ひげを生やした顔があって、私の体の上に覆い被《かぶ》さっていたのです。

とっさに逃げようと、体をくねらせましたがびくとも動きません。

そのとき轟音《ごうおん》を上げて、私のすぐそばを鉄の塊が走り過ぎました。彼が押さえ込んでいなかったら、私は振動と風圧に吹き飛ばされるか、反対に車輪に吸い込まれていたかもしれません。

「死にたいのは分かる。しかし列車はまずい」

男は体を起こし、私を地面に座らせると、列車の最後尾を見つめながら言いました。

その言葉で、愚連隊でも狩り込みの役人でもないと直感しました。すぐには逃げなくても大丈夫だ、ふうっと息をついたのを覚えています。この男こそ、南方戦線より帰還したばかりの大畑喜平（島根県H村前村長）だったのです。

この頃、昭和二十一年の上野は、ヤミ屋やテキヤ、ヤクザや愚連隊、そして私のように空襲で親兄弟、家を失い行く当てのない浮浪児で溢れかえっていました。ことに上野駅の地下道で暮らす浮浪児は「浄化」の対象とされていて、警察や役人たちに見つかると、孤児収容所に連れて行かれるのです。それを「狩り込み」と呼んでいました。文字通り狩りです。

孤児収容所に保護されるのだからいいではないか、と思われるかもしれません。確かに駅の地下道、そこの暮らしの劣悪さはどれだけ言葉を探しても表現できないほどでした。昼間は追い出されますが、夜には多くの戦災孤児と傷痍《しょうい》軍人、浮浪者が密集し、寝る余地は畳半畳分もあればいいほうでした。

便所もなく、男子はそこらの壁に小便を、大便は端においてあるバケツを使う。それを嫌って駅の外に出て用を足そうものなら、元の場所にはもう別の人間が寝ています。

空腹に耐えきれず残飯とも呼べないゴミのようなものを取り合って食べていたため、常に幾人かは下痢や嘔吐《おうと》に苦しんでいます。それでなくとも異臭が漂っているのに、それらの臭いが充満して、嗅覚を麻痺《まひ》させないととても居られない状態でした。それほど劣悪な場所ですが、雨露と寒さを凌《しの》ぐために我慢するしかありません。

ホーム下のドブネズミにはまだ走り回れる場所と体力があるんだと、うらやましいくらいです。そんなネズミさえひと月と経たず、人間の空腹を満たすために姿を消してしまいました。誰が好き好んでこんな暮らしをしようと思いますか。たった一人で焼け野原に呆然《ぼうぜん》と立ち尽くしたとき、私はまだ十歳になったばかりだったのです。すべては一年前、昭和二十年三月十日に起こった東京大空襲のせいです。いえ、すべて大人が勝手に始めた戦争が悪いのです。

いまはそう言い切れますが、当時の大人たちは、アジアを欧米から解放する大東亜共栄圏構想を実現するためだとか、鬼畜米英から家族を守るための戦争だ、と私たちに教えていたので、諸悪の根源は米英にありと心底思っていました。

年の離れた長兄は十七歳、次兄は十二歳でしたから、将棋をしていても常に実際の戦争の話になって、いかに鬼畜米英が強大な戦力を差し向けてきても、日本の戦艦や零戦《ぜろせん》の凄《すご》さ、日本軍兵士の屈強さに加え、神風によって赤子の手を捻《ひね》るように撃退、殲滅《せんめつ》すると興奮して語り合ったものです。当時の一般的な家庭の子供たちは、程度の差はあれどそのような捉え方だったように思います。

私の家は、東京の浅草《あさくさ》で江戸扇子や団扇《うちわ》を作って売る店でした。裕福でもないけれど、食べるものや着るものに不自由したことはありませんから、そこそこの経済状態だったのでしょう。父は、勉強好きだった兄二人は月給取りにして、三男坊の私を職人として仕込み、ゆくゆくは「ひろなが工房」を継がせる気でいました。二人居た職人とお酒を飲むと、決まって一番弟子の飯田寿一《いいだじゅいち》に徳蔵を頼むと言っていたようです。

扇子の地紙貼り作業を見ていたとき、寿一から「親方は徳坊が小さいときから期待しているんだぞ。何事も辛抱するように」と言われたことがあります。勉強はそれほどでもないですが、手先の器用さは自慢できる。寿一の言いつけを守り、私は立派な職人になる気満々でした。

ところが戦争が始まってから三年目に父の戦死の知らせが届き、和紙の仕入れも難しくなり、在庫も底をつきました。それで二人の職人にはそれぞれ田舎へ疎開してもらうことになったのです。長兄徳一はすでに入隊し、次兄陽二と私は、昭和十九年の八月の末、長野県へ学童集団疎開することになりました。家に残ったのは母と妹のトミ子、そして肺病を患《わずら》っていた母の面倒と、家事をするために残留した長姉クミの二人です。国民学校三年生から六年生が学童疎開の対象だったため、まだ六つのトミ子は母と一緒なのを喜び、私たち兄弟との別れなど悲しくないように見えたのですが、その後の母からの手紙では、夜になると「お兄ちゃん、お兄ちゃん」と泣いたようです。ようです、と曖昧な書き方になったのは、手紙は出すものも届くものもすべて検閲され、里心がつくような文言は黒塗りされるか、もしくは破棄されたからです。それが分かっていた母親は、こんな風に綴《つづ》って兄によこしました。

いつまでも「お兄ちゃん、お兄ちゃん」と泣いてはいけないとよく言い聞かせましたので、トミ子のことは案ぜず、兄弟仲良く勉強に頑張ってください。

それを見て兄が、

「トミ子に人形を作ってやろう。徳蔵、頼むよ」

と悲しげに言いました。

「和紙さえあれば、すぐにでも作ってやれるよ」

実際に私は、三日ほどかかって習字に使う半紙と少ない米粒とでひな人形をこさえました。通常なら一、二時間で完成させられるのですが、指導員に見つかると男子が人形などとは軟弱である、と殴られるので、夜中に月明かりを頼りに作業をしなければならなかったのです。なんとかできましたが、家に届ける手段がありません。検閲に引っかかれば燃やされるに決まってます。うちは母が胸を患っていたため、実家からの面会は許可されません。だからといって面会に来た学友の家族に言付けることも、見つかったときの迷惑を考えるとできない。結局、卒業式に出席するために兄が実家に戻るまで、人形は私の帳面に挟んだままでした。

疎開先の指導員は海軍上がりで厳しく、すべてが軍隊調です。六時四十五分の起床から午後九時の消灯まで、緊張し通しの毎日。同じ疎開地でも別の旅館やお寺に配置された者たちの自由時間とはまるでちがっていたようです。自由時間のほとんどを自習の時間にし、何人かを見張り役にして管理しました。誰が見張り役なのか明かさず、次の日にみんなの様子を報告させ、食い違いがあると全員に食事抜きや入浴禁止などの罰が下ります。どんどん食料の配給が減っていき、十一月くらいからは常に空腹状態だったので、指導員の命令に従うしかありません。仕方なく、入浴のない日に許される散歩時間を使って、山の中に入ってぎんなんや野草を採って食べていました。寝ても覚めても食べ物のことばかりを考え、勉強など頭に入りません。

また、それまで経験したことのない信州の寒さも骨身に染みました。それもそのはずで、その年は六十年に一度の大雪だったと言います。

さらに私たちを苦しめたのは、シラミです。衣類に巣くうシラミは、卵の状態だと煮沸しても死なず、ずっとかゆみに耐えていました。

辛い暮らしが半年続き、昭和二十年三月八日、陽二だけが十四日の国民学校初等科の卒業式に出席するため、実家に戻ることになりました。よほど旅館を抜け出して付いて帰ろうとしましたが、むろんキップもありませんから無理です。私はひな人形を兄に託しました。

「トミ子の喜ぶ顔が見られるな。卒業式が終わって、進学するまでの間、日にちがあるから、そのとき必ず東京土産を持って面会に来てやるからな」

そう言って、着ていた外套《がいとう》をくれた陽二の顔は、私にはいつもより優しく映りました。それが陽二との永遠の別れになりました。

三月十日の東京大空襲のことを知ったのは、三日後でした。陽二と同じく卒業式のために東京に戻っていた友人の一人が、取るものも取りあえず知らせにきてくれたのです。

多くのものは縁故を訪ねてさらに田舎へと疎開する中、病の母が気がかりだった私は、一刻も早く家に戻りたいと思いました。

東京へ戻る他の旅館にいた教師に付いて、再び東京の地を踏んだのは十五日の昼過ぎです。

火鉢の中の炭の上を歩いているようでした。白い灰と黒焦《くろこ》げの物体だけの世界は、私が知っている東京の町ではありません。

走った格好のまま倒れた人、子供を抱いているのがはっきり分かる母親、膝をつき空を見上げた体の大きな男、みんな真っ黒の木偶《でく》と化してそこら中にあります。恐ろしい光景のはずなのに、怖さが湧《わ》いてきません。あちこちで名前を呼ぶ声、号泣が聞こえてくる中で、変わり果てた夥《おびただ》しい人体を見ても感情が反応しないのです。どうにかなってしまったと思いました。

とぼとぼと浅草を目指して歩きました。「ひろなが工房」、そんなものどこを探してもありません。炭化した材木を乗り越えて、工房の床下辺りを探ります。そこに防空《ぼうくう》壕《ごう》があったからです。

梁《はり》らしき太い材木の下に錆《さ》びたトタン板が見えました。壕の扉です。

「お母ちゃん、クミ姉ちゃん、トミ子！」

と叫びながら、トタン板に取り付けてある取っ手代わりの針金を引っ張りました。少ししか持ち上がらず、その辺にある棒と石で梃子《てこ》を作ってトタン板をめくりあげました。

壕の中から風が吹きあげ、周辺の焦げたものよりも強い、何かをいぶした臭いが鼻をつきました。

駅からここにくるまでに目にした焼けた死体が頭をよぎり、足がすくんで中には入れません。私は真っ暗な壕に向かって、また大きな声で呼び掛けました。やっぱり返事はありませんでした。

さらにトタン板をめくりあげると四畳ほどの穴にもお日様が差し込み、入り口に近い場所で白く光るものを発見しました。

土に半分ほど埋まった母の茶碗だと分かりました。

「お母ちゃん」

私は思い切ってハシゴを下りました。

茶碗を拾いあげたのですが、埋まっていたのではなく半分しかありませんでした。

そして奥を見たのです。

そこには母と姉、妹らしき黒い物体が、重なるように横たわっていました。辺りを見回すと、何もかも煤《すす》けています。焼夷弾には種類があって、中に百十個の小型爆弾が仕込まれたものがあると聞きました。小型爆弾一つ一つに燃料が仕込まれ、それが着衣にかかれば一気に燃えるのだそうです。壕の中に小型爆弾か、燃料が侵入したとすれば、万に一つも助かる見込みはありません。

空を我が物顔で編隊を組んで飛ぶB29の姿は、何度となく見ていましたし、遠くで夕立の雨かと思うようなザーッという音も聞いたことがあります。その雨の音の正体が焼夷弾の投下だったというのは、後で大人から教わりました。（※一説に三十二万五千発投下されたとも言われています）

それが自分の住んでいた場所を襲ったかと思うと、目の前の惨状も何の不思議もありません。

このときもまだ一滴の涙も出ませんでした。

私は目の前の黒い木偶は、母でも姉妹でもないと言い聞かせ、兄を探すために茶碗の破片を外套のポケットに入れて外へ出ました。

町内を探し回っても誰一人知った人に出会えません。目に飛び込むのは、色を失った瓦礫《がれき》の中を幽霊のように彷徨《さまよ》う人々、燃えてしまった人間をリヤカーに放り投げる無表情の大人の姿ばかりでした。彼らは遺体を荼毘《だび》に付すため空き地へ運びます。

本来母たちも弔《とむら》わないといけないのですが、熱い思いをした母や姉、妹を再び火の中に入れることがかわいそうに思えて、できなかったのです。

立ち込める焦げ臭さと焼夷弾の燃料の臭いは酷《ひど》かったけれど、このときは気温が低く異臭とまでは感じません。おそらく五度もなかったはずです。目をそむけ、ストーブの石油か炭団《たどん》の臭いだと思えば我慢できました。

日が暮れると、三月というのに小雪が舞い、とても寒かった。兄がくれた外套だけが頼りでした。そのうち目の前も分からないほど暗くなってきました。町に建物がないというのは、これほど暗いものなのか。

心細さから人声のするほう、明かりの灯るほうへと吸い寄せられていきます。結局、焼け残った上野駅に戻ってきてしまいました。

駅にいれば陽二兄ちゃんが迎えにきてくれるかもしれない、と思い、寒さも凌げるだろうと待合室で過ごすことにしたのです。

そこは罹災《りさい》した人でごった返していました。皆、誰かを待っているようで、私が近づくと疲れて充血した目が一斉に注がれます。視線が痛いと思ったのはこのときが初めてでした。そして待ち人ではないと分かった瞬間の落胆の表情、責められているようでその場にしゃがみ込んでしまいました。

「誰を待ってるんだい？」

隣のおばさんが訊いてきました。土埃《つちぼこり》にまみれた顔や着物からは、秋田土産の「いぶりがっこ」の臭いがします。

見知らぬ人から話し掛けられてもすぐに返事しちゃダメだよ、と母からやかましく言われていた私は、おばさんの目をじっと見詰めるだけで、何も言いませんでした。

おばさんは私の服装やリュックを見て、

「可哀想に、口がきけなくなったのかい？　無理もないね、こんな有様なんだもん。疎開先から戻ったようだね。家のひとを待ってるんだろう？」

私はうなずきました。

「おばちゃんも、子供たちを探してるんだ。孫は、ぼくくらいの男の子だ」

嫁が住む東京がひどい空襲を受けたと聞いて、飛んできたのだそうです。

「逃げてくれているることを信じてるんだけどね。孫の分ちょっとわけてあげるよ。これ、食べな。お腹《なか》空いてるんだろう」

目の前で竹の皮を開き、差し出してくれました。まん丸の玄米混じりの塩むすびです。

それを見た瞬間、お腹の虫が鳴き出し、丸二日、水しか口にしてないことに気づきました。

「子供は遠慮するもんじゃないよ」

その言葉に促《うなが》され、おむすびを摑《つか》むと呼吸するのも忘れかぶりつきます。案の定喉を詰めた私に、水筒の水までくれました。

防空壕の変わり果てた母たちを見ても泣かなかったのに、水筒の水とともにご飯を飲み込んだとたん、涙があふれ出たのです。抑えきれない嗚咽《おえつ》が漏れ、おばさんの胸で声をあげました。

麻痺していた感情がおばさんの優しさに触れて蘇《よみがえ》り、そこではじめて家族を失った寂しさが湧いたのでしょう。

おばさんの側《そば》にずっといたかった。しかし、明くる朝、業務のため待合室や地下道から浮浪者を追い出す駅の職員の声で目を覚ましたとき、おばさんの姿はありませんでした。嫁と孫を探しにいったのでしょう。

朝の駅舎周辺は、驚くほど人だらけです。背を丸めボロボロの服というより布きれを体に巻いているだけの人を何人も見かけました。

その中の一人のお爺《じい》さんが、

「外套を売ってくれないか」

と近づいてきました。お爺さんは病の孫が震えていると泣きそうな顔でした。

「寒いから」

いやだ、と首を振ったのですが、お爺さんの手に和気清麻呂《わけのきよまろ》が描かれたお札が一枚握られていました。それは十円札で、子供の私からすれば大金です。一円でパンが五個は買える時代です。外套の下にもシャツを着ているし、お爺さんのように穴だらけでもない。

私はお札を受け取ると、外套を脱いで差し出しました。同じように着ているものをお金に換えて暮らす人のことを、タケノコ生活と呼んだようです。

昭和五十五年に東京原宿の歩行者天国に出現した「竹の子族」のニュースを耳にしたとき、当時を思い出してとてもいやな気分に襲われました。話が横道にそれましたが、脱線ついでにもう一つ、私をいまだに滅入《めい》らせる言葉に「チャリンコ」があります。

息子、孫たちの証言を借りれば、自転車をそう呼べば私は必ず不機嫌な顔つきをするそうです。高齢者も平気でこの言葉を使う人がいますから、いまの若者を責めるつもりはありません。しかし、どうしても自転車のことだと思えないのです。

その訳は、外套を売ったお金、十円札を持ってパンを買いにいった直後に起こった事件から、お話ししないと理解してもらえないでしょう。

やっとの思いで見つけたパン屋で、大好物のあんパンを買いました。値上がりしていたようで四つで一円でした。私はパンをリュックに、おつりの九円紙幣はシャツの下の巾着袋にしまいました。疎開する前に母が作ってくれた大事な物入れです。巾着がお札で膨《ふく》らむと金額が減ったにもかかわらず、お札が九枚に増えたことが嬉しくなりました。

足取りも軽く上野公園までいくと、人の少ない場所の土塊《つちくれ》に腰を下ろしてパンを口に入れました。

いままで食べたどんなあんパンよりも、甘くて美味《おい》しく感じました。食べてしまうのが惜しくて、二口目は心持ち少なめにかじります。

三口目というそのとき、背中のリュックが急に軽く感じたのです。振り返ると背負っているはずのリュックがありません。

慌《あわ》てて立ち上がると後ろから突き飛ばされ、顔から地面に落ちました。土が入った口の中は、せっかくの小麦の香りが消えて鉄臭くなり、あんパンも手の中でつぶれてしまいました。

背中に冷たいものが走って巾着の肩紐が、スルスルっと抜けていきました。何事が起こったのか、確かめようと顔を上げると汚れたズックが見えます。

四つん這いになって起き上がろうとしました。

「死にたくなかったら、何も見るな」

ドスを利かせているつもりでしょうが、子供の声だとすぐに分かりました。数人に囲まれている気配がありました。腕っ節に自信がない私は、抵抗すればもっと酷い目にあわされるだろうと、俯《うつぶ》せのままじっとしていました。

「足の大きさ、俺と同じくらいだ、アニキ」

別の子供の声がしてすぐ、足の裏に冷たい風を感じたのです。

「ノガミで大金を見せびらかせば、こうなる。覚えておけ」

浮浪児たちが、上野のことを「ノガミ」と言っているのを、このときはじめて知りました。

彼らの声が遠くに消え去るのを待って、私は起き上がりました。

唾を吐くと、前歯が一本地面に落ちました。シャツの背中がカミソリか何かで縦一文字に切られ、肌まで見えています。

背中が寒いほうが身に染みるので、シャツを脱いで後ろ前にして着ることを思いつきました。着心地は良くないですが、前なら切れた部分を手で塞《ふさ》ぐこともできます。

外套を売ったときから浮浪児たちに目を付けられていたようです。「ノガミ」生活二日目にして、外套もリュックも、お金もパンもズックもなくなり、残ったのは口の中の血の臭いと悔しさだけです。

いえ、つぶれて土まみれのあんパンがありました。少々の土は我慢して食べ、その日一日は何とか空腹を凌ぎました。

罹災者や孤児が、毎日十人、二十人単位で冷たくなる地下道です。これから先、何日生き延びることができるのか、次死ぬのは私ではないか、と思いながらの暮らしが始まったのです。

生きるための闘いです。寒さと飢え、病気、喧嘩やリンチが常に命を狙っているのです。

私のねぐらはノガミの地下道、お腹が空いて空いて仕方のないその日暮らしの毎日です。残飯漁《あさ》りをしようにも、すでに浮浪児の先輩が先を越していて何もありません。公園の草を摘んでしがみ、青臭さと苦味で食欲をなくしたり、不忍池《しのばずのいけ》でザリガニや鯉をとって食べたりと必死でした。ザリガニや鯉といっても、年長の子供たちに上納してから、ほんの少しのおこぼれにありつくだけです。

歩くときはいつも下を向いて、食べられるものが落ちてないか探すからか、浮浪児のほとんどが猫背でした。栄養失調で腹はポコッと突き出していて、東京国立博物館で見た餓鬼《がき》草紙の餓鬼の姿に似た子供もいました。

そのうち悪いことに手を染める者も出てきます。体の小さい子供は、恐喝や強盗はできませんから、置き引きや窃盗、スリなど敏捷《びんしょう》性を生かした悪事です。「嘘《うそ》をついちゃいけない、人のものを盗っちゃだめ。大きくなったら人の役に立つ人間になれ」と母親から言われて育った私は、いくら空腹でも手を出せませんでした。

それでも背に腹は代えられず、ノガミ初日に会ったおばさんのように、地方から出てきた人捜しに夢中の人に近づき、捨てられた子犬のような表情で見詰めて同情を買い、食べ物を恵んでもらいました。

浮浪児からは「乞食」と笑われ、多くの大人からは蝿《はえ》を払うような手つきで追われます。嫌われているのは自分でも分かっています。けれど、お金も力も何もない裸同然の子供にできる精一杯の生き方だったのです。

そんなギリギリの暮らしが八月十五日の終戦と共に一変します。

外地から多くの兵隊や人々が引き揚げてきて、大勢の人がノガミに集まってきます。それらの人を目当てに在日外国人たちが闇ルートで仕入れたものを売り始め、わずか五日ほどで市場ができました。闇市です。

地下道には、引き揚げの傷痍軍人、特攻崩れの愚連隊、さらには地方の罹災者たちが、ノガミには食べ物があるという噂を聞きつけやってきて、ますます狭苦しくなりました。

治安も悪くなる一方で、在日外国人と町に古くからいるテキヤにヤクザ、そしてそれらを取り締まろうとする警察が入り交じって、いつもどこからか怒号や悲鳴が聞こえていました。

私たち浮浪児にとって怖いのは、何より警察と役人だったのです。ヤクザは罪を犯しますが、私たち浮浪児をいじめるようなことはしません。手なずければ、スリや闇物資調達の手伝いとして役立つからです。テキヤのお兄さんは、いまの人には分かってもらえないでしょうが、紙芝居で見た『黄金バット』みたいな存在でした。私たちが、闇市の店主に捕まってつるし上げられていたり、大人たちに酷い目に遭わされていると、どこからともなく現れて、啖呵《たんか》を切って助けてくれるのです。それだけではありません。ときには露店で扱う焼きトウモロコシやサツマイモをご馳走してくれることさえありました。

中でもテキヤのミツオという兄さんがいなければ、私は生きていけなかったかもしれません。

14

ミツオの名前が登場したところで、希美はスマホから目を離し、

「昨夜はここまで読んでうつらうつらして。疎開も大空襲も、なんとなく知ってはいますけど、体験者の話を読むと悲惨だったんだって分かります」

と息を吐いた。

「当然、まだまだ続くんでしょう?」

「ええ、これで半分くらいです」

「あなたが引き込まれたの、分かるわ。徳蔵少年には悪いけど、好奇心が湧いてきちゃった。黄金バットとか調べないと分からないけど」

「テキヤさんって、お祭りでりんご飴《あめ》とか、それこそ焼きトウモロコシとかを売ってるお店の人ですよね」

実家の近くでも夏祭りに屋台がたくさん立ち並ぶ、と希美が言った。

「夜店、私もよく行った。チョコバナナが好きだったわ。外れなしの当て物も」

「けっこう面白いお兄さん、いましたよね」

「子供騙《だま》しだっていいながら、親たちも楽しんでた。昔から馴染《なじ》みがあるものよ」

「うちの母親もそんなこと言ってましたけど、子供に優しかったと思います」

順番を並ばない、乱暴な男子を叱りつけ、最低のルールを教えていた場面を見た。怒鳴ったけれど、しょげる男の子にすっとチョコレートを差し出してフォローしていた。

「昔も今も、あのお兄さんたちとヤクザはまったく別物だったのね」

「徳蔵さんが、憧《あこが》れるくらいですから」

「確かに。それにしてもあなた朗読上手ね。どういうんだろう、読んでいるだけじゃなく、徳蔵少年の心情が伝わってくる」

「そんな風に言われたことないです」

照れくさかった。

「普通なら、ＵＲＬを聞いて自分で読むわって言うんだけど、聞き惚《ほ》れちゃった。今晩、部屋で続きを聞かせてよ」

「今晩も？」

「そうよ。朝の空気を吸って。岩手山を見てると、だんだん兄たちがこの近くにいるって思えてきた」

「でもさっきチェックアウトしたばかりですよ」

「気が変わったって言うわ」

「そう、ですね」

美彩は、ほんとうに気まぐれな性質のようだ。勝手な想像だが、夫も手を焼いている気がしてならない。

「出戻り、決定ね」

出戻りという言葉が、チェックインをし直すことだと分かっているけれど、菊池家には何か問題があるのかと勘ぐってしまう。

二人がホテルのロビーに戻り網島を待っていると、五分ほど遅れて現れた。

「もう、ほぼ熊じゃん。よく撃たれずにここまでこられたわね」

美彩が、頬《ほお》から顎《あご》にかけて伸びた無精ヒゲを見て笑った。これほどはじけた笑顔は初めてだ。

顔だけでなく、黒いTシャツにGパン、大きなショルダーバッグも黒一色で巨体の網島が森の中から現れたら、熊に間違えられても不思議はない。

「まあ前より太ったからな。しかし相変わらず、美彩ちゃんは可愛い顔して、よく言うね」

頬を摩《さす》りながら網島も苦笑いを浮かべる。

「電話じゃ、ここまでむさくるしくなってるなんて、分かんないもの」

美彩が頬をつつく。

光一は言わなかったが、美彩と網島との間には相当な信頼感があるようだ。

網島は美彩の指を防御しながら、希美に声をかけてきた。

「希美さん、美彩ちゃんにいじめられませんでした？」

「いえ、そんなことないです」

「俺には正直に言ってくださいね」

「どうして私が初井さんをいじめるのよ。余計なこと言ってないで、話があったんでしょう。こっちは待ちくたびれてるんだからね」

と悪態をつき、美彩がエレベータへと歩き出す。

「どこへ？」

網島が聞くと、

「最上階の展望ロビー」

素っ気なく美彩は答えた。

「昼飯でも食わないか」

「お腹減っているほうがちょっとくらいましでしょう、頭の回転。我慢、我慢よ」

と美彩が微笑む。

漫画やテレビで小悪魔的な女性が登場することがあるが、美彩の笑みこそまさにそんな感じだ。

十二階にある展望ロビーは、椅子が大きな窓に向けて置かれている。窓に広がる緑の景色は、さっきまでいた県民の森と背後の岩手山だ。岩手山には少し雲がかかっていて、大きなマウンテンハットのように見える。

そこだと話しにくいと美彩が、窓からは離れた楕円形《だえんけい》のテーブル席に着くよう希美と網島に顎で促した。網島は光一の先輩だから、美彩より四つ以上は年上なのに、ここでも主導権を握るのは小悪魔だ。

「凄《すご》い眺めだ」

窓に視線を向けていた網島が、少し遅れてテーブルに近寄る。頭を前後させて遠近に視線を投げるしぐさは、光一もよくしていた。景色を切り取るベストアングルを探るのだ。

「突っ立ってないで、座って。これまでのことをざっと説明するわね」

光一が行方不明となった六月十八日の翌日に、どうやら優子もいなくなったと友人の麻美から聞いたこと、しかも優子は研究室のお金八百万円を自ら引き出していることが分かり、優子の車が八幡平で見つかったが四日間戻っていないことから、警察は最悪の事態を想定して捜査を行っていることを、美彩は話した。

「お金を無断で持ち出して、二人が行動を共にしているとなると、誰だって嫌な予感がするじゃない？」

「嫌な予感って、どんな？」

「だから最悪の事態よ。それを初井さんの前で言わせるの？」

二人の視線を感じ、

「私のことは気にしないでください」

と希美はきっぱり言った。

「逃避行の果ての心中」

「美彩ちゃん、それは飛躍し過ぎだ。光一もそうだけど、それ以上に優子さんは分別のある女性だ」

　誰もが優子を高く評価している。

「そんなことは私も分かってるわよ。兄がそんなことするはずないもの。そして研究室で一緒に働いている人も、優子さんに限ってそんなはずないって思ってる。でもお金を引き出して研究室から姿を消し、下宿先にも戻ってないのよ。おまけにノートパソコン、ハンディータイプのプリンターまで持って出てるのも事実なんだから」

　美彩が憤然《ふんぜん》とした表情を見せた。

「どうしても考えられないな。二人がいまだに……」

「網島さん、ほんとうに気を遣わないでください。私、光一さんにも、別の面があったんだって理解しようと努力してますので」

「希美さん、ヤツの先輩としてすまない、と思ってます。実は、八幡平で車が見つかったって聞いたとき、ひょっとしたらと思ったことがあるんです」

「それでここまで来たんでしょう？　早く言ってよ」

　美彩がせっつく。

「ヤツは優子さんと交際してたときから、フォト絵本『なめとこ山の熊』を出す夢に関して、雫石《しずくいし》か八幡平で撮りたい、と思ってたようなんだ。もちろんカメラマンの仕事をしながら、月に十日ほど滞在して撮りためようという計画だった。そのために八幡平に拠点となる場所を探したんだ」

「実家じゃダメなのね」

美彩が言葉を挟んだ。

「うん……作品に集中できる別荘が必要だったんだろう」

「八幡平でね。でも、それは無理な相談よ。優子さんには研究室があるもの。そんな話があったのがいつ頃なのか分からないけど、研究室にはなくてはならない人よ」

「だから、そんな計画を口にし出したのが、確か四年前だ」

網島が美彩に向かって小さくうなずく。

「それじゃ？」

「ああ、優子さんと光一が別れた原因の一つだろう。優子さんはフォト絵本については大賛成で、その舞台を八幡平周辺にすることも納得してた。納得というより、彼女のアイデアでもある」

優子は、光一と交際し始めたとき宮澤賢治の愛読者ではなかった。教科書に出てくる作品しか読んだことがなかったのだという。

「優子さんは石牟礼道子《いしむれみちこ》と、岡山に来てからは永瀬清子に傾倒してたものね。とくに永瀬清子は、弘永会長も大好きで、スポンサーになってもらう面接のとき意気投合したって聞いた。永瀬清子が助けてくれたって優子さん言ってたらしい」

美彩は麻美から聞いたことを話した。

「俺はよく分からんけど、永瀬清子が賢治とつながるんだってね」

「それも友達から教えてもらった。なんでも賢治さんの手帳を遺品の中から発見した人なんだって。有名な『雨ニモ負ケズ』の詩が書かれた手帳。兄は元々郷土の誇り賢治さんが好きだったし、その辺で優子さんと仲良くなったんじゃないかしら」

美彩は学園祭で光一に優子を紹介した。自分はキューピッドだけれど、うまくいくとは正直思っていなかった、と言った。

「今にして思えば、芸術とか、人生とは何かという、結構深いところで結びついていたのかもね」

と希美をはばかることなく感嘆した。

「ヤツのことだから芸術は分かるけど、人生云々《うんぬん》は言い過ぎだろう」

「網島さんこんな言葉知ってる？　『もののあわれは、私たちが「移りゆく者」「死すべき者」であることに根ざしている』って」

「もちろん。光一が『限界点』の第一回、その冒頭に書いた文章だから」

したり顔の網島が、太い腕を組む。二の腕の毛深さが際立った。

「その文章を兄が書き、優子さんが大事に机の中に忍ばせていた。いつ兄がそれを書いたのかは分からないけど、少なくとも『もののあわれ』に関して、二人は共感してた。もののあわれって、生き方を象徴してると私は思うけどなぁ」

「そうなのか。やっぱり俺には分からんよ、そんな難しいこと」

「私も理系だから大した知識はないわ。ただ中学の古文で『徒然草《つれづれぐさ》』ってやったじゃない。それで、もののあはれは秋こそまさるってみんなが言うけど、さらに心がうきうきするのは春の景色でもあるようだって書いてあったのを覚えてる」

「秀才はちがうな。俺、そんなの習った覚えないし、そもそも記憶してないよ。で、意味は何？」

網島は、眉を寄せ頰のヒゲを摩った。

「それは……」

「もののあわれは、自然とか人生とかに触れて感じる趣、感動で、光一さんにとっては、自分が撮った写真で、はっきりこれだとは言わずに感じてもらう美しさだと思います」

　希美が美彩の代わりに答えた。きれいとか醜《みにく》いとかではなく、そんなものを超えた美、これ見よがしに主張せず、もっと繊細で奥ゆかしい美が表現できたら、やっと自分は表現者となれるんだけど、と光一が言ったことがあった。網島と美彩の話を聞いているうちに彼の言葉を思い出したのだった。

「兄があなたに、そんなことを？」

「変ですか」

「いえ、婚約者だもの、ね。けど、なぜ永瀬清子の言葉を知らなかったの。というか兄はどうしてあなたには教えなかったのかな」

「美彩ちゃん、そのことはもういいじゃないか。二人が同じような感性を持っていたことは分かったから」

　網島が言葉を挟み、

「俺がここに来たのは、光一の、ヤツの居場所を絞り込むためなんだ」

と険《けわ》しい顔つきになった。

「見当がついてるの？」

　美彩の座っている椅子がガタンと床を打った。

「この近くに、温泉付き別荘を分譲しているのを知ってるか」

「聞いたことはある。えっ、じゃあそこを拠点にしようとしてたってこと?」

「うん。いつかアトリエにしたいとも言ってた」

網島は声を低める。

「バカだわ」

「そうだ、バカだよ。隠遁《いんとん》生活なのか、大御所気取りなのか知らんが」

「そこに優子さんと?」

「だいたい優子さんは贅沢《ぜいたく》を嫌う人だ。別荘地に住むなんて誘いにのるはずない。承知しないと思うんだけどな」

「いま、そこに二人がいるかもしれないとおっしゃるんですか」

希美が訊《き》いた。

これだけの人間を巻き込んでおきながら別荘だなんて、それも温泉付きだなんて許せない。怒りがあらぬ方向に行く自分が哀れだった。

「可能性としてはあるかもと思ってます。ネットで調べたんですが、温泉付きの中古物件なら八百万円もあれば買えます」

「なにも研究室のお金を持ち逃げしてすることじゃない。罪を犯した手でフォト絵本なんか作っても何にもならない。あの二人の人生観、哲学はそんなもんなの」

美彩の唇が震えていた。

「魔が差したんだ。いや、何かあったんだと俺は思いたい。希美さん、俺はあいつを信じてます」

「横領なら手が後ろに回ります。逃げ通すつもりなんでしょうか、二人は。それとも警察が言うように……」

希美は、心中という言葉だけは使えなかった。

「私もそこを心配してる。最後にフォト絵本を完成させて」

「しかしなぜだ。なぜそんなことをしなくちゃならん」

「兄が仕事で悩んでいたってことはない？」

「俺が知る限りむしろ、『限界点』でステップアップしそうな気配があった。他の出版社から入ってくる評判も上々だ。仕事の依頼も増えることはあっても減らないだろう。稼ぎだって俺よりよくなるはずだ。仕事を選り好みしなければ、だけど」

網島が言ったことを、伯父に話してくれれば結婚話はもっとうまくいっていたにちがいない。

「人間関係もそこそこうまくいってたってことよね。それなら健康面で不安を抱えていたのかな。初井さんに訊いても無駄よね」

「またそんな言い方する。どうなんです？　あいつ、体調、崩してたんですか」

「いえ、そんな風には見えませんでした」

「優子さんのほうは？」

　網島が美彩に尋ねた。

「ごく最近の様子がおかしかったとは聞いてるけど。仕事の疲れじゃないかな。ゴールデンウイークを返上して仕事をしていたっていうし。ちょっと待って、研究室の友人に確かめてみる」

　美彩は麻美に電話をかけた。

「あっ麻美、今いい？……えっ、そうなの？　じゃあこっちにも送ってくれる。警察にも提出するね。電話したのは、優子さんが、世を儚《はかな》むようなことがあったのか、心当たりないかを尋ねようと思って。でも、そっちのほうが気になるわね……そう、それは助かるじゃない」

　ずっと美彩は相づちを打っている。そして五、六分経ってから、こちらでも何か分かったら連絡する、と電話を切った。

「何かあったのか」

　網島が、思い顔でスマホをテーブルに置く美彩に尋ねた。

「麻美に、優子さんのお母さんに連絡をとって、いろいろ確認してもらっていたの」

心中の場合、最後の言葉を身内にメールするケースがある、と警官に言われたことを網島に話し、

「六月二十二日に優子さんからメールが届いていていたんだって」

と希美にも顔を向けてきた。

「どんなことが書いてあったんですか」

希美は、美彩が置いたスマホに視線を落としながら訊いた。二十二日と言えば、二人が姿を消した四日後に当たる。

「転送してもらった。麻美が読んだ印象だと、遺書だととれないことはないって」

「はっきりしないんだな」

網島が苦々《にがにが》しげな声を出した。

少ししてメールが届き、美彩が画面を開く。そして声を出してゆっくり読んだ。

『お母さん体調はいかがですか。やっぱり先進医療を受けるべきだと思います。そんなに遠くない場所に病院があるのですから。東京辺りから治療を受けにやってくる人もいるのにと思うと、切ないです。病気に関してなら、むしろお母さんのほうが詳しいはず。医療技術が日進月歩の発展をしていることも。すぐに融通できるお金ができ

ました。大丈夫、きっとうまくいくと信じています。これまで苦労したんだから、元気で長生きしてほしい。そして多くの患者さんを癒《い》やしてあげてください。産んで育ててくれた私ができる、ささやかな恩返しです。お金のことで誰かがいろいろ言ってくるかもしれませんが、ちゃんと話はついています。私のことは心配しないでください。さようなら　優子』

スマホを視線から外して、

「どう思う？」

と美彩が二人に訊いた。

「うーん、確かに遺書めいてるっていえばそう思える。別荘の代金じゃなかったんだな。先進医療ってことは、優子さんのおふくろさん、癌《がん》だったのか」

網島の声に憂《うれ》いのような響きを感じ、本当に優しい人だと希美は思った。網島なら、婚約者を悲しませるようなことはしないだろう。以前彼が、「女房」という言葉を何気なく使った。そのときは何とも思わなかったけれど、今は彼の家庭が円満なのだろうと想像できる。

「私はぜんぜん知らなかった。一緒に働いている麻美もびっくりしてる」

「誰にも言ってなかったんだな」

「隠してたのね。で、メールに『話はついています』とあったから、お金のことを思い切って弘永会長に確かめたんだって。もちろん弘永会長も知らなかった」

仕方なく事情を話すと、研究室が困るだろうからと、改めて同額を振り込む約束をしたそうだ。

「弘永さんって凄いな」

島根に行ったとき、藤原から彼の功績をさんざん聞かされ、ＰＲのリーフレットも渡されたと網島は美彩に言った。

「私も今、弘永さんの書いた『水の郷秘話』を読んでいるところです」

そう言って希美は、美彩の顔を見た。

「弘永さんは、こんなことも言ったんだって。下槻さんは実によくやってくれている。新規事業で今後ますます世話になることを考えれば、それほど高い金額でもないと。むしろ下槻さんにのっぴきならない事情があったんだろうって、心配されてたそうよ」

「懐《ふところ》の深い人だ。それにしても、優子さんへの信頼は厚いね」

「それは誰もが認める。それより驚いたのは、お母さんへのお金は振り込みじゃなかったことよ」

「直接、手渡したのか」

「違う。呼び鈴が鳴ってお母さんが出て行ったら、『優子より』って書かれた紙袋が玄関ポストに投函されていた」

「えっ、じゃあ家の前まで来てるのに、お袋さんに会わずじまいか」

網島が驚いた声を出した。

声すらかけていないなんて希美には考えられない。

「ゴールデンウイークには顔を見てきてほしいって麻美に頼んでるのよ。手渡せば顔も見られるし、容態だって自分で訊けるのに」

美彩も怪訝《けげん》な顔で続ける。

「驚いたお母さんは、すぐ優子さんに電話をかけたけど、つながらなかった。メールで確かめようとしたとき、優子さんからのメールに気づいたんだそうよ」

「お袋さんも心配だろうな」

「まさか失踪したとは思ってないからね、お母さんは」

いろいろ訊かれたが、麻美は失踪の件を黙っていたのだという。

「二人の性格から、あり得ない行為だ。一連の行動すべて光一なら絶対にやらないし、それは優子さんにも言える。お母さんが家にいることを確かめた上でとはいえ、乱暴なやり方だ」

網島は太い首をひねる。

「おかしなことだらけだから、メールの内容を麻美は確認してくれた。ただそのせいで、優子さんと連絡がつかなくなっていることが知られちゃった」

母親は、自分の知る限りの優子の知り合いに連絡をとると、悲痛な声で言ったそうだ。

「訊きにくかったのだけれど、先進医療のことを麻美は尋ねてくれた」

優子の母は、四月の半ばくらいから腕にしびれがあって、思うように看護の仕事ができなくなっていた。病院で見てもらうと、脊髄《せきずい》に腫瘍が見つかったのだという。医師から鹿児島にある陽子線治療を勧められたが、一度の照射に三百万円ほどかかることに逡巡《しゅんじゅん》していたそうだ。それを知った優子が、お金のことは心配しないように言っていた。

「一度で効かなかった場合、二度照射することがあるんだって。八百万円ってそれを考えた金額よね」

「万が一のための二回分に、二百万円の余裕を持たせたって訳か」

「あのう、お金の件ですけど、それだけ弘永さんに信頼されているなら、なぜ事情を話して正式に借金を申し込まなかったんでしょう」

希美はどちらにでもなく訊いた。

「そうよね。そんな大金を右から左に動かせる人なんて、そんなにいないものね。優子さんの周辺なら、弘永会長くらいだわ」

「そうすれば行方をくらます必要もないですよね」

「会長が言う、のっぴきならない事情かしら」

「死にたい、と思うほどか」

網島が吐き捨て、

「何も光一を巻き込まなくてもいいじゃないか」

と眉を寄せた。

優子のメールで、心中である可能性がさらに濃厚となったことを、三人とも認識している。それからしばらく誰も話さず時間が過ぎた。

「とりあえず、明日このメールのことを警察に報告するわ。別荘のほうも探してもらう?」

と美彩は言った。

「お金が優子さんの母親に渡ったのなら、分譲は無理だ、賃貸物件を当たってもらおう。二人がここまで来ているんだから、それはあり得ると思う。俺も個人的に不動産屋を当たってみるよ。それとヤツがプロとして撮りたそうな場所にも」

網島は『なめとこ山の熊』をプリントアウトして持ってきたと、ジーンズのポケットから折り畳んだ紙を見せた。

「ありがとう」

美彩がはじめて彼に礼を言った。

「菊池さん、優子さんのメール、私のスマホにも送ってください」

なぜそんなことを言ったのか、希美自身も分からなかった。

15

先に温泉から出た希美は、部屋に戻ってベッドに腰掛け、スマホを確認した。留守電が入っていた。

――初井希美さん、突然の電話すみません。五頭と言います。お母さんからお聞き及びだと思います。ご都合のいいときに電話下さいませんか。よろしく――。

元刑事だということで定年退職の年齢なのだろうが、とても若々しい声だった。

時計を見ると五時半、夕食までには少し時間がある。希美は五頭の番号にコールバックした。

「お嬢さん、この度は大変でしたね。私のことはお母さんからお聞きでしょう?」

「あっはい。でも詳しいことは……あの、母とは」

「お嬢さんがまだベビーカーに乗っていたときに知り合った、それだけですよ。そんなことより、お嬢さんはいま、八幡平にいるとお母さんから伺ったんですが」

五頭もやっぱり茶を濁す。

「はい、まだ八幡平です。光一さんの妹さんと」

「妹さんと……?」

五頭が怪訝な声を出した。

美彩と行動を共にすることになった経緯と、そのお陰で分かったことをかいつまんで話した。

「お母さんからはそこまで詳しく伺ってなかったもんで。そうですか、それで一緒に八幡平に」

「妙なことになってしまって。私、何してるんだろう……」

面識のない五頭に愚痴《ぐち》をこぼしてしまった。

「お嬢さん、ご心配でしょうし不安でもあるでしょうが、人生には幾度か、乗り越えなければならないことがあるもんです。私は刑事時代に、上司からこんなことを言われた。行き詰まったら、事に当たる際、常に心の中で『丁寧《ていねい》に、丁寧に』と何度も唱えろと」

「丁寧に、ですか」

半信半疑で鸚鵡《おうむ》返しする。希美の悪い癖の一つだ。

「ええ。捜査はもちろん、生活のすべてに対して、そう唱えながら行えと言うんです。はじめは変なアドバイスだなと思いました。人間気持ちに余裕がなくなってきたり、ずっと気がかりなことがあると、雑になるもんなんですね。服装も乱れてくるし、食事も空腹が満たされればそれでいいと。でも、そうなってくると、物事をじっくり考えられなくなる。だから上司は、茶を淹《い》れるときも、食事をとるときも『丁寧に』と唱えた。すると捜査においても見過ごしていたものに気付いたり、アイデアがひらめいたんだそうです」

「五頭さんも実践されたんですね」

彼が持ち出す以上、それなりの効果があったのだろう。

「朝起きて寝るまで、唱えっぱなしで疲れました。けど、丁寧に取り組もうと思うと、これまでいかに雑だったのかを思い知らされる。忙しさを理由に何もかもが粗かったんですね。丁寧さを追求することで、集中力が増したようだ。するといま何が大事なのかが分かり、自然に何をなすべきかが見えてくる。霧が晴れるみたいに、恐れているものの正体が明らかになるんです」

恐れや不安感が、ものを考える邪魔をしている、と五頭が声に力を込めた。

「丁寧に、丁寧に……やってみます」

「そうです、その調子だ。確認しますが、下槻優子さん所有の軽自動車にお嬢さんの許婚《いいなずけ》、千住光一さんが同乗していた形跡はありましたか」

「車内に光一さんのショルダーバッグ、財布とその中に免許証がありました。あの、五頭さん、お礼が遅れてすみません。光一さんのことを方々《ほうぼう》の警察署に連絡してくださっていると伺いました。ありがとうございます」

ギクシャクするのは、五頭と母とが知り合ったきっかけが、まだ気になっているからだ。

「いやいや、私はまだ何もお役に立つようなことはしてません。ただ、成年の家出人捜索にはなかなか本腰を入れないんでね。ひとまず警察犬を使うまではやってくれそうだ。バッグの中身は確認されましたか」

「一通りは」

希美は昨日確認した光一の持ち物を思い出す。カメラと望遠レンズ、年季の入った三脚や折りたたみ式レフ板、照明道具一式にそのバッテリー、その他予備の電池類、すべて紛《まご》うことなく光一の持ち物だった。

「撮影機材は全部あったんですね」

「と思います」

「佐々木巡査長と話したんですが、少なくとも四日間は車に戻ってない可能性があるらしいですね」

盛岡署に懇意にしている捜査官がいて、佐々木とつなぎをとってくれたのだそうだ。

「この季節でも、そちらは夜になると冷えると、佐々木巡査長が言ってました。いや、私の甥《おい》っ子が、下手ですが趣味で写真を撮ってまして。彼の場合は森の動物専門で、野生の鹿とかリスとか。モモンガも可愛いもんですね。おっと脱線してしまいました。甥っ子が森に入るときは常にテントを持って行くんです。季節に関係なくね」

「テント……？」

光一はテントはかさばるからと、一時の雨露を凌ぐための両端に紐の付いた防水シートを持ち歩いていた。それを木の枝に引っかけて張って使うのだと聞いたことがある。

「千住さんも持ってたんですね」

念押しする五頭に、シートの形状を説明した。

「それだ、それ。タープっていうんだそうです。そんなものを甥っ子も持ってます。雨を凌ぎつつ、テントのように覆い尽くさないんで、火が使えるんだと言ってました」

「そうですか、あれタープというんですか。車にはなかったと思います」

「つまり、幾日か過ごす気で森に入ったと、考えられなくもない」

「それなら」

「希望はあります」

「見過ごしていました、私」

心の奥底で優子への嫉妬《しっと》と光一を信じたい気持ちとがないまぜになって、目の前にあった持ち物を正視していなかったようだ。

「動揺して当たり前の状況ですから。もう一つ、カメラはどうです？」

「撮影機材一式、もちろんカメラもありました」

「いっぱしのカメラマンを気取ってる甥っ子が、撮影には二台のカメラを持って行くんですよ。カメラの特性がどうの、万一のためになんていろいろ理由をつけて。その点、千住さんはどうだったのかと気になったんです」

もしカメラを持って行っているなら、タープが見当たらないことと考え合わせれば、より生存率は高くなると五頭は言った。

「そういえば何台か持って出てました。車にあったのは一台……？」

「食料さえあれば、四日どころか一週間だって大丈夫だ。水は、川も沢もあるでしょうから調達は可能ですしね」

「同行している人は、水質の専門家なんです」

優子のノートパソコンなども車にはなかった。心中する人間が、仕事道具を持ち歩き、雨を嫌ってタープを用意するとは思えない。

「千住さんの元交際相手ですね。それならなおさら希望が持てますよ。カメラの件をもう一度確認してください」

「分かりました」

「まだ、伺いたいことがあります。もう少しいいですか」

五頭の声の調子が変わった。

「はい、なんでしょうか」

「生存率が高くなると、それ相当の事件性があるか、自殺などの可能性を示唆するものがない限り、警察の捜索は形だけになっていきます。また車が見つかったことで、千住さんがいなくなった原因や失踪当日のことには目が向かなくなる。そのこと自体に落胆してはいけません」

「調べてもらえないってことですか」

「そういうことです。今回そちらで見つからない場合、捜査の縮小はもちろん、継続すら危ういと思ってください」

「行方の分からないまま?」

「有力な手掛かりが見つからないかぎりは。ですから私のほうで、失踪当日の千住さんの行動を洗い直します。結婚を控えて姿を消すなんて、それ相応の理由があるはずだ。現役時代は動機からの捜査を旨《むね》としてきました。今回もそうしようと思っています。できるだけ千住さんのことが知りたいんですよ。主に性格とか癖とか。考え方みたいなものも知っておきたい。思想傾向っていうんですかね、人間は岐路に立ったとき、案外自らの思想傾向に従うもんなんです」

「岐路……」

希美は島根で目にした、Y字路の大木の前に佇む光一の姿を想像した。

「何、大げさな言葉を使いましたが、辛党、甘党などの嗜好《しこう》、野辺の花を平気で踏んづけられる人か、その辺りにゴミを捨てる人なのか否《いな》か、そんなことでいいんですよ」

「それが、正直なところよく分からなくなってきています」

五頭に見栄を張る必要はない。包み隠さず打ち明けてしまおう、と光一のことに関して、美彩と行動を共にしてはじめて知ることが多かったと話した。

「限界集落をカメラに収める仕事をしているんです。だから自然の多い場所に住もうと話し合っていました。自然への思いが強い人だとは思っていましたし、環境問題に関心があるのも知っていますが、私との間で真剣に話したことがないんです。例えば、妹さんにはレジ袋を使うな、とやかましく言っていたらしいんですが……。新居にと考えている場所も、島根県のH村を開発した水の郷ニュータウンだったみたいで、自然に囲まれたと言っても、結局は人工的な街です。過疎化していく町、どんどん自然に戻っていく様をカメラに収め、単に哀愁だけではなく、どこか希望のようなものを表現していると、彼の作品を評する人がいます。それは環境破壊をしてなお人が繁栄することに、反発しているからなのかもしれないと思います。なのにニュータウンに住みたいだなんて。一緒にいなくなった下槻さんは、水俣で育って環境問題を解決したいと研究者になられた。環境問題で、二人は深いところでつながっている気がするんです」

淀みなく吐露《とろ》した。

「うーん、環境問題ね。それは大きなテーマです。ものの捉え方の芯になります」

「そう思うのですが、私には何かを強制したことはありません」

幾度光一の前で、買ってきたものをレジ袋から取り出したことか。街でペットボトル専用のゴミ箱が見つからなかったとき、分別なんて面倒だと愚痴を漏らしたことさえあったのだ。そのときも彼は困惑した顔で微笑み、諭《さと》しも叱りもしなかった。希美に言っても無駄だと思っていたのだろうか。

ウミガメの死体からプラスチックゴミが出てきたニュースでは、希美も胸が痛くなり泣きそうになった。人間の愚かさを彼の前で嘆いた。その際、確か光一はこんなことを言った。

『自分のほうからバチに当たりに行くもんなんだ、人類は』

バチは伯父がよく使う言葉だった。そのため話が伯父のほうに向き、もう自然破壊の話題に戻ることはなかった。

「バチですか。それに自分のほうから当たりに行く、と」

五頭は感心した声で続ける。

「還暦を過ぎた私たちなら分かりますが、若いのに」

「そう私も感じました。バチは神や仏が当てるもんじゃないんだとも。環境問題については話したくないから、そんなことを言ったんだと……いまは思います」

「意識して、環境問題に触れなかった、そういうことはあるかもしれませんね。もちろん理由があるんでしょうが。光一さんの心理を推測するいい情報になります。他に、八幡平と聞いて思い当たることは？」

「それなら」

と、宮澤賢治の童話『なめとこ山の熊』をフォト絵本にする夢を抱いていたことを話した。

「その舞台に相応《ふさわ》しい森が八幡平にあると、光一さんが言っていたみたいです」

「賢治……文学か。私は苦手でしてね。申し訳ないんですが、そのなめとこ山も読んだことがありません。でも撮りたい風景があった、そこに行く目的があったってことは分かります」

「私も、彼がそんな夢を持っていたり、宮澤賢治がそんなに好きだということを、今回初めて知ったんです。そもそも、それならそうと口で言ってくれればいいのに、行方をくらますなんて……」

　相手が五頭であることに気づいて慌てて言葉を切った。

「お嬢さんのお怒りはご尤《もっと》もだ」

　五頭の言葉にどう答えていいのか分からない。

「大丈夫ですか」

「はい。あのう、考え方なら、もう一つ」

「何か思いつきましたか」

「また文学に関係するんですけど」

　希美は光一が優子に送った岡山の詩人、永瀬清子の『もののあわれは、私たちが「移りゆく者」「死すべき者」であることに根ざしている』という言葉を五頭に伝えた。

「今度は詩人の言葉、ですか。ちんぷんかんぷんですよ。甥っ子に訊いて勉強します。あれ？　それってどこかで読んだな……あっそうだ、千住さんが雑誌に載せていた文章だ」

　五頭は光一の仕事を知るために『週刊スポット』のバックナンバーを取り寄せ、目を通していた。

「そうだ、間違いない。『日本の限界点』の第一回の文章だ」

五頭は笑い声を出し、いい写真だ、と言った。

光一への褒《ほ》め言葉もいまはむなしく、

「彼にとっては大切な言葉なんだと思います」

と他人《ひと》ごとのような言い方になった。

「なるほど。その言葉が千住さんと下槻さんの共通概念みたいなものだとすれば、行動のヒント、手掛かりにはなるかもしれませんね。ともかく動機の解明が、すべての真相を明らかにすることにつながりそうだ。千住さんの妹さんとご一緒ということなら、お願いがあります。下槻さんの失踪との関係を調べるために、彼女の勤め先に伺う必要があります。五頭という者が調査していることを伝えてほしいんです。女性の調査に男は怪しまれますんで」

「分かりました。その下槻さんがお母さんに出したメールがあるんです。その内容が遺書めいていて」

「そんなものがあるんですか」

佐々木巡査長はメールを知っているのか、と五頭は尋ねた。

「いえ、まだ。明日報告することになってます」

「文面、分かりますか」

「ええ、スマホに転送してもらってますから」

「ご本人の了解を得なければなりませんが、事情が事情です。調査の参考に私にも転送してください」

「分かりました。私の一存では決められませんので、確認します。あっそうだ」

希美は、研究室を訪問するなら、公私にわたって優子をよく知る人物として竹宮麻美が適任者だと伝えた。

「分かりました。お嬢さん、けっして無理をなさらずに」

希美がもう一度礼を言う前に、電話は切れていた。

ほどなく風呂から戻ってきた美彩に、五頭との会話を伝えた。

「さすが元刑事さんね。目端が利くって感じ。私たちももっと落ち着いて、遺留品を見るべきだったわ、丁寧に」

そう言いながら美彩は、スマホを手に取りメールを打ちはじめる。

「麻美に五頭さんのことメールしておいた」

「ありがとうございます」

「なるほどタープね。車にはなかったわ。カメラに関しては分からない。あなたはどう思うの？」

と鏡台の前の椅子に座り、美彩が化粧水を顔に塗る。

「五頭さんに言われて初めて、光一さんが撮影にはカメラを複数台持って行ってたな、と気づいたようなものです」

「あの状況じゃ仕方ないか。そうだ、カメラの中身を見ればどこまで撮っていたのか分かるかも。撮影現場からＷｉ－Ｆｉで自宅のパソコンに転送しても、カメラのメモリーには残ってるから。明日、佐々木巡査に言ってカメラを確認させてもらおう」

そう言い終わる前に美彩は、スマホに入力済みの佐々木の番号へかけていた。それなら車を保管している一本木駐在所で確認できるようにしておく、という返事だったそうだ。

電話を切った後、五頭さんのプッシュが利いているのでは、と笑みを浮かべ、

「カメラの操作は、網島さんに頼んだほうがいいわね」

と、すぐに依頼を済ませた。

強引さはあるものの、躊躇《ちゅうちょ》のない行動力は美彩の長所だと思えてきた。

網島は、盛岡市内に移動していた。せっかく岩手県まで来たのだから、名所旧跡の写真をストックしながら、八幡平の温泉付き物件を扱う不動産屋を回る予定だ。写真のストックという話が、希美たちに気を遣わせないための口実であることは分かって

いる。

「さて、五頭さんに優子さんのメールを送ったら、夕食バイキングに行きましょう」

「お母さんの了解を得なくてもいいんですか」

「もうすでに、あなたにも網島さんにも転送してるじゃない」

麻美が、母親からメールを転送してもらったときに、優子さんを探している人たちへのメールの転送許可を得ていたの、と美彩は部屋のキーを手にして弾むように立ち上がった。彼女も生存率が高まったと思ったようだ。

生きているのならなぜ電話くらいしてこないのか。話すのが気まずいなら、せめてメールで事情を説明してほしい。希美は五頭にメールを転送し、美彩の後を追った。


午後九時過ぎ、少し早いが二人はベッドの中にいた。

声が聞き取りやすいように、できるだけ近づく。もう少し距離を詰めると、ベッドとベッドの間に滑り落ちそうな位置で横たわる。

美彩は仰向《あおむ》け、希美は俯せで大きな枕を胸の下に敷く。

「兄が水の郷ニュータウンで新居を構えようと思ったのは、弘永さんの考え方に賛同したからじゃないかって、あなた、言ったでしょう?」

美彩が天井から視線をこちらに向けた。

「そういうことを大事にする人です、光一さんは」

「そうね。優子さんもそういうところがあるのよ。これはあなたの耳に入れていいのかどうか、お湯に浸かりながら考えてたのね」

美彩らしくない逡巡に、

「気遣いはいりません」

覚悟はできています、と強い口調で言った。

「分かった。麻美が、弘永さんと話したとき、不明金のことは不問に付してもいい、優子さんは水の郷ニュータウンで家庭を持つことになる大切な住民だからって言ったそうよ。だって、無断で引き出したお金を不問にするんだから、結果的に弘永さんが支払ったことになるでしょう。だから麻美はお母さんに、心配のないお金だって伝えた。それ聞いて、水の郷ニュータウンの総指揮を執る弘永さんは大家さんで、住民は店子みたいな古風な関係を想像しちゃった」

祖父が好きだった落語の、大家と言えば親も同然店子と言えば子も同然、という台詞とともに、四畳半の粗末な部屋に、光一と写真でしか知らない優子が卓袱台《ちゃぶだい》を前にご飯を食べているシーンが浮かんだ。

「私じゃなかったんだ……」

意図せず言葉が漏れた。

「え？」

美彩には聞こえなかったようだ。

「いえ、それで？」

「これは確かじゃないけど、弘永さんは兄と優子さんが結婚して、家庭を持ってくれると思ってるんじゃないかな」

「光一さんのこともよく知っていたってことですか」

「たぶん、ね。顧問契約が成立した時点では、まだ二人は交際してたんだから」

移住計画を立てる段階から光一のアンテナには、弘永開発の水の郷ニュータウン構想がキャッチされていた。だからこそスポンサーを求めていた優子に、弘永開発の情報を教えられたとも考えられる。

「優子さんは前から水の郷ニュータウンに住もうと思っていたんですか」

「分からない。どっちにしても二人が水の郷ニュータウン構想、つまり弘永さんの考え方に惚れ込んでいたとすれば、今回の二人の行動は、弘永さんに失礼だわ」

「身勝手が過ぎます」

優子が母に送ったメールの文面は、端《はな》から補塡《ほてん》してもらえると思う甘えすら感じる。

「あなたが言ったように、堂々と借金すればすむものね。こんな不義理をしておいて、姿を隠したって何にもならない」

「それは光一さんも同じです。たとえ写真の出来映えがよくても、逃げ隠れするような状況では、とても幸福とは言えません」

「だいたいそんな風にして作った絵本が世に出たとなれば、賢治さんに申し訳ないわよ。多くの人に心配と迷惑かけてるんだから。第一あなたを不幸にしてる」

「えっ」

「他人の犠牲の上に、自分の幸福なんてない。賢治さんは、『世界全体が幸福にならないうちは個人の幸福はあり得ない』って主張してるんだからね」

「菊池さん、私のことを」

「何よ、一女性として兄の行為に腹を立ててるだけ。いったいあの二人は、何から逃げてるんだろう」

希美に婚約解消を言い出せないことくらいで、失踪したとは考えにくい。仕事のトラブルなら、相談相手は優子ではなく、同業者で先輩の網島だろうと美彩が言った。

「優子さんには、お母さんの病気という心配の種がありました。なのに、研究を放り出して、光一さんの夢に付き合う必要があるでしょうか。仕事に支障をきたしてまで」

「そうよね。あのメールを何度か読んでると、優子さんは仕事に戻る気がないように感じる」

美彩はメールの『産んで育ててくれた私ができる、ささやかな恩返しです』という文言が特に気になるらしい。

「五頭さんも動機の解明が真相を明らかにするっておっしゃってました。もし警察が思っているように心中だとしたら、動機は何でしょう」

「優子さんにも、重大な病気があったんだとか？」

「もし私が病気を苦に死んだら、うちの母はどうにかなってしまいます。病気と闘ってほしいと願う一方で、自分の行動がお母さんの治療の足を引っ張ります。聡明な優子さんなら、それくらいのことは分かりますよ」

「自殺はかえってよくないってことか。何か、だんだん鋭くなってきたわね、初井さん」

「理詰めは苦手ですけど、その人になりきって考えるのは得意かもしれません」

「なりきる、か。それにしてはデータ不足よね。データ不足は理詰めでもお手上げ。

兄にも優子さんにも心中するほどの問題は見当たらない。共通点は賢治さん、永瀬清子、環境問題。でも行方をくらましたり、心中につながりようがないし」

「そう思わせるのが目的だったら」

口をついて出た。

「えっ、そうか。心中だったら持ち逃げしたお金のこともうやむやになる……あー、なんて無分別なの。だんだん馬鹿らしく思えてきたわ」

と美彩は大きなあくびをした。

「そうだとしても、今後二人はどうするつもりなんでしょう」

美彩は返事をしなかった。もう一度、同じ質問をして彼女を見ると、微《かす》かな寝息が聞こえてきた。

弘永の手記の続きを読み聞かせようと思って、スマホを手にしていた希美は、大きな枕を背もたれにして座った。体が疲れても眠れなくなっている。

馬鹿らしくなってきた、か、とつぶやきながら美彩の寝姿を眺める。

光一のことなんて全部忘れてやる、そう大きな声で叫びたい。長い人生のたった二年の出来事だ。これからの人生に比べれば、取るに足らないもの——。海外旅行したとか、ディズニーランドで遊んだとか、とびきり美味しいレストランでディナーをとったというような特別な思い出もないではないか。忘れようと思えば、努力すれば、きれいさっぱり記憶から消し去ることもできる。

そう思おうとした。

なのに、何もせず日がな一日マンションの部屋でゴロゴロして、お腹が空いたら冷蔵庫の残り物でチャーハンを作り、互いの好きな映画のブルーレイを観る。安物の白ワインを飲んで、デザートはコンビニエンスストアのスイーツ。仕事で滅多に会えない分の日常を取り戻そうとする時間、それが楽しかった。すべてが贅沢な時間にさえ思えた。特別なことがなかったからこそ、忘れがたい気がする。日常の暮らしの中に光一がいて、彼との思い出がある。そこに希美も生きていた。

日常の暮らしを営めば、光一との思い出がどうしてもまとわりついてくる。忘れようにも、どうにもならない。

こっちのほうがどこか違う世界に逃げ出したい。じっと天井を見詰め、静かに目を閉じる。今朝、美彩のために読んでやったせいか、弘永の手記の内容が頭の中のスクリーンに浮かんできた。

昭和二十年の焼け野原と化した東京、そこで懸命に生きようとする徳蔵少年。彼のような強《したた》かさが欲しい。

希美の手はスマホに伸び、ごく自然に手記のページを開いていた。そして美彩に読み聞かせるはずの続きに、目を走らせ始めた。

16

終戦を境に日増しに人が増え続けるノガミ周辺。たった一度の雑音だらけの玉音《ぎょくおん》放送が、こうも劇的に世の中を変えてしまったことに、ただただ驚くばかりです。そのときは、よく生き延びられたというのが実感でした。それは十三歳のデゴイチ、十二歳のカッパ、同い年のエテという仲間ができたからに外なりません。それにしても皆、変な名前だと思われることでしょう。

浮浪児は通り名で呼ぶのが慣例です。いくら仲間でも本名を名乗ることはありませんでした。そうしておけば、もし誰かが警察に捕まって仲間の名前を言わされても特定できないからです。私は家が紙を扱う店だったことからカミヤと呼ばれていたのですが、八月十五日に終戦を迎えて三カ月ほど経った頃には、私の名前はマキシと変わりました。

すでに兄のことも諦め、その日暮らしの浮浪児の私には、軍国少年のかけらも残っておりません。戦争に敗れた悔しさも感じず、地下道に増える人に気を揉んでいたのです。

なんとかタニシやザリガニ、残飯、物乞いで飢えを凌《しの》いできましたが、人が増えると食料の取り合いは熾烈《しれつ》になり、時に刃傷沙汰《にんじょうざた》に発展して大怪我をさせられる浮浪児もおりました。その傷が元で死んでいく姿を見るのはとても辛く、揉めごとには近づかないようにしていたのです。が、それでは腹を満たせません。何もしないでいると、結局栄養失調で死ぬことになります。

冬のことです。どうしようもなくなって、闇市で売られているパンを盗みました。お腹が空いていたのによく走れたものです。ホーム下まで逃げたときは目がグルグルと回り、その場にへたり込んでしまいました。

一息つき「お母ちゃん、ごめん」と私は口にパンを押し込み、水筒の水で流し込みました。なぜか溢れてくる涙をぎゅっと瞼を閉じて我慢しました。

お腹にものが入ると、体力を温存するため少しでも眠るようにします。列車が通るたび轟音で体が振動しますが、もう馴れていました。けれども不思議なもので、人が近づく音はどんなに小さくても飛び起きます。ものを盗られたり、場合によっては命を取られてしまう恐怖のためです。前にも触れましたが、狩り込みにあうと保護施設に収監される。それは浮浪児には死を意味します。

孤児収容所では白いご飯が食べられ、布団もあって風呂にも入れると言われて、連れて行かれた者がいます。ところが食べるものも粗末で布団もなく、汚れた体は真冬にもかかわらずホースの水で洗われたのだそうです。病気や飢え、いじめや指導員からのきついせっかんで死ぬ子供も少なくなく、それどころか遺体を裏山に埋める手伝いまでさせられたという話を聞きました。彼らは気が変になるか、殺される前に逃げ出し、再びノガミの地下道に戻ってくるのでした。だから、ことのほか官憲の靴音には過敏になります。

横になり周囲の安全を確認した上で微睡《まどろ》んだのは、十五分くらいだったでしょうか。これ以上同じ場所にとどまるのは危険だと思い、外に出ようと中腰になったとき、線路脇に落ちている古新聞が目に入りました。

寒さも厳しくなってきていたので、新聞紙で防寒用胴着を作ろうと思い立ちました。シャツの上に着て、そこへ闇市のおばさんからもらった風呂敷を纏《まと》えば、凍死は避けられると思ったのです。

ハサミはありません、適当に手でちぎります。体にぴったり合ったもののほうが熱を奪いにくいと、自分の胴に巻いて、同じく新聞紙で紙縒《こより》の糸をこさえ、拾った針金を針の代わりにして右の脇を縫い合わせました。幼いときから和紙に慣れ親しみ、工作をしていた経験が生きました。

その新聞紙の胴巻きをデゴイチが見て、新聞紙を拾ってくるから自分にも作ってくれと言ってきたのです。

デゴイチがかっぱらいをやっていた不良であることは、以前から知っていました。彼の言うことを聞けば、同じグループに入ることを意味し、断ればいじめの標的にされるでしょう。

迷いましたが、生き延びたい一心で胴巻きを作ることにしました。このことが私の通り名を変えることにつながります。

デゴイチはかっぱらいをして見つかっても、追っ手が諦めるまでどこまでも走り続けることができるため、ＳＬの代表であるＤ51から名付けられたものです。デゴイチが目を付けたのは進駐軍キャンプの残飯です。米兵たちの食べ残しの中から牛肉や豚肉の脂身、ハムやソーセージ、にんじんやジャガイモのヘタを盗み、それを闇市の食べ物屋に売るのです。何が入っているか分からない闇鍋ならぬ、ごった煮シチューは人気があったようです。

ただ、闇市の店主がヤクザにつながっている可能性もあります。その販売ルートを見誤らないよう頼ったのがテキヤのミツオさんでした。

ミツオさんがすごいのは、とうとうデゴイチが米軍に取り押さえられたときのことでした。進駐軍の施設内に不法に侵入したことは悪いことだが、そもそも盗んだのは廃棄処分するものだから、むしろ廃棄を手助けしたのだと主張し、その後進駐軍との商売の話を取り付けたことです。さらに売店、ＰＸ（ポスト・エクスチェンジ）の商品を横流しするまでになります。米軍の関係者や家族向けのＰＸには、缶詰やインスタントコーヒーはもちろん、ナイフ、フォーク、缶切りなどの日用品もありました。それらは闇市で相当な高値で取引されて、ミツオさんは結構なお金持ちになっていたと思います。

「カミヤ、ミツオさんが呼んでる」

ある日デゴイチにそう告げられました。界隈《かいわい》のボス的な人だとは知っていましたし、なによりテキヤは憧れの存在です。そんな人に目をかけてもらったことが嬉しく、踊るような気持ちで呼び出された今の新宿駅西口、ションベン横町のミツオさんの日用品店へ行きました。

パンパンと呼ばれる売春婦たちが三人、ミツオさんに何やら相談していました。話が終わると、

「姉さん方、こいつは……そうだな、うんマキシっていうんだ」

「ぼくはカミヤです」

「いいんだ、お前は今からマキシになるんだ」

と、ミツオさんはにこやかな顔で私の伸び放題の頭を撫《な》でました。

「は、はい。ぼくはマキシ、です」

そう私は女性たちに向き直ります。

「風呂敷の下に着てるもの見せてやれ」

ミツオさんの言葉に私は、巻いていた風呂敷をとりました。

「これ、新聞かい？　器用なもんだね」

背の高い一人のお姉さんがしゃがんで膝を地面につけ、私の右手をやさしくあげると脇の縫い合わせをまじまじと見ました。顔が近づくと化粧なのか、花のような香りがして、ハレの日に出かける母を思い出させました。

「紙縒で縫ってる。この子は指先が器用だ」

「なるほど、それでマキシなんだね。これだけの細工ができれば、お前はノガミで立派に生きていけるよ」

女の人が私の頭に手を置いて言うと、みんなが一斉に大きな口を開いて笑いました。

「そうなれば、姉さん方ももう少し楽ができる。おいマキシ、これを使って葉っぱを巻いてみな」

きょとんとしている私に、ミツオさんは外国語の辞書の上に、タバコの吸い殻を二つ載せて差し出しました。

「吸い殻から葉っぱを？」

「おお、そうだ。まだ残ってる葉っぱを丁寧にほぐして、その辞書のページを破って巻くんだ」

と、ミツオさんが紙を巻く仕草をしました。

辞書の紙は薄くて滑りがよく、私の知っている和紙や新聞紙とは全く違い、破りとるのも戸惑いました。

「思いっきりが足りないぞ。もったいないと思わず一気にやれ」

「は、はい」

気を取り直して辞書を破り、吸い殻から葉を取り出すと巻き込みました。きつく巻いておき、唾で閉じます。

「ミツオさん、ナイフかカミソリを貸してください」

「うん？」

疑問符を投げかけながらもミツオさんは、ＰＸで仕入れたアーミーナイフを差し出しました。

それを受け取り、両端を化粧断ちしました。

「おい、大胆なヤツだな。それはいくらなんでも無駄じゃないか」

腕組みをしながら見ていたミツオさんが、首を突き出して言いました。

「こうすれば火がつきやすく、煙を吸いやすいと思いました。それに何本も作ったとき、長さを揃えられます。箱に入れればシケモクには見えなくなるんじゃないですか」

どんなものでも大きさを整えることの重要性は、工房の職人さんから何度も言われたことです。

「なるほどな。洋モクとして売りさばくんだから、新品ぽく贅沢に見えるのは大歓迎だ。ちょっと見せてみろ」

ミツオさんはつまんだ紙巻きタバコを凝視《ぎょうし》して、

「姉さん方、これ見ておくんなさい」

と女の人に渡しました。

そしてタバコは次の女の人へと渡って行きます。

「たいした巻き師だよ、この子は」

歓声をあげる人もいました。

「やっぱり、俺の目に狂いはなかった」

再びミツオさんの手にタバコが戻って来ると、

「これからは俺の下で働いてもらう。もう飯の心配はいらねえぞ」

と肩を叩かれました。

手先の器用さを買われたことにより、カミヤからマキシと名を変えて、シケモクを売りさばく「モク屋」として暮らすようになるのです。

モク屋は大勢いましたが、ミツオ印は高級外国製を売りにして、味がいいと評判になり、たちまち人気ブランドとなりました。

何が違ったのか。通常はモク拾い役の子供が、文字通り道ばたに落ちている吸い殻を収集し、それらから残っている葉っぱを抜き取って一本に再生します。儲《もう》けるために、混ぜ物をするのですが、それが酷い。牛や馬の糞《ふん》に混じる藁《わら》クズで水増しする者もいました。ですが私たちは、ミツオさんが進駐軍から手に入れた吸い殻の葉っぱを混ぜました。香りがいいという評判が、瞬く間に方々の闇市まで広がっていきました。

おまけに私がこさえた特製の箱に入れ、米兵仕様のいかがわしさが却って、値が張っても欲しいという気持ちにさせたようです。糊付けに米飯を溶かしたものを使用したのも、火をつけると芳《かん》ばしく懐かしい匂いがして、日本人好みの洋モクになりました。

闇市では新品の「ゴールデンバット」が一箱十三円ほどで、私の作った再生「キャメル」は十五円なのに飛ぶように売れました。闇の良心的な店で、米一升が七十円で取引されていましたから、子供が売るものとしていかに高値だったか分かるでしょう。もちろん全額が私の取り分ではないのですが、三分の一をミツオさんはくれました。

土台にするモク拾いをエテとカッパが、製造は私で、モク売りはデゴイチがそれぞれ担い、徐々に食べるのに困らなくなっていきました。

それればかりか傷痍軍人に文字を習い、その礼として食べ物を恵んであげられるほどの余裕もできたのです。学徒動員で戦地に向かい、手や足、視力を失った人たちは、物乞いか、ハーモニカの演奏などで生計を立てるしかありませんでした。それでも多くが行き倒れとなっていく中、彼らが頼れるのは、生き馬の目を抜き金儲けに成功した我々のような浮浪児しかなかったのです。

私たちは地下道を抜けだし、ミツオさんが用意してくれたバラック小屋に引っ越してからも、時折古巣にいる傷痍軍人の授業を受けました。読み書き計算にとどまらず、代数や幾何、物理や化学まで習いました。

戦後の混沌《こんとん》とした街で浮浪児として暮らす者としては、考えられない程穏やかな日々が続いていたと言っていいでしょう。十二月の小雪が舞う日に、ナナコという同い年の女の子が現れるまでは――。

ナナコは母と妹と共に疎開先の岩手県で終戦を迎え、実家のある東京に戻ってきましたが、家は空襲で焼けて既《すで》になく、頼る親戚もありません。大勢の罹災者と共にノガミに流れてきました。知らず知らずに上野公園の男娼たちの住む区画へ踏み込んだため、何とか食いつなげたようです。とはいえ衛生的な環境とは言えず、妹が赤痢で亡くなるとすぐに、後を追うように母親が結核で他界してしまいました。

男娼と書きましたが、正確ではありません。彼らは女性として、男性の客を取っていました。夜な夜な女装して街に向かいます。その間ナナコが留守番をしていたのですが、その姿を人身売買を生業《なりわい》にしている盛助《もりすけ》と呼ばれる男に見られてしまったのです。

戦争が終わったとはいえ、男は質実剛健であるべきだという考えが主流で「おかま」の人を皆が蔑んでいました。ことに男性からの嫌われようは酷く、石を投げられたり、棍棒《こんぼう》で叩かれたり、あるときは住んでいるバラックに火を放たれたりしました。それゆえに昼間は格好も振る舞いも男らしくして、それとは分からないようにしているのですが、心根は優しく争いを好みません。そんな人たちに、ナナコを盛助から守り切れるはずがなかったのです。

私たちは、その人たちにタバコを卸《おろ》していた関係で、彼らの居住区に出入りしていて、ナナコに会いました。同い年ということもあってすぐに打ち解け、どれだけみんなから可愛がられていたかを聞きました。まるでお人形さんのように大切にされていたようです。そう、私のクミ姉ちゃん、妹のトミ子が持っていた人形みたいに、おかっぱで大きな瞳の女の子でした。

いつしか私と仲間たちのアイドル的な存在となり、モク売りで稼いだお金で食べ物を調達しては、彼女のところに持って行くようになっていました。そのナナコを盛助はさらっていったのです。いえ、さらったのではありません。男娼の一人に借金まみれの男の恋人がいて、その借金を返すためにナナコを五千円で盛助に売ったのでした。

ミツオさんが調べると、連れて行かれた場所はすぐに分かりました。進駐軍相手のパンパンを仕切っていたヤクザの事務所です。簡単な英会話を教え込み、闇市の外れで商売しているパンパンよりも上だと優越感を与え、その気にさせて荒稼ぎをしている吉水《よしみず》組だと、ミツオさんから聞きました。街の娼婦を見下して、ときに大げんかになるところを間に入って収めてきたミツオさんでも、吉水組に話をつけることは難しいな、とため息をつくほどの悪い組織なのだそうです。

当時まだ進駐軍は、戦時中の鬼畜米英のイメージを引きずっていました。女性と見ると襲いかかる野獣だという噂が飛び交っていて、その性的欲求を満たすために慰安婦が必要だと考える政府関係者もいたのです。それが日本国の婦女子を守るためになると。子供だった私には飲み込めなかったのですが、その任を受けた女性たちが、公然とアメリカ人を誘っていたのです。

虎の威を借る狐で、急速に勢力を伸ばしたのが吉水組でした。事実は分かりませんが、バックには政治家が控えている印象さえ周りはもっていました。

「やっかいなものの目に、とまっちまったな」

とミツオさんは何度も唸《うな》り声をあげました。

浮浪児たちがミツオさんを慕うのは、私たちのようなガキの言うことにも耳を傾け、何とかしようと真剣に考えてくれるからです。そして何より、けっして諦めない根性に憧れるのです。

そんなミツオさんでも、しばらく時間がほしいと言いました。

「売られてしまわないですか」

時間的な余裕があればいいのですが、と言ってしまいました。焦りが生意気な口をきかせたのです。

横で聞いていたパンパンたちに緊張が走ったのが、空気で分かりました。

「すみません、ミツオさん。自分たちでは何も出来ないのに。偉そうに」

私はキャップ帽をとって、深く頭を下げました。

「いや、俺も吉水組の連中のやり方が気に食わなかった。姉さんたちの商売にも差し支えていたし、アメリカさんからの物資を女たちを通じて個別に手に入れ、横流ししてやがるんだ。何もかも思い通りになると踏んでるのが、頭にくるぜ。泡を吹かせてやりたいが、血は流したくない。となると……しかしナナコほどの器量よし、この界隈でも見かけねえから、ヤツらもふっかけてくるだろうな」

「お金で何とかするつもりなのかい？」

と、ミツオさんの隣に腰掛けていたお姉さんがタバコに火を点けました。

「商売は商売で片を付けるしかないだろう」

「いくら器量よしでも、どう考えたって一人前になるのに五年はかかるよ。それでも十四、五だからね」

「それまでは下働きか子守でもさせるだろうさ」

「もしかして、このままアメリカ人の金持ちにでも……」

お姉さんは私を見て、言葉を呑み込みました。

「滅多なこと言うもんじゃねえ。ガキがいる前だ」

「勘弁しておくれよ」

お姉さんが私の頭に、さっき脱いだキャップ帽を被せました。

「金額だな、問題は」

「ミツオさん、僕これまで以上にモクを売ります。で、お金を貯めます」

「そうだな……とにかく住《す》み処《か》に戻って、みんなと相談するんだ」

すぐに帰って相談しました。当然みんなの気持ちも、私と一緒でした。

次の日から、二倍、いや三倍のタバコを巻き、売り歩きました。

ミツオさんが何度も吉水組へ足を運んだ末、ナナコの買い戻し交渉で彼らが提示した金額は二万円でした。大卒公務員の初任給が五百四十円だと聞いていましたから、どれだけ高額なものとなったかお分かりでしょう。しかも刻限は、ふた月後の翌年二月十五日だというではありませんか。

いくらシャカリキになっても、モク屋だけで準備できる金額ではありません。

絶望で目の前が真っ暗になったあるとき、一人の姉さんが、手慰みに折った鶴をアメリカ人がたいそう喜んだという話をしているのを聞きました。

それで考えたのが、江戸時代に流行《はや》った変わり折り紙の「連鶴」です。誰もが折れるものではなく特別感があると思ったのです。工房の職人さんから、手先を器用にするために小学校へ上がった頃教えてもらったものです。何種類もある連鶴の中から、一見して驚かせることができる「青海波《せいがいは》」というものを選びました。「青海波」は、一枚の紙から九羽の鶴が連なった形になるものです。それぞれの鶴が、くちばしと両翼、そして尾で繋《つな》がり、まるで鶴が作る波模様のように見えます。若い人にはエッシャーの鳥の絵みたいだと言ったほうが、分かりやすいかもしれません。

新聞紙で折った「青海波」を持ってミツオさんに相談したところ、

「なるほどな、これは商品になるぜ」

と、面白がってくれ、何とか刻限までに半額の一万円を払って、日延べをしてもらう交渉をすると約束してくれました。

折り紙が、いくら変わった連鶴だとしても売り物になるのか、と疑問に思う方もいらっしゃるでしょう。そこがテキヤのミツオさんの凄いところなのです。

ミツオさんがサンプルを持って行ってアメリカ兵に見せ、故国にいる子供や奥さんへの土産としてはどうかと持ちかけます。そして注文を受け付けるのですが、その際、紙は欲しい数の分だけ提供してもらうのです。つまり原料はタダで仕入れ、折った製品が丸々利益になるという訳です。

彼らは見たことのない紙の芸術に歓声を上げ、それを折っているのが年端《としは》も行かぬ子供であることに大いに驚きました。当初は靴磨きの日給の五、六十円ほどで売れればいいと思っていました。それでも結構な利益です。何と言っても原料はタダですから。けれどミツオさんは、彼らの賞賛の声を目の当たりにして、百円の値を付けました。驚いたことに、アメリカ兵たちは代金を払った上に、チップ代わりだと言って缶詰や砂糖や塩などをくれたのです。

こうして「青海波」は、モク売りよりも利をあげる主力商品となりました。あとは私が折って折って折りまくれば、一万円なら何とか手が届きそうな金額です。ところがいくらミツオさんが交渉しても、二万円から一銭が欠けてもナナコは譲れないと、吉水が言っている。そうお姉さんから漏れ聞いたのです。

「ミツオさん、二万円はどうやっても無理です。何とかならないでしょうか」

闇市でミツオさんを捕まえると、そう泣きつきました。

「そもそも一万円でもギリギリだろ?」

正直に言え、と私の目を覗き込んできます。

「僕が頑張れば何とかなります。売り上げはモク屋と鶴で、日に六百円、利益は三百円とちょっとですので」

「うん。ひと月で九千円あまりか。米軍キャンプからのチップを売りさばいても届かねえな」

「鶴の数を増やします」

「あれは確かにいい儲けになる。が、見慣れてきたのか、ちょっと売り上げが落ちてきてるんだ、マキシ」

「じゃあ他の、もっと難しい連鶴を」

「いや、いくら一万円を払ったとしても、日延べには耳を貸さない」

とミツオさんが悔しげな表情を見せました。

その言葉に、私は何も言えず、うつむくしかありません。

「マキシ、一時でも他人を思ってシャカリキになった男は、その分だけ大きくなる。乗り越えろ。そうすれば無駄にならねえ。お前はよくやったよ」

「ミツオさん」

「仲間にも礼を言え」

寂しげに言って、ミツオさんは横にいるお姉さんに耳打ちして出て行きました。

彼女は、私がねぐらへ帰る途中に、闇市でドーナツを買って持たせてくれました。

「ミツオさんの気持ちだよ。あたいらの仲間に、ヤツらの組織に世話になってるのがいるんだ。ナナコのこと耳に入れとくよ。酷い目に遭わされないようにね」

「ナナコちゃんは、僕たちが」

「世の中にはどうしようもないことがあるんだよ。お金と権力には逆らえない」

　このとき抱いた金と権力への嫌悪感は、油まみれの新聞紙の感触と共に私の指先にこびりつきました。

「温かいうちに食べなよ」

　そう言って立ち去るお姉さんの、外套にあしらわれた英文字は今も瞼《まぶた》に焼き付いています。

「なあマキシ、俺、はじめて働くのが嫌じゃないって思ったんだ」

　バラック小屋で、ナナコを取り返せなくなったことを仲間に告げたとき、デゴイチが言いました。

「どういうこと？」

「生きるために仕方なく汚れ仕事をしてきた。でもナナコを助けたい一心で銭儲けしていると、同じことをやってるんだけど、何か違う。楽しいんだ。おかしいだろう？」

「それ、俺も」

と言ったのはエテでした。猿のような身のこなしからそう呼ばれる彼ですが、顔はキツネ面のようでした。どっちにしてもすばしっこく、一度も追っ手に捕まったことがないと自慢していました。

「エテも楽しかったの?」

「マキシは鶴を折るのが大変だったろうけど、俺たち浮浪児は、いつも犬みたいシッシッて追っ払われてるだろう? 人に嫌われているだけで、何の役にも立たないって思われてる。だけど人助けのためにモク売ってると思うと、がぜんやる気が出る」

「なあマキシ、俺たちだけで二万円つくらないか。そしてナナコを助けよう」

いつもは消極的なカッパが言いました。二つ上の彼は水泳が得意で魚釣り名人です。何度も彼がとってきた魚で空腹を凌いだことがあります。

カッパの言葉は、私に勇気をくれました。

「僕もそうしたい。でも、ミツオさんにたてつくことになるかもしれない」

「二万円を見せれば、ミツオさんだってもう一度交渉してくれるさ」

デゴイチの声は一層力強くバラック小屋に響きました。

こうして四人の腹は決まりましたが、大金をどうやって作るかという問題が残っています。

「お前はやったことないだろうが……」

デゴイチは変声期の割れた声で私を見て、

「手っ取り早い方法がある。お前と知り合う前にエテと組んでやっていたチャリンコだ」

と凄《すご》んだ顔つきになりました。

「チャリンコ？」

聞き直しましたが、地下道で暮らしているとき、どこからか聞こえてきた言葉です。話の前後の内容から、スリとかかっぱらいで、悪いことであろうことは分かっていました。

「デゴイチ、マキシの器用さならうってつけだぜ」

エテが嬉しげに声をあげます。

「確かにな。マキシ、お前は母さんの言いつけだとかなんとか言って、なるべく悪いことはしたくないだろうが、これはナナコを助けるためだ。特攻隊がお国のために命を捨てたのと同じで、お前もその覚悟を持て。弱い者を守るのが男だ。まずは、紙をもっときれいに切るためだとかなんとか言って、ミツオさんからアーミーナイフを借りろ。お前ならミツオさんの持ってるものの中でも、よく切れるのを貸してくれるはずだ」

切れるナイフで、大金を持っている闇市の客の衣服、リュックや鞄《かばん》を切り裂き、その切り口から金や高く売れるものをスルのがチャリンコ。切られたところから小銭がチャリンと落ちる音から名付けられたそうですが、我々が主に狙《ねら》うのはむろん小銭ではありません。


希美はスマホから目を離す。

徳蔵が今も嫌な言葉として、自転車につけられた呼び名「チャリンコ」をあげていたことがようやく分かった。冒頭の遺書からすると、この窃盗行為を恥じて死のうとしたようだ。

それにしても企業の経営者が過去の出来事だとしても、犯罪行為を告白するなんて、聞いたことがない。戦前戦後の混乱期、犯罪すれすれの行為に走った経営者は少なくないだろう。でも企業イメージを考えれば、わざわざ公表などしない。むしろあり得ない美談を創《つく》って、人となりの良さをアピールすることはあるかもしれない。

あまりに赤裸々《せきらら》すぎる、と希美は感じた。ただ不思議なのは、だからといって弘永徳蔵に抱いたイメージに変化がなかったことだ。

希美は、誰かと争うことが好きではないけれど、正義感は強いほうだ。職場でのいじめやパワハラが許せなかったように、悪いことをしている者には強い嫌悪を感じる質《たち》だった。

そんな希美が住むかもしれなかった街を作ったのが、過去に罪を犯した男だったと知っても、なぜか嫌悪感を抱かなかった。

それは、リーフレットやホームページの冒頭の顔写真から受ける誠実な印象からなのか、それとも手記の行間からにじみ出る徳蔵少年の健気《けなげ》さからくるものなのか。あるいはその両方か。

希美は、サイドテーブルに移動し、椅子に置いたバッグから島根のホテルで手に入れたリーフレットを取り出す。傍《かたわ》らのおしゃれなスタンドライトのスイッチを捻《ひね》ると、淡い電灯の光が手許《てもと》を照らした。光量が段階なしで調節できるため、リーフレットの写真が見えるギリギリの明るさでつまみをとめる。

美彩を起こしていないか確かめると、彼女はいつの間にかベッドの真ん中で熟睡しているようだ。

スタンドに顔を近付けて、リーフレットの徳蔵の笑顔をじっと見詰める。満面の笑みではなかった。破顔しているけれど目に憂《うれ》いがあるように思えた。はじめて見たときはただ鋭い眼光だとしか見えなかったのに。

犯罪の告白が、少なくとも希美にはマイナスに働いていない。

柔らかさの中に鋭さ、笑みに憂い、相反するものが同居する徳蔵の顔に、頼り甲斐のような安心感を感じてしまう。

正反対のものが同居する、と心の中でつぶやくと、『希望の光ですから、正反対の場所ですよ。どうしてここを撮られたのか本当に分かりません』と、光一が水の郷ニュータウンの裏手にある場所を撮ったことを、変に思っていた藤原の言葉を思い出した。

光一の被写体の捉え方はやはり独特のものがあるということか。

リーフレットを元通りに折って、テーブルに置く。たまたま裏表紙が上となった。

裏表紙には水の郷ニュータウンを俯瞰《ふかん》した写真があって、一番下の欄外に細かな白抜き文字で編集やライターの名前が載っている。本でいうところの奥付だ。

デザイン「アド・HIRONAGA」とあって、徳蔵は広告会社も持っているのかと感心していると、ふと併記されているフォトに「KODAMA」とあるのが目に留まった。

こだま――。

六月十八日の朝、東京駅での見送りのシーンを思い出す。ホームに入ってくる新幹線を見て、「のぞみ、だ」としゃれを飛ばした場面だ。希美とのぞみをかけているのだけれど、他人が聞けば実にくだらないオヤジギャグだと失笑するだろう。しかし二人の間では、合い言葉みたいなものだ。

新幹線好きの光一が、年齢的に焦《あせ》りを感じていた希美に『自分が「ひかり」で、君は「のぞみ」だけど、急がない「こだま」も悪くないよ』と言ってくれたことがある。ふっと気持ちが楽になった。以来、せかせかしていると「のぞみ、だ」と軽口を叩《たた》いてくれた。

これは偶然だろうか。

再びリーフレットを開き、徳蔵の写真を凝視した。光一なら、相反するものが同居する複雑な表情を狙って撮ったとしても不思議ではない。

もし「ＫＯＤＡＭＡ」が光一だとすれば、徳蔵と対峙《たいじ》していたということになる。

時計は午前二時を過ぎていたが、忘れぬうちに網島にメールを送っておきたい。手許にないかもしれないので、希美はリーフレットの写真を撮って添付することにした。

『夜分にすみません、初井です。島根で藤原さんからもらったリーフレットを見てください。内容はともかく、弘永さんのインタビュー写真を確認してほしいんです。写真を撮ったカメラマンの名前が「KODAMA」となっています。これ、光一さんではないかと思うんです。カメラマンのつながりで、この「KODAMA」という人を探してもらえないでしょうか。それとリーフレットが作成された経緯が分かれば嬉しいです。いろいろ頼って申し訳ないのですが、よろしくお願いします』

送信後、目が冴えて眠れない。

光一も優子も徳蔵を知っていた。そして二人は、徳蔵の人となり、考え方を知った上で彼の作った水の郷ニュータウンに住みたいと思っていた。それは徳蔵の、いずれ住民となるという言葉からも明らかだ。

もし、二人が失踪していなければ、希美は光一と結婚し、何も知らずに水の郷ニュータウンに新居を構えていたのかもしれない。

いや徳蔵は、優子が光一と所帯を持って水の郷ニュータウンに住むと思っている。そうとらえるほうが自然だ。

何だ、何がいけなかった。会社を辞めて、晴れて千住姓となって新しい街に住み、楽しい家庭を作って幸せになれる、と信じていた。

普通の暮らしができるのか。芸術家は収入が安定していない上に常識では計れないから、と言った伯父の心配通りになった。

悔しいけれど、いま一番話を聞いてほしいのは伯父だった。思いっきり叱られるだろう。だけど、その後、優しい言葉をかけてくれるはずだ。そういう人だ、伯父は。

潰瘍《かいよう》はどうなのだろう。

ダメだ。いまの希美の様子を見れば、容態が悪くなる。これ以上の心労はかけられない。

忍び足で冷蔵庫からミネラルウォーターのペットボトルを取り出し、鏡の前に座る。ペットボトルのラベルには岩手県の龍泉洞《りゅうせんどう》の水とあった。

水ビジネスは上手《うま》く行くだろうか。希美はリーフレットの徳蔵の写真を見る。彼ほどの経営者なら、きっと勝算があるのだろう。

17

勝算などありません。ようは犯罪ですから、見つかれば追いかけられ、逮捕されるのです。逮捕は、私たち浮浪児にとっては死を意味します。いったん留置場に連れて行かれ、鬱憤《うっぷん》晴《ば》らしをするかのような警官の、殴る蹴るの暴行を受けた後、「浮浪児の天国」と呼ばれる地獄の施設が待っているだけです。

しかしその危険性が、ナナコの救出という大義により、一層私たちを鼓舞したのです。何かが取り憑《つ》いているような感覚でした。生きている実感を見出《みいだ》していたのかもしれません。

モク屋をしつつ、大金を持っていそうな人間に目星を付けるのはデゴイチの役割です。私とエテが二人で標的に背後から近づき、隙《すき》を見てお金が入っているところ、着物の懐、外套《がいとう》やズボンのポケット、あるいはリュックか鞄を私が三寸（約九センチ）ほど切り裂きます。そこからスリの手ほどきを受けたことがあるエテが、お札を抜いて持ち去るのですが、もし感づかれ「スリだ」と叫ばれたりしたときは、反対方向からすれ違うふりをし、カッパに素早く手渡して逃げます。もちろん刃物を持っている私も、真っ先に人混みに紛《まぎ》れて姿をくらまさないといけません。

デゴイチの課したルールは、追っ手がいてもいなくても、それぞれが別々にひたすら歩いて、犯行から一時間後にあらかじめ決めておいた隅田川《すみだがわ》の土手で落ち合うというものでした。

日本全国から集まってきた罹災者、戦争孤児、引き揚げ者などでひしめくノガミ周辺には同業者も多く、それらを取り締まる人間も増えていました。そのいずれに見つかっても、利益を損ないます。用心するに越したことはありません。

そんな慎重なやり方ですから日に三度が限界でした。空いた時間は、ミツオさんに怪しまれないよう、私はモク巻きと折り紙に精を出す日々が二十日間続きました。その甲斐あって、二万円まであと四千円というところまで来たのが、昭和二十一年二月四日でした。

とにかく寒い日でした。けれど十日を残して四千円ならば、造作もなく目標に達するはずだ、と思うと四人の顔はほのかに紅潮すらしていました。

デゴイチの狙い澄ました目も冴え、午前中だけですでに五百円を手に入れていました。昼を闇市のおでんですませると、さらに二件の盗みに成功した午後三時頃、デゴイチが今日は終わりにしようと言いました。私もモク巻きと折り紙の作業があったので、そうするつもりだったのです。ところが駅で、以前にモクを買ってくれた闇米卸業者らしき男を見つけ、彼を打ち止めにしてはと提案しました。

これがいけなかったのです。彼らは地方に出向き、農家から米を仕入れるためにたんまりと現金を持っているのですが、警戒も怠《おこた》りません。用心棒のような人間を雇っていました。そうとは知らず、私は初老の男に狙いを付け、それを仲間に伝えたのです。

「あいつ、本当に金、持ってるのか？」

デゴイチは反対しました。

「持ってないのを装ってるんだと思う、物騒だから」

笑いながらそう言うと私は、これまでのようにエテとともに近づき、リュックサックの底から三センチくらいの場所を横一文字に切り裂きました。エテは私を追い抜き、手を入れて財布を摑《つか》んで走り出します。上手く行くはずでした。しかしエテの指がリュックの穴に引っかかり、それでも強引に財布を抜き取ったので、男に気づかれてしまったのです。

男はエテの腕をねじり上げ、

「スリだ。スリを捕まえたぞ」

と叫びました。

その声にデゴイチが素早く駆け寄り男に体当たりして、二人は道に転倒しました。身の軽いエテはトンボを切ってスッと地面に立ち、駆けだしたのです。

デゴイチも逃げようと立ち上がったとき、ジャンパーを着た男二人に両脇を抱えられてしまいました。

あ然として立ち尽くしてしまった私の手をカッパが摑み、引っ張ります。

「何してる、逃げるぞ」

「カッパ、ど、どうしよう」

「デゴイチのことだ、うまくやるさ。はやく川まで行こう。俺たちまで捕まっちまう」

カッパに引きずられながら、夢中で駆けました。

隅田川の土手に着くと、先に逃げたエテが川のほうを向いて座っていました。

「エテ……ごめん」

と彼の背中に謝りました。

「獲物に連れがいたことか。それとも切り損ない、か」

「両方」

私は二センチほど切り込みが短かったことを知っていました。私の手落ちです。穴が小さくては、二本指で札入れを摑んで盗み取れません。それでもエテは抜き取ることには成功しました。ただ、その分手間取り、腕を摑まれたのです。

「デゴイチは？」

「捕まっちまったよ。男二人に」

カッパが私の代わりに答えました。

「二人、か。サツか」

「いや、用心棒だと思う」

と私が見た感じを口にしました。

「質《たち》が悪いな」

「まあデゴイチなら大丈夫じゃないか」

カッパがさっき私に言った感想を漏らしました。

「俺が心配なのは、吉水組が絡んでいないかってことだ」

「用心棒が……吉水組」

血の気が引きました。

「あり得ないって言えるか」

私もカッパも言葉が出ません。デゴイチがミツオさんのグループだと分かれば、吉水組の息のかかった者からお金を盗んで、それでナナコの買い戻しに充《あ》てるつもりだったのか、と勘ぐるにちがいありません。

「そんなことになったら、報復される」

私の声が震えたのは、寒さばかりではありませんでした。

「札入れには二千円ばかし入っていたよ」

エテがお金を抜き取って、札入れを川へ放り投げ、

「大漁だ」

と、お札を私に差し出しました。

「焦りすぎたな」

カッパも息を吐き、土手に腰を下ろします。

「どうすればいい？」

私は立ったままで、二人に訊《き》きました。

「ミツオさんに話したほうがいいだろう」

「そうする。いまからミツオさんに打ち明けてくる。二人は家に戻って」

「今夜は三人が一緒にいないほうがいい気がする。俺はこのままここで一晩を過ごす」

「うん、カッパの言う通りだ。万一相手が警察だったら芋づる式に引っ張って行かれる。俺はバタ屋のカラスさんのところに身を潜める」

バタ屋というのは、鉄くずなど廃品を回収して業者に売る仕事です。カラスは十七歳で、バタ屋仲間では兄貴分として浮浪児に慕われていました。ただもめ事を厭《いと》わないところが、テキヤのミツオさんとは違います。

「分かった」

私は二人と別れると周囲に気を配りながら、ミツオさんのいるバラック小屋へと向かいました。

上野駅にほど近い場所まで来たとき、パンパンのお姉さんが私を見つけると慌《あわ》てて近づき、闇市の店と店との間に引きずり込みました。私をコートの中に包みこむようにして、

「吉水組の連中がミツオさんのところにやってきて、舎弟を連れてデゴイチを引き取りに来いって言ってるそうだよ。あんたら何をしでかしたんだい？」

と言いました。

お姉さんも自分の仲間から聞いて、ミツオさんのバラックには近づかないように逃げてきたと言います。

「僕が、僕が悪いんです」

私は今日起こったことをすべて話しました。そのうちに涙がどんどんあふれ出て、声を殺して泣きました。

「そうかい……そんなことが、ね。可哀想《かわいそう》に」

肩を抱きしめられると、母の匂いがしました。

「とにかくみんな、ミツオさんのところへ集まったほうがいいよ。カラスのところは

あたいも知ってるから、エテを見つけ出して戻るよう言っとく。マキシはカッパを。で、お金はどこ？」

私は紙に包んだ二千円を見せました。

「それ、あたいが預かっとくよ。狩り込みにあったら全部とられちゃうからね」

そう言うとお姉さんはひょいと紙包みを摑み、外套の内ポケットに入れて、

「みんなできるだけ早くミツオさんのバラックへ行くんだよ、いいね」

と片手をあげたと思うと、私を置いて立ち去りました。

カッパを探すのに手間取り、ミツオさんのところへ着いたときは、午後五時を回って闇市場のあちこちからすでに夕餉《ゆうげ》の匂いが漂っていました。

小屋の入り口で椅子に座って片膝《かたひざ》を立て、タバコを吹かすミツオさんの姿を目にし、私は中に入るなり土下座をしました。

「ごめんなさい」

「マキシ、ナナコは諦《あきら》めてくれ。これまで稼いだ金もな。それでデゴイチの命は助かる。今日スった札入れも、中身と一緒に返すんだ」

「札入れは川に」

私の後ろからカッパの声がしました。いつの間にか彼も土下座をしていたようです。

「じゃあ中身だけでもいい、こっちによこしな」

ミツオさんが手を突き出しました。

「えっ、お金はさっきお姉さんに渡しました。エテと一緒にここに来るはずなんですが」

「いいや、来てない。もしかしてアケミに渡したのか」

「名前は……でもここによくいる赤い洋服の」

「俺の前ではアケミだ。あいつい っぱい名前を使い分けてる。金額は二千円だったな」

「はい」

「やられたよ。持っていかれたんだ」

「姉さんに？」

「それがノガミだ」

「そんな……」

「高い授業料だと思え。なあマキシ、お前もうノガミでは仕事をするな。吉水組の目の届かねえ場所に行くんだ。今回の失態はお前の責任だから、アケミの分も含めてかぶってもらうよ」

「わ、分かりました」

「なら、一刻も早く荷物をまとめろ」

「……はい」

「泣くな。カッパにはお別れが言えるが、他の二人には会わずに去れ。マキシ、お前は手先が器用なだけじゃなく、賢い。どこでも生きていける」

「あの、これ」

私は借りていたナイフを返そうとしました。するとミツオさんは、

「餞別《せんべつ》だ、持って行け」

と、顎《あご》で戸口を示しました。

私はカッパに、持っていた最後の青海波を渡して、これまでの礼を言うと歩き出しました。行く当てなどあろうはずがありません。

人混みから逃れるようにして彷徨《さまよ》い歩きました。そのうち日が暮れ、明かりが灯《とも》ると、妖しい女性たちが道端にうごめき始めるのを目にして、それほど上野駅から離れていないことが分かりした。

去年の三月に親兄弟を失い、終戦、そして今とよく生きてこられたものだ、と思うとまたべそをかきそうになります。

ノガミで浮浪児が生きていくには多少の悪事は当たり前だ、と思っていた節があり

ました。しかしそれは母親の教えに反した行為だったのです。いまの姿は、言いつけを守らなかったバチが当たっただけです。そう考えると、あの世で家族が呼んでいるような気がしてきました。

次の瞬間、心底お母さんに会いたい、と思ったのです。そして叱ってほしい。本当に死ねば会えるという気にさえなってきました。

その方法として、遺書を思いついたのです。誰かに読ませるためではありません。悔い改めれば家族の元に行ける、と特攻帰りの人から教わったことがあるからです。紙はいいものが一枚、手許にあります。鉛筆もちびていますが持っています。遺書を書き、静かにレールの上に頭を置いて、沼津行きの列車がくるのを待ったのでした。

「死にたいのは分かる。しかし列車はまずい」

男の人は体を起こし、私を地面に座らせると、列車の最後尾を見つめながら言いました。

遠くに走り去る列車の音が彼方《かなた》に消えてしまいました。

「なぜ、助けるんだ。僕は家族に会いたいだけなんだ」

軍服を着た男の人を睨《にら》み付けました。

「死んでも会えない」

男の人はゆっくり腕を伸ばし、傍《かたわ》らのカンテラを引き寄せます。

「死んだことないのに分からないだろう」

「君、戦災孤児なんだね」

「だったら何だ。浮浪児の一人や二人、毎日死んでる。放っておけよ」

そう言い捨てたとたん、地面の冷たさがお尻に伝わってきました。

「これは？」

男の人は、私のズボンから覗く遺書を素早く抜き取り、開きました。

「返してくれ」

手を伸ばすとさっとかわし一読して、

「よく書けてる。徳蔵君の心情が伝わってくるよ」

と言いました。

「あんたはいったい何なんだ」

まだ狩り込みの疑いは晴れず、逃げる体勢をとろうと膝を立てました。

「大丈夫、当局の回し者じゃないから安心しなさい。それに私は何者でもなく、ただの死に損ないなんだ」

私は、右脚が伸びたままなのと、少し離れたところに転がっている松葉杖に気づきました。

「傷痍《しょうい》軍人？」

「まあね。体以上に心に傷を受けた傷痍軍人ってとこかな」

「何だそれ」

「徳蔵君、君はいくつだ？」

「今年十歳になる」

「ならここが、心が痛むことは理解できるはずだ」

男の人は自分の胸を指で叩きました。

「心が痛む？」

ナナコがいなくなったとき、自分のせいでデゴイチが連れて行かれたと知ったとき、確かに心が痛みました。

「分かったようだね。それはそうだろうな。君の母上は素晴らしい方だもの。これを読めば分かるよ」

私の遺書に目を落としながら、

「生きておられたら、君が立派に育つのを見届けただろう」

と男の人は言いました。

「母ちゃんは日本一だ。けど僕は悪党だ。立派になんてなれはしない」

「生まれは東京？」

「浅草さ。家の防空壕《ぼうくうごう》で、母ちゃんも姉ちゃんも、妹もみんな死んじまった、三月の空襲で」

「三月十日の東京大空襲か。酷かったんだってね」

戦地で聞いた、と男の人は言いました。

「僕は知らない。疎開先にいたから」

「そうか。これまでよく生き延びた。頑張ったな、偉かった」

男の人は私の坊主頭を撫《な》でました。小綺麗にしているほうが洋モクは売れると頭を刈ってくれたミツオさんを思い出しました。バリカンで刈ったあと、終わったよという合図で頭を優しく撫でてくれたからです。

「偉くなんかない。人を欺《だま》したり、ものを盗んだりした。仲間を酷い目にあわせたんだ」

「私は、人を殺してきたんだよ。君よりもっと悪党だ」

「兵隊さんなら、当たり前だろ」

「いや、当たり前じゃない。誰も死にたくない。殺されるために生まれてきたんじゃないんだ」

幸福になるために生まれてきた、と男の人は噛《か》みしめるようにつぶやきました。

「何かの宗教？」

戦後闇市にやってくる人に対して、生き方を説く連中の姿を目にしたことがあります。おおかた幸せとか、罪がどうとかの幟《のぼり》を立てていました。

「そんなんじゃない。もう誰かのために死ぬんじゃなく、自分の幸福のために生きたいと願っているだけだ。たくさんの戦友、上官、米兵たちの死に様を見て思った」

「自分の幸福……？」

「うん。誰も不幸になるために生まれてきたんじゃない」

「そんなこと信じられるもんか」

言葉を吐き捨てました。自分も、周りも不幸せな人しかいなかったのです。

「あのな、徳蔵君。幸せになれるかどうかを疑っているようじゃ、そりゃ無理だ。絶対に幸せになるという覚悟が必要なんだ」

「………」

私は彼の気迫に気圧《けお》され、黙ってしまいました。

「まあそれはいい。実は三日前に浦賀《うらが》港に着いたばかりなんだ。この界隈の今の状況を教えてほしい。いやじゃなければ、君がこれまでやってきたことも話してみないか」

「兵隊さんに？」

「ここじゃ寒いから、こっちに」

男の人は松葉杖のところまで体を回転させて行き、あとは杖を頼りに上手に立ち上がりました。そして案外速く歩き出します。

私はなぜか素直に、彼に付いていきました。似てないけれど、ミツオさんに代わるものを彼に求めていたのかもしれません。

古びたコンテナの前にトタンが立てかけてあり、それをずらすと不規則な穴が空いていました。

「爆撃で破損したんだろうね」

男の人が先に中に入り、招き入れてくれました。床には藁がぎっしり敷き詰められていて、座り心地は悪くありませんでした。

「兵隊さんはここに住んでるの？」

「ああ、いいものを見つけただろう？」

「うん、温かいよ」

男の人の向かいに座りました。

「すぐに故郷に帰る決心がつかなくてね。こんな姿だから。私の名前は大畑喜平。君の名は徳蔵、苗字は？」

喜平さんは唐突に尋ねました。

「僕は、弘永、弘永徳蔵です」

「では徳蔵君、話してくれよ」

私は、実家が浅草で江戸扇子や団扇を作る「ひろなが工房」だったこと、集団学童疎開先には自分だけが残っていて大空襲に遭わなかったこと、そして実家に戻って母たちの遺体を目の当たりにしたこと。

それから、兄との再開を一縷《いちる》の望みとして上野駅の待合室、そこから地下道へとねぐらを移動。不忍池の生き物、上野公園に生息する雑草で食いつなぎ、闇市の経営者、ヤクザ、テキヤ、警察、MPたちのひしめく中、仲間のデゴイチ、エテ、カッパと出会い、そしてミツオさんに救われモク屋になったこと。オカマの巣窟《そうくつ》で知り合った同い年のナナコが、政治家とのつながりを匂わせ、急速に勢力を拡大しつつある吉水組に売られたのを救出するため、ついに「チャリンコ」に手を染め、それすら失敗に終わったことを喜平さんに話しました。

「君も闘っていたんだ。これは確認だが、身内は一人もいないんだね」

黙ってうなずきました。

「じゃあ私と島根に来ないか」

「島根……？　喜平さんと」

「人買いじゃないから、怖がらなくていいよ」

「そんなの信じられません」

と返すしかありません。昼間、知り合いのお姉さんに大金をだまし取られたばかりだ、と付け足しました。

「それはそうだな。じゃあナナコちゃんを救出したら信用してくれるか」

喜平さんは、平然と言いました。

「無理だ。相手はヤクザなんだ」

私はムキになりました。

「私に考えがある」

「信じられるもんか」

今度はそっぽを向きました。

「私は大学の法科を出た。こんな時こそ法律を使う。まずナナコちゃんのことを知りたい。彼女も身寄りのない孤児なんだね」

　私が背を向けているのも気にせずに、喜平さんは話し掛けます。

「でなきゃ、売ったり買ったりされないさ」

　素っ気なく答えました。

「見た目のことを聞きたい。徳蔵君と同い年だそうだけど、年下に見えるかい、それともお姉さんに見える？」

「はじめは、小さくてお人形のようで年下に見えたけど、話し方はお姉ちゃんみたいかな」

「どっちとも言えないんだね」

　いいぞ、と喜平さんは微笑《ほほえ》みます。

「ナナコを助けるのに、見た目が関係あるのかよ」

　私はゴロツキのような言い方をしました。喜平さんとここにいることが間違いだったのではないかと、心細くさえなってきます。

「大いにあるんだ。ナナコちゃんを徳蔵君のお姉さんにしてしまうんだから」

「はあ？」

いっそうおかしなことを喜平さんは言ったのです。

「遺書にあったクミ姉ちゃんはいくつだ？」

「生きてたら十二歳だよ。ナナコちゃんが姉ちゃんになれる訳ないじゃないか。いい加減なこと言うな」

「このご時世、満足に食べている子なんていない。誤魔化せるさ。その前にクミ姉さんのご遺体はどうなってる？」

「母さんと一緒に……まだ防空壕の中に」

「役所には報告してないんだね」

「町内の人もみんなやられてしまったし、そのまま」

「徳蔵君、クミ姉さんは気の毒だけど、ナナコちゃんと入れ替わってもらう。その上で、警察に通報しにいく。姉のクミが誘拐されたとね」

「そんな嘘《うそ》が通るはずない！　警察だなんて馬鹿だ」

私は声を上げました。

「君は、彼らの世話になったことがあるのかい？」

「それはない」

「顔を知られている？」

「それもないけど」

「なら大丈夫だ。彼らを味方に付けよう。徳蔵君の話では、元手のかかっていない商品、これはナナコちゃんに失礼な言い方だが、彼らにはそうとしか見えていないからね。その商品で、労せずして利益を得ているんだ。何も言わずナナコちゃんをこちらに渡してもらえば、誘拐の告訴を取り下げると言ってやる。人身売買で官憲の調べを受けるのは嫌だろうから、吉水組にとっても損はないはずだ」

「ナナコちゃんが姉ちゃんだなんて、誰も信じない」

「私は、弘永徳蔵とクミを大畑家の養子にするんだ。そういう申し出をする人間を、いまの日本は邪険にできないはずだ」

戦災孤児の対応に苦慮していることを三日も見ていれば分かる、と喜平さんは悲しげな顔をしました。

「養子……?」

面倒を見てくれるのだということは分かりました。しかし、目の前の喜平さんが父親になるなんてピンときません。それに牛や馬のようにこき使って、病気や怪我で働けなくなったら捨てる大人がいると、多くの出戻り浮浪児から聞いていましたから、素直に喜べなかったのです。疑うことがノガミで生きる知恵であり、むやみに人を信じればそれこそ命取りになります。

「どうして僕を？」

私を養子にする目的を探ろうとしました。

「いい質問だ」

喜平さんの顔に明るさが戻ります。

「一つ目は遺書の文章だ。天国にいる母上に対しての素直な気持ちに打たれた。生きるためにいろいろやってきただろうに、心は汚れてないと感じた。素直さは才能だよ。素直になれと言われてなれるもんじゃない。生まれ持ったものだ。第二に、私の家は代々村長をしている。確かめた訳じゃないけど田畑は無事だと思う」

「やっぱりこき使うんだ」

「人の話はちゃんと聞きなさい。人手がいるなら、もっと大きくて力のある子を養子にするよ。そういうことではなく食べるものがある、つまり養う余裕があるということだ。第三に、君がナナコちゃんを思う気持ちだ。彼女のために、洋モクや連鶴を作る話をしているときの君の瞳が美しかった。人にそこまでできる子を私は放っておけない。戦争が終わった瞬間、もう人を殺すことを考えないで済むと思った。自分勝手な考えかもしれないけど、罪滅ぼしに、人を生かすために生きたいんだ」

喜平さんの目も輝いているように見えました。

「嫌って言ったら」

「無理にでも連れて帰る」

真顔でした。

「力ずくだなんて、他の大人たちと同じじゃないか」

「違う。レールを枕にさせたくないからだ」

語気が強くなりました。

そのとき、私は決心しました。

この人を信じる――。

18

信じる。

希美は自分も心の中でつぶやいているのに気づいた。

徳蔵の物語は、この後、警察へ誘拐事件として告訴し、捜査員と共にナナコ救出へと続く。浮浪児たちを取り巻く劣悪な環境をＧＨＱも問題視していて、日本の警察や福祉関連団体に速やかな解決、具体的には親戚縁者への養子縁組や施設への保護を指示していた。そのこともあって、喜平の徳蔵、ナナコの養子話は官憲を動かすのに功を奏したようだ。

子供ながらナナコのためにお金を稼ごうと奔走《ほんそう》する徳蔵の優しさと行動力、知恵でヤクザと対峙した喜平の勇気と決断力に、希美は感心した。

大畑喜平は、約束通り徳蔵とナナコこと田代奈々子《たしろななこ》を養子として迎え入れた。それから四年後、隣町の町長の娘、久子《ひさこ》と結婚。一年あまりして一子、良喜をもうける。

徳蔵と奈々子の二人は学校に通いながら、畑仕事や新しく始めた酪農《らくのう》を手伝い、十五歳違いの良喜を可愛がった。三人は本物の兄弟として分け隔てなく育てられたのだが、徳蔵は高校卒業と同時に、自らの意思で広島の建設会社に就職して独立したという。その際、徳蔵も奈々子もそれぞれ戸籍を再製し、弘永徳蔵、田代奈々子としての人生を歩むことになる。

「喜平さんに生かされた命。人生をかけて恩返しすると誓い、大畑家を巣立った」のだそうだ。

徳蔵が広島を選んだのは、この年の四月に広島の平和記念公園が完成したことが大きい。最も悲惨な爆撃を受けた広島市こそ、いちはやく復興すべきだとし、その一助になりたかった。

また第一次道路整備五箇年計画の閣議決定、土地区画整理法公布なども追い風となって、徳蔵の入った会社は、中小企業から脱皮する機会を得ていた。

仕事に恵まれた徳蔵は、高度経済成長期を経て昭和四十五年、大阪の吹田《すいた》市で開催された「日本万国博覧会」の年に、『株式会社弘永開発』を興《おこ》した。本社を岡山県に構えた理由は、社是が物語っている。徳蔵は一編の詩を社是としたのだ。

花は花に会ふたのしい季節
古い枝にはくれなゐふかく
新しい枝にも匂ひ佳きもの
待ちなんやがてたのしい季節

それは奈々子と共に島根へ旅立つ汽車の中で、喜平が諳《そら》んじた詩だった。

『祝《ほ》ぎ歌あるいは望み歌』という作品から引用されたもので、作者は岡山の詩人、永瀬清子だ。

この詩には「草野心平さんの南京へ発たれる宴の即興歌」という副題が付いている。

喜平は、どこに行っても、どんな状態であろうとやがて楽しい季節は巡ってくる、と解釈して、島根H村での新しい暮らしを祝うつもりで二人に聞かせた。

どんなときでも必ず楽しい季節が訪れることを信じて、物作りに勤《いそ》しむ会社という意味で、この詩を社是にしたのだ。

徳蔵は喜平の影響で永瀬清子を読むようになった。それで、永瀬清子を育んだ岡山の地を拠点にしたのだ。喜平の教育方針は、多少貧しくとも文化的な豊かさに重きをおいていたようだ。

付け加えると、徳蔵は二十二歳の時、奈々子と結婚した。

奈々子への愛を貫いた徳蔵の純真さに、一徹な男性の魅力を感じるのは、希美が光一の不誠実さに悩んでいるからだけではないだろう。

喜平は村長としてH村の発展に尽力したが、過疎化を止めることはできなかった。それは息子の良喜に村長を引き継いでも改善されず、人の手が入らなくなった田畑や森林は荒れ地となり、いつしかあちこちに産業廃棄物を不法投棄されるようになる。どんなに立て看板で不法投棄は犯罪だ、と訴えても、捨ててある場所には捨ててもいいという心理が働くのか、さらに投棄が増える悪循環だ。

喜平は自分の目の黒いうちに、H村の再生をと徳蔵に相談し、水の郷ニュータウン構想が生まれたということだ。

「昔のこととは言え、悪事を働いた私を救ってくれた大畑喜平さん。彼への報恩の誓いを立てる証しとして、この物語を公表した。何があっても命を賭《と》してこのプロジェクトだけは成功に導かねばならない」と手記は結ばれていた。

この秘話を光一が知れば、人工的な自然の街だとしても惹《ひ》かれるものがあったにちがいない。

それは確信に近かった。だがそれなら隠す必要はない。事実、いまこの手記を読み終わって、水の郷ニュータウンの生みの親である徳蔵の人生に心動かされている。きちんと話してくれていれば、水の郷ニュータウンへの移住に異議は唱えなかった。

光一が話さなかったことは他にもある。水俣の海、フォト絵本、永瀬清子の言葉——。

希美が知らないすべてを、優子は知っている。優子とは共有していたのだ。

それでも信じろと言うのか。

「初井さん、大丈夫？」

美彩がこちらを見ていた。

「すみません、起こしてしまいましたね」

慌ててスタンドの光を消した。

「いいわよ。なんか呪文みたいな独り言が耳について、眠れなくなっちゃったから」

「私、独り言なんて言ってました？」

「うん。それ、また弘永さんの手記？」

「やっぱり続きが気になって」

「そう、眠れなかったのね。辛《つら》いわよね……あのさ、まだ、兄のこと好き？」

美彩が体を起こしベッドにあぐらをかいた。

予想だにしない質問に、返事ができなかった。

「やっぱり嫌いになった？」

また美彩が訊《き》く。

「いえ、そんなことありません」

「無理しないでいいよ。私は身内だから探すけど、あなたは自分の生活を優先してくれていいんだからね」

「私、まだ婚約者ですから……彼が心配です」

何が言いたいのか、自分でも分からない。

「実は離婚話がでてるんだ、うち」

美彩が唐突に言って、大きな枕を赤ん坊のように抱っこした。

「そうなんですか」

「何となく家庭が上手くいってないって感じ、してたでしょう?」

返事のしようがない。

「私に責任があるの」

結婚すると、主婦としても商品開発者としても中途半端だと思う毎日だったと、美彩は枕を力一杯抱きしめた。

「そんな風に思っているから、結婚生活が一番中途半端になっちゃった」

「でも旦那さんのことが、好きで結婚されたんですよね」

「当然よ。でも私、こんな性格でしょ。会社での人間関係がうまくいかなかった。ありふれてるけど、結婚に逃げたのよ。仕事がすべてでなくなれば気楽にできるから、会社も辞めないで続けられるなんてね。甘かった。どっちつかずの状態のほうが苦しい」

「それで離婚話……?」

結婚生活が破綻《はたん》するほどの問題とは思えなかった。結婚に逃げたというのなら、希美にもそういうところがある。しかし希美の場合は、きっぱりと会社を辞めて光一の妻になると決めていた。そこに迷いはない。

迷いはなかったのに、どっちつかずだったのは光一のほうだ。両天秤《りょうてんびん》にかけ、優子を選んだ。

「結婚を逃げ道にしたということは、打算が働いたってことよね。本物の愛じゃない。そう思い始めると急に冷めちゃう。暮らしがみんな灰色、味気ない。あなた、元カノと行方知れずになってる男をまだ愛してるの？　これは妹だからじゃなく、女性として訊いてるの。本当の気持ち、聞きたい」

「正直言って、分からないんです。許せないと思ったり、優子さんと一緒なのは彼の本心じゃない、助けなきゃと思ったり。もう日ごと、ううん、一分一秒ごとに気持ちが揺れ動いて。ただ、嫌いになろうとしても、なれない……」

震える唇を手で押さえた。

「うらやましい……」

美彩がぽつりとつぶやいた。

「えっ」

「そんなに辛いのに。いっそのこと兄を忘れるという選択肢は？」

「もう一度光一さんに会うまでは、ない、です」

「分かった。じゃあそれまで同行してもらえるのね」

「そのつもりです。菊池さん、旦那さんとのことはいいんですか」

「旦那には、兄を探すためしばらく留守にしますってメールしてある。冷却期間を置くためにね。今頃、お義母さんと私の悪口で盛り上がってるわよ」

投げやりな言い方をして、美彩が再び横になった。


二時間ほど眠ると、朝になっていた。頭の芯が重く、頭痛になりそうだったので、常に携帯している鎮痛剤を飲んだ。

昼過ぎ、網島が再びレンタカーでやってきて、二人を乗せて盛岡西警察署一本木駐在所に向かった。光一のカメラを確認するためだ。

対応してくれたのは阿部巡査だ。彼に付いて建物の裏にある駐車スペースに行くと、そこにカーキ色のカバーを被《かぶ》せられた優子の軽自動車があった。

阿部はカバーを剝《は》がして鍵を開け、

「どうぞ。何かあったら声をかけてください」

と後退《あとずさ》りした。

「すみません、お手数をおかけします」

美彩が車に乗り込み、後部座席の光一のバッグから一眼レフカメラを取り上げた。

車外に出てドアを閉め、カメラを網島に渡す。

網島は慣れた手つきで、バッテリーが装着されていることを確認して電源を入れた。すぐに起動音が鳴り、背面のディスプレイが立ち上がる。

網島はタッチパネルを操作して、

「データカードがないな」

と言って手を止めた。

「じゃあ予備のものなの？」

美彩が訊く。

「うーん」

網島が下唇を噛んだ。

「どうしたの？」

「GPSログデータが残ってる」

「GPSって位置情報？　カメラでもそんな機能があるの？」

「ああ、スマホでは当たり前だけど、こういう一眼レフカメラにも数年前から搭載された。それまではGPSロガーという別の機器を使って、撮った日時と場所を記録してたんだ。希美さんには以前、転送写真にも記録されていたことを説明しましたね」

「あ、はい」

「この機種は電源を切っていても、ＧＰＳログデータが本体に残せるんだ。そう設定すればね」

衛星からの位置情報を取得するのに時間がかかるので、撮影に間に合わないのを防ぐために数秒か、数分ごとに現在位置を記録するよう設定できるものなのだそうだ。

彼は説明しながらディスプレイをタッチして、

「うんログデータは残ってるよ。これで二人の行動が分かる」

とディスプレイ画面をこちらに向けた。

経度と緯度が記号と数字で表示されていた。

「だから、それが何よ。それに、ここまでの足取りが分かっても仕方ないわ。この先どこへ行ったのかが問題なんだから」

美彩がムッとした声を出した。

「それはそうだけど。警察が車をここに運ぶ前までのあいつらの行動が分かる。たとえば、八幡平にやってきたのは六日前で、ホテルの駐車場に車を駐めたのはその日の夕方、六時一分だったって」

「便利な機能ってことは分かった。肝心なのは、カメラがこれだけなのかが知りたいのよ」

美彩は強くなってきた日差しに、手で庇《ひさし》をつくり網島を見る。

「GPSロガーの機能は便利だけど、電源オフ時に常に位置情報を取得する設定をするとその分バッテリーを消耗させるんだ。予備で持っていて、いざ使おうとおもったときにバッテリーが足りないのは嫌じゃないか」

「ということは、その設定は予備のカメラでやるべきことじゃないんですね」

二人の間に入って、希美が尋ねる。

「ええ。だけど、これをメインで使っていたとすると、ショルダーストラップが付いてないのが解《げ》せない」

自然に分け入って写真をとるのにストラップがないと、誤ってカメラを落とすことがある。不安定な場所に身を置く場合、とっさに両手を使わざるを得ないこともあるからだ。

「バッグの中じゃない？」

網島は阿部に声をかけて、もう一度車の中を確認した。しかしストラップはどこにもなかった。

「ショルダーストラップが外れて、なくすってことはあるんでしょうか」

希美が訊いた。

「いや、よほどのことがない限り外れることはないです。さっきも言いましたがカメラを落っことさないようにするものなんで。それにストラップホルダーにも、カメラ本体にも余計な力が加わった事を思わせる傷はないし」

「光一さんが自分で外したとすれば、もう一台別のカメラに付け替えたかもしれないですよね」

電話での五頭の指摘は、カメラを持って行っているならば、タープのことと考え合わせて写真を撮るために森に入った可能性が高まるというものだ。

「ちょっと待ってください」

網島はさらにディスプレイの状態を確認し、撮影モードにしてレンズを希美や美彩に向けシャッターを切った。

「目をつぶっちゃった。もう撮るならそう言って」

美彩の文句を無視し、

「カメラに問題はないな」

と、網島はつぶやいた。

「でもストラップが……」

希美が食い下がった。もう一台カメラがあると思いたい。

「どこかに捨てたんじゃない？」

美彩がそう言ってから、身も蓋もないわね、ごめんなさい、と小声で謝った。

そのとき、少し離れた場所にいた阿部のケータイの鳴る音が聞こえた。彼はケータイを手で覆い後ろ向きになったと思うと、すぐに向き直った。

「警察犬が何かを見つけたようです。パトカーに付いてきてもらえますか」

緊張感に襲われ、希美の体は強《こわ》ばった。

「初井さん、行くわよ」

美彩に背中を押され、体がやっと動いた。

網島のレンタカーは、阿部と別の警察官とが運転するパトカーの後ろに付いて走り出した。

「おっと忘れるところだった。希美さんが言ってた『KODAMA』っていうカメラマンですが」

「分かりましたか」

後部座席から希美が身を乗り出す。

助手席の美彩は、

「何よ、ふたりして」

と運転する網島を見る。

希美はリーフレットの写真のことを説明した。

「写真家協会の名簿に、そんな名前はありません。中国地方に強い広告代理店の人間に尋ねたんです。そうしたら弘永開発のハウスエージェンシーは、自社で抱えるクリエーターばかりなんだそうで、『KODAMA』の正体は分かりませんでした」

「『アド・HIRONAGA』所属ということですね」

「そういうことです」

パトカーは宿泊していたホテルの前を通り過ぎる。県民の森の前を通過して、国道とは名ばかりの蛇行する山道を五分ほど走った。

小さな立て看板には「芭蕉沼《ばしょうぬま》」とある。近くの空き地に警察車両とおぼしきワゴン車が駐まっていた。傍らに警察犬を連れた係官の姿もあった。

鑑識係官らしき人がブルーシートを敷き、黒いものを数点並べているのが見えた場所でパトーカーがゆっくりと停止した。

網島も停車し三人は車から出て、阿部の先導でブルーシートのところへ向かった。

阿部は係官に敬礼すると、私たちを失踪人の身内だと紹介した。

「松川沿いの森林を中心に捜索してまして、ここで警察犬が反応しました。国道からすぐですし、またこの季節は観光客もままありますもんで、まさかと思ったんですが、念のため、沼をさらったら、すぐにこれらが見つかりました、遊歩道からすぐの場所です」

鑑識班の佐藤《さとう》と名乗る係官が、独特のイントネーションで説明しながら、三人に手袋を差し出す。

すぐに手袋をはめ、しゃがんだ網島が声を上げた。濡れた白い長靴の横にある黒いものはカメラで、ショルダーストラップが付いていた。

「あいつのカメラだな」

希美たちもしゃがみ、網島の手にあるカメラを凝視する。

「見ただけで分かるの？」

美彩の質問に、

「ストラップのここを見てみろ。熊さんのワッペンが貼ってあるだろう。この熊は俺のトレードマークなんだ」

と網島はジャケットの裏を見せた。そこにも同様の熊のイラストがあった。

「今年の初めくらいに作ったのをあいつにもやったんだ。可愛いけど自分は熊って感じじゃないって言ってたのに、貼ってくれてたんだな」

「そう」

美彩が沈んだ声で言った。

「他の帽子と靴は分からん」

「ちょっと、この長靴の後ろ、消えかかってるけど丸に優の字が書いてある」

フィールドワーク用の長靴は研究室で揃えるため、自分のものだと分かるようにするのだそうだ。

「優子さんのものだわ」

美彩が長靴に手を合わせた。

そこに佐々木が敬礼をしながら駆け寄ってきた。佐藤から報告を受け、

「ではカメラは失踪人、千住光一さんのもので間違いないということですね。分かりました。ではこれから県警本部と相談の上、ここら辺りを重点的に捜索することになります。ただしこの沼は、盛《さか》りは過ぎましたが水芭蕉が群生する湿地帯です。堆積土《たいせきど》に加えて落ち葉や木の根っこだらけで、おまけに自然保護の観点から慎重に捜索しなければなりません」

苦い顔で言った。

「あの、カメラの中身を調べたいんですけど」

網島が訊くと、鑑識作業に二十分ほどかかるので待つように、と佐藤が言い、佐々木が証拠品はまだ返還できないから、この場で確認してほしいと付け加えた。

「分かりました」

網島が返事する。

「ねえ、初井さん。その間、ちょっと沼を見てみない？」

「は、はい」

美彩に声をかけられて、我に返った。どうしてここに立っているのかさえ見失いそうになっていた。

濡れたカメラ、雫《しずく》のしたたるストラップを目の当たりにすると、すべての感情がシャットダウンしたように心が動かない。

徳蔵が防空壕の母たちを目にしたときと同じだ、と思った。

「大変なことになっちゃったね」

少しぬかるんだ道を歩きながら、美彩がつぶやいた。

「これ、現実なんですよね」

死んだふりして行方をくらましていると憤《いきどお》ったり、タープやカメラを持っているはずだから生存の可能性があると喜んだりした。そしていま、カメラが発見されたという現実とどう向き合えばいいのか分からない。

「うん」

「ここで二人は……」

「考えられない。車でやってきて、三十分ほど水芭蕉を見てそれでおしまいの観光地なのよ、ここ。そんなところを死に場所に選ぶ？」

「特別な思い入れがあったんでしょうか」

「とは思えない。観光の記念写真をとるようなところよ。限界集落だ、なめとこ山がどうだって言ってる人間が、どうしてそんな場所で心中するのよ。それが証拠に、捜索一日目に発見されたじゃない」

怒ったような言い方だ。

「優子さん、水芭蕉が好きだったとか」

「聞いたことない」

「二人の思い出の地だとか」

「私が言いたいのは、見つけて欲しいのか見つかりたくないのか分からない。ということなのよ」

　変わり果てた姿を見つけるのは観光客だったはずだ。しかし湿地帯だから、もっと長く遺体が上がらない可能性もある、と柔らかい地面を美彩が靴先で叩く。

「何も考えず、ただ静かなここが気に入ったのかも」

「だとしたら兄は大馬鹿もんだわ」

　美彩の出した大声が、沼に飲み込まれていく。

「光一さんは馬鹿じゃありません。前に報道カメラマンの仕事が入ったんですけど、見た人を不快にする写真は撮りたくない、と断ったんです」

「だから？」

「見る人のことを常に考えてきた人なんです。観光でここに来るひとは、きれいに咲く水芭蕉が見たいんです。その美しさを旅の思い出にしたいのに、そんなところで人間の水死体を発見するんですよ。最悪だし、心の傷になって一生苦しむかもしれない。そんなことだけは避けます。優子さんだってそうでしょう？　水俣病でお祖父さんや町の人が苦しむのを見て、環境問題を解決する研究者になられたんですよね。自分の最期の姿で、人を辛い目にあわせるなんてしないんじゃないですか。自分の始末も付けられない二人とは思いたくありません」

群生する水芭蕉に向かって言い終わり、大きく息を吸った。

「どういうこと？　じゃあ、二人がここで心中を図ったのは、自分たちの意思じゃないってこと？」

美彩が眉根《まゆね》を寄せた。

「いえ、そういう訳では」

「行方不明の二人が自分たちの意思ではなく、ここで死んだとしたら、それは大変な事件よ」

「私はただ、二人がそこまで自分勝手はしないだろうと言いたいだけです」

「やっと中身を見せてもらったよ」

大きな体を揺らして、網島が近づいてきた。

「どうだった？」

美彩が、空気を変えるかのように明るい声を出す。

「それほど深い場所じゃなかったから濡れていたけど起動はできた。防塵《ぼうじん》防水ってのは本当なんだな。妙なのはメモリーカードに保存された写真が、八幡平周辺の八枚だけ。ここの水芭蕉もあった」

「カードが一杯になって替えたんじゃない？」

「変なのはその出来さ。まるで観光客のスナップだ」

「網島さん、ここの写真がいつ撮られたものか分かるんですね」

「ええ。訊かれると思ってメモってます」

網島はジャケットの胸ポケットから小さな手帳を出して、続ける。

「六日前の午後六時四十三分です。県民の森の入り口が六時七分、川の畔《ほとり》、森林などが四枚でその間隔は大体四分程度、ここの沼の入り口六時三十九分、水芭蕉のアップが四十二分、そしていま二人が眺めていたこの辺りの景色が撮られたのが四十三分です」

「車内で見つかったカメラのＧＰＳロガー記録は六時一分でしたよね、車が駐車場に止まったの」

「確かにそう言いましたね。車を降りて六分後に県民の森を撮ったことになります」

「かなり駆け足ね」

美彩が口を挟む。

「その後の行程はいかがです？」

希美は土地勘がある美彩に確かめた。

「県民の森からここまで三十六分で歩いてきたってことだから、問題ないんじゃない。

普通は三十五分くらいの距離みたいよ」

美彩がスマホでホテルから芭蕉沼までのルート検索をすると、徒歩で三十五分と表示されたと言った。

「私、素人《しろうと》だからよく分からないんですけど、ちょっと引っかかるんですが」

希美が網島に訊いた。

「何です？」

「なんだかギリギリって感じがして。そんなに簡単なんでしょうか、被写体を決めるの」

「だから、つまらない写真なんです。何を狙ったのか曖昧《あいまい》で、ただシャッターを切りましたというものばかり」

「光一さんがそんな写真を最後に撮りますか」

「……ないとは思います。ですが、気持ちがもうこの沼に向かっている状態ですし」

「死に向かってる？」

「そうです。正常じゃなかった」

「それでも、さっき車から川を見てたんですが、畔を撮るには河原に下りないといけないような気がするんです」

「初井さんの言うとおり、国道から撮ったんじゃなければ、少し下りて行かないとダメだわ」

美彩が加勢してくれた。

「俺が見た感じ、対岸の緑が写ってたんだけど、角度からすると国道から河原に下りてるね」

「そうしたら、時間的なロスが生まれますよね、それぞれに」

「歩きでは厳しいってことですか」

「じゃなくて、あらかじめ決めた場所を撮っているんじゃないかと」

「確かに機械的だ……」

網島がもう一度手帳を見た。

「こうは考えられませんか」

希美は二人に言った。

「何なの？」

「ここで発見されたカメラは、カムフラージュだと」

「結局のところ、偽装心中」

さすがの美彩も声をひそめ、

「警察の人に聞かれたら大変よ」

と警察官たちがいる国道を窺《うかが》った。

「カメラマンの命であるカメラを沼に捨てることで、ここで死んだと思わせようとしたのか」

網島も国道を見遣《みや》る。やはり声は小さかった。

「どうあっても、この世から消えたと思わせたかった」

希美は、水芭蕉に目を落とす。

「カメラの捨て場所をここにしたのは、兄がよく知る場所だからってこと?」

「あのホテルの駐車場も光一さんのよく知る場所だとしたら、そこに優子さんの車を放置したのも計算だったんじゃないですか」

「それなら、ここをいくら捜索しても、これ以上何も見つからないわ」

警察に知らせるべきだろうけれど、もし推理が外れていたら取り返しが付かない、と美彩が言った。

「警察に言うのはまだ早い。心中が偽装かもしれない、と言った瞬間、捜索は中止になるからな」

「偽装だったりしたら、兄も優子さんも許さない」

美彩は顔に近づく蚊を手で払った。

19

二日後の午後三時、希美は五頭に会うべく東京駅八重洲口、以前網島と会った珈琲《コーヒー》店にいた。落ち着いて話せるからだ。どうしても同席したいという美彩も隣に座る。

五頭は、想像していたより柔らかい表情をしていた。髪の毛は白髪交じりの短髪で、肩幅が広くがっしりとして、ラガーマンのようだった。やっぱり定年退職した年齢には見えない。

初対面の挨拶《あいさつ》を交わすと、希美はすぐに八幡平で分かったことを話した。

「カムフラージュですか」

五頭は落ち着いた表情で言った。

「もう、そうとしか思えなくなって」

「車に残された使用可能なカメラにデータカードがないのも、沼から見つかったカメラの中身が八枚だけだったのも違和感を覚えますね。それにお嬢さんが言うように、ホテルから芭蕉沼まで写真を撮りながら歩いて、ギリギリ間に合う時間というのも引っかかります。何だかとってつけた……そう、作為のようなものを感じる。ただ、それはあなた方だから気づいたことのように思えます。つまりカムフラージュは成功したと言えるでしょう。ですが、一生日の目を見ない暮らしになるんですよ。千住さんが耐えられると思いますか。いかがです？　菊池さん」

五頭が美彩に質問した。

「何のためにカメラマンになったかですよね。それを思うと、ずっと隠れて生きるなんてできないと思います」

美彩はフォト絵本のことに触れた。

「千住さんは表現するプロですからね。雑誌に連載も持たれている。下槻さんが拝借したお金のため、その罪を逃れるために表現することを諦める。そんなことができるかどうかです。結婚するならカメラマンを辞めてサラリーマンになれ、と言えば千住さんはカメラマンを辞める人ですか」

今度は希美に訊いた。

「あり得ませんし、そんなこと私はしてほしくない」

希美は首を振った。

三人が頼んでいたダッチコーヒーが運ばれて来た。

ミルクを入れるとコーヒーの琥珀色《こはくいろ》の上に白い層が出来る。白が黒を覆い隠した。しばらくそれぞれコーヒーを飲み、沈黙が続いた。

「ともあれGPSロガーの記録を見せていただきましょう」

と五頭が空気を変えた。

「あっ、はい。電話ではうまく言えなかったんですが。光一さんがいなくなる十八日からの行動です」

網島がGPSロガーのデータを地図上に表示できるソフトを使い、それを日にち別にプリントアウトしてくれたものだ。全部で九枚ある。

「これは驚いた。詳細に分かるものですね」

五頭はスーツの内ポケットから眼鏡《めがね》を出して掛け、用紙に見入る。

「光一さんは、十八日、岡山駅に着き、そこから島根に移動して島根県邑南町の弘永開発の敷地内に入っています。それから丸二日間ほどそのあたりをうろうろしているようです。二十一日には北九州、福岡、そして二十二日は水俣市の下槻さんの実家付近に行っています」

希美がざっと説明した。

「実家にお金を投函した日ですね」

五頭が二十二日のマップを確認した。

光一が一緒だったから、母親とは会わなかったのか。改めて二人はともに行動していることを思い知らされた。

「光一さんが邑南町で撮って自宅のPCに転送した写真の記録と、これらロガーの記録は合致していました」

希美は続けた。

「……なので、下槻さんの実家に立ち寄ったことも間違いないと思います。そこからは日本海側の国道を北上して福井《ふくい》、富山《とやま》、新潟《にいがた》を経由し秋田県、そして八幡平のホテルの駐車場に二十六日、到着しています」

希美も自分の手にあるマップのコピーを見つめる。

「そこからは、車を置いて芭蕉沼へ行ったってことか。いやこれほど足跡が詳細に分かるとは。足取りを追うほうとしては助かりますよ。これ、警察には？」

「これから行方不明者届を提出した、渋谷署へ届けます」

優子の行方不明者届を出している警察署にも提出するよう、データは麻美にもメールしてある。

「竹宮さんに、一昨日会いました。あらかじめ連絡してもらっていたんで助かりました」

五頭はテーブルに紙を置き、美彩を見た。

「麻美からもメールがあって、緊張してて上手く話せなかったって」

と美彩が答えた。

「いいえ、聡明なお嬢さんです」

五頭はゆっくりした動作で小さな手帳を開いて、

「目線を変えて下槻さんの失踪前の行動を調べようと思ったんです。下槻さんの日頃の行動範囲を教えてもらいました」

と言ってページを繰る。

月単位で考えると、立ち回り先はルーティン化する。生活の手順や寄る場所や接触する人は固定化するのだと五頭は言った。

「しかし何か行動を起こす前には、イレギュラーが生じるものです。このちょっとした変化を探る、これが結構重要でしてね。彼女は代表者として多忙な毎日を実にきちんとこなしている印象です」

優子は大学教授会の会議、常勤講師としての授業、自身の研究のためのフィールドワーク、その合間を縫って、顧問契約の営業、銀行との融資交渉を担っていた。

「研究論文なんて書く暇《ひま》ないな、やっぱり」

美彩が声を上げ、

「私が大学に残らなかったのも、論文が思うように書けなかったからです。研究にすべての時間を使っても難しいのに」

進まない研究、論文執筆のストレスから円形脱毛症になって、自分は挫折した、とうつむいた。

「皆さん口を揃えておっしゃってました、研究論文作成は苦しいと」

五頭は、紹介してもらった竹宮さんをはじめ、数人に聞き取りをし、ことに女性から悲痛な声を聞いたそうだ。

「研究者の世界は、開かれているようでもまだ封建的《ほうけんてき》で、男尊女卑の考え方が色濃く残っているんです」

美彩は苦々しい表情になった。

「そのことに下槻さんは、相当悩んでおられたみたいです」

「沈んだ様子だったことは麻美から聞いてますけど。それを承知で研究者への道を選ばれたと思ってました」

美彩は首をかしげた。

「同じ研究室の人には、なかなか弱音を吐けなかったんじゃないですか。代表という立場ですから。研究そのものか、その世界に疑問を感じていたようです。本音を打ち明けていた人がいました」

「どなたですか」

希美が尋ねた。

「岡山県内のO医科大、脳神経外科医の三宅啓子《みやけけいこ》さんという方です。畑違いだから話し易かったんでしょう。三宅先生とは先進医療のセミナーで知り合い、お母さんの病気のことでいろいろ助言をしてもらっていたようです。鹿児島の病院を紹介したのも、三宅先生でした」

「優子さんのメールにあった先進医療ですね」

「そうです。三宅先生の病院でも陽子線治療を実施されています。それを聞いた下槻さんはお母さんに岡山での治療を勧めましたが、自分には多くの患者さんが待っている、往復で七時間もかかってしまうようなところでの治療はできないと、拒まれた。そこで指宿《いぶすき》市の病院ならどうかと三宅先生が提案された訳です。そこなら車で二時間半ほどなんだそうです」

結局、その提案も優子の母は呑まなかった。

「このお母さんの治療を巡ってのやり取りで、三宅先生とは愚痴《ぐち》をこぼせる間柄になったようです」

「女医さんも、大変そうだから」

美彩にも大学病院勤務医の友人がいて、彼女もせっかくなった医者だけど、男性がどんどん先を越して出世していくと嘆いているのだそうだ。

「入学試験の時点で、女性の合格率を下げようとした大学もありましたからね。三宅先生と短期間で急速に仲良くなったところを見ますと、男性社会の中で生きる不自由さを互いに分かり合えたんだと思います。守秘義務の関係があって会話の内容を詳しくは話してくれませんでしたが、粘りました。すると『正論が人を幸せにするとは限らない』と、過去に言われたことがあって、悔しい思いをした。そう言った人を見返したいと頑張ってきたけど、最近それは間違いだったと思うようになった、と涙をこぼしたことがあったそうです」

「信じられない、優子さんが他人《ひと》の前で泣くなんて……。私も夫婦喧嘩になって、お前の言っていることは正論だって言われたことがある。正しいことが間違いだなんて私は思わないけど」

美彩が早口で言った。

「心が折れちゃったんでしょうか」

「下槻さんの悲嘆に千住さんが同調したと？　お嬢さん、カムフラージュ説に自信を失いましたか」

そう聞きながら、五頭がグラスに口をつけた。

「光一さんにも死にたいことがあれば……いえ、今回の撮影に出かけるまではそんな素振りありませんでした」

希美は強く否定した。

五頭は大きくうなずき、

「可能性として考えられるのは、他人による偽装心中です」

と声のボリュームを下げて言った。

「他人による」

美彩が念を押すような言い方をした。

「心中と見せかけて殺害された可能性を考える必要があるでしょう」

「殺された!?　光一さんが」

希美は水の入ったグラスに手を伸ばした。喉がひっつくほどカラカラだ。胸の鼓動が持ったグラスの水を揺らしている。テーブルに置こうとしたのにすぐには指が離れなかった。

「お嬢さん、あくまで可能性ですから」

五頭が、希美に深呼吸を促《うなが》した。

「はい、大丈夫です」

隣の美彩も大きく息をついたのが分かった。

「私は、車にあったカメラのデータカードがないのがどうも気になるんです」

「光一さん自身がデータを消去して、沼で見つかったカメラに入れたんじゃないですか」

「八枚の写真をとるために？　それもスナップ程度の出来だったんでしょう？」

「確かに光一さんだったとしたら、変ですね」

「私は、第三者がデータカードを持ち去ったのではないか、と思ったんです。刑事時代、『あるべきものが、ない。ないはずのものがある、そこを疑え』とよく言ったもんです」

「光一さんが撮ったものが、誰かにとってよくなかった」

「可能性は十分あります」

「でも写真そのものは転送されてますよ」

「それを知らない人間だったら、どうです。正直私も転送できることや、ＧＰＳロガー機能がカメラに備わっているなんて、全然知りませんでした」

「それは私も……」

「知っている人のほうが少ない気がします。だから、第三者の介入の線も視野に入れて調べようと思っています。このマップを活用して」

「十八日から二十一日に北九州へ行くまでの約三日間、何をしていたかですね。撮影は十八日夕方には終わってます。弘永開発の関係者に当たってみようと思います」

「徳蔵さん、いえ、弘永会長にも会われるんですか」

手記のせいで、知り合いのような感覚になってしまっていることに気づいた。

「ぜひともお目にかかりたいと思っています。豪胆な人のようですし」

「私も、お会いしたいです」

徳蔵と話したい、そんな衝動に駆られた。

「分かりました、調整できたら連絡します」

喫茶店を後にしたのは午後四時半。美彩が九州料理居酒屋「たから舟」に行こうと言い出した。

美彩は希美の返事など待つ気はなく、すでに歩き出している。ものの五分とかからないうちに、大漁旗を思わせる幟がはためく店に着いた。

暖簾《のれん》も掲げられておらず、スタンド看板にはチョークで「準備中」と書いてあった。

「早いけど、大丈夫よ」

美彩は店の引戸を開き、ずかずかと店内に入った。すぐ左手に下足箱があり、靴を脱いで上がるタイプの店だ。

上がり框《がまち》にバッグを置き、「店長」と大きな声で呼んだ。

アルバイトらしい若い女の子が飛んできて、準備中であることを申し訳なさそうに告げる。

「千住が来たって伝えてくれる?」

美彩は靴を脱ぎかけている。

女の子が慌てて奥に引っ込み、入れ替わるように坊主頭に鉢巻きを締めた同世代くらいの男性が笑顔で出てきた。

「あれ、珍しい方が。先生は?」

「店長、ご無沙汰《ぶさた》。ふた月ぶりかな」

「もうちょっと」

「兄は、先月のはじめに来てるでしょう？」

「ええ、優子さんもご一緒に。いつもの個室でいいですね」

「お願い。今日は兄のフィアンセを連れてきたのよ」

美彩がウインクした。意味が分からない。

「えっ、フィアンセ？」

店長の驚く顔が見たかったのなら、美彩の思惑通りだ。

「そう。失礼があったら兄も網島さんももう来なくなるからね」

美彩は店に上がり、希美に手招きした。

「ではどうぞ。『い』の席二名様、御案内！」

声を張り上げると、店の奥から従業員たちの「いらっしゃいませ」の声と共に、太鼓が二回鳴り響いた。

案内された部屋は四畳半くらいで、掘り炬燵《ごたつ》テーブルには座布団が四つ置いてある。

「実は店長、優子さんと同郷なの。私が東京にいたときなんか、週に二、三回は通ったかな」

美彩は、個室の入り口に立つ女の子からおしぼりを受け取り、奥の席に座った。そしてすぐに、

「馬刺しと和牛炙《あぶ》りカルパッチョ、鮑《あわび》の踊り食いに、特選刺身の盛合せ。飲物は、あなたも焼酎《しょうちゅう》でいいわね。米焼酎の『武者返し』の水割り二つ。よろしく」

と注文した。

「米焼酎なんてあるんですか」

「ええ、熊本の焼酎。優子さんの好物なの。優子さんごと飲み干しましょう。もう免疫できてるわよね、優子さんのこと話しても」

「大丈夫です」

「店長に二人の様子を聞き出そうと思うの」

鮑の踊り食いは、店長が直接火を点けにくるのだそうだ。

程なく焼酎と馬刺し、カルパッチョが一緒に運ばれてきた。

「もし兄たちが殺されたのなら、私たちの手で事件を解明しないと。飲まないと、やってられない」

「菊池さんはどう思いました、五頭さんの話」

米焼酎に口を付けた。焼酎なのにやはり米が原料だ、日本酒のような香りと甘みがした。

「まずい写真だったたって話ね。もしそうなら今晩、徹底的にあの写真を見てみましょうよ」

「今晩って?」

「兄さんのマンションに泊まるの。だからいまは食べて飲もう」

美彩は馬刺しを口に入れ、美味《おい》しそうに焼酎を飲んだ。

美彩も兄がいなくなって辛いはずだ。これまで希美には兄と呼んでいた美彩が「兄さん」と言ったのは、張り詰めた気持ちを解《ほぐ》そうとしているような気がした。夫との間にすきま風が吹き、仕事復帰の意欲も失っている。寂《さび》しさを埋めるために光一探しをしているように思えてきた。

「菊池さん、いえ美彩さん」

希美も、距離を縮めようと名前で呼んだ。

「何、睨んでるのよ」

「今晩は徹夜になりそうなので、私もいまのうちに力を付けておきます。馬刺し、美味しいですね、米焼酎も」

「急にどうしたのか知らないけど、その意気よ」

しばらくは、食べて飲んだ。

「鮑の踊り食い、お持ちしました」

と店長が個室のドアを叩く。

「どうぞ」

美彩が言うと、店長が盆を運び入れる。そして、卓上七輪と鮑が二枚入った皿をテーブルに置いた。

鮑を七輪の網に載せる。火は固形燃料ではなく炭火だった。

「少々お待ちください」

店長は両膝を畳についたまま、炭をチェックした。

「びっくりした？　兄さんの婚約者を連れてきて」

上座に座る美彩の顔しか、希美には見えない。店長とは近すぎて、彼の顔は見づらかった。

「冗談ですよね」

「いえ、本当よ。優子さんと兄はもうずいぶん前に別れたの」

「マジですか。すみません、知らなかったもんで」

「でもあの二人、ここに来たでしょう？」

「いえ、先生はよく来られますけど」

店長は言いにくそうだ。希美に気を遣っているにちがいない。

「先月二日、兄さんと優子さんが来たときのことを訊きたいんだけど」

「先生、どうかされたんですか」

警察が報道規制をかけていて、新聞沙汰にはなっていない。

「ちょっとね。どんな様子だった？」

「婚約者がおられる前で。勘弁してくださいよ」

「どんな小さなことでもいいの。感じたことがあったら教えなさい」

「まいったな。いいんですか、本当に」

希美に向かって言ったようだ。体を大きく捻って、

「お願いします」

と頼んだ。

「お二人で来られたのは本当に久しぶりでした。しかし、別れたなんて知りませんでしたから」

「だから何なの？」

美彩が怒った顔を作って、テーブルに片肘《かたひじ》をついた。会社を仕切る敏腕女社長のようだ。

「二人で、写真を見ながら話をされてて」

店長はやはり言いにくそうだ。

「何の写真？」

「いや、そこまでは。隠されたようなんで」

「見られたくないものだったのね」

「それは分かりませんけど。優子さんがサッと束ねたように見えました」

「ねえ、本当に何も見なかった？　ちょっとくらい見えたんじゃない」

ねちっこい口調で美彩が訊く。

「あっ鮑、ちょうどいい感じです」

店長は鮑に醬油をかけると、焦げた醬油と磯の香が広がった。それを菜箸《さいばし》で網から皿に移すと、

「どうぞお召し上がりください」

と勧めた。

「待って。まだ話は終わってない」

七輪などを盆に載せ、立ち去ろうとした店長を引き留める。

「よく見えなかったんで」

「よく、ということは、見えたってことね」

美彩は引き下がらなかった。

「チラッと見えただけです」

「何が？」

「たぶん……建物の前にいる大工さんみたいな」

「大工さん？」

「そう見えました。家でも建てる相談かなと思いましたんで」

「二人の様子、どんなだった？」

「じっと見てた訳じゃないんで。ただ、楽しそうな雰囲気ではなかった気がします。声をかけて入った瞬間、部屋の空気ってのが案外分かるもんなんです」

間取りで意見が合わないのか、と店長は思い、そうそうに厨房《ちゅうぼう》へ戻ったのだそうだ。

店長は、これ以上はご勘弁を、と逃げるように立ち去った。

「家を建ててるって、何よ。もしかして水の郷ニュータウンかしら」

美彩は鮑をゆっくりと口に運んだ。

「優子さんではなく、光一さんが撮ったものですよね」

移住プロジェクトの藤原の話しぶりでは、光一が水の郷ニュータウンを気に入っているようだった。それに「ＫＯＤＡＭＡ」が光一なら、弘永開発の関連施設の写真を撮っていてもおかしくない。島根に足を運んでいるということだ。

希美はリーフレットを取り出した。ずっと持ち歩いているため、少しくたびれてきたそれを開く。

「それは？」

「弘永開発の宣伝リーフレットです。この写真を撮ったのが光一さんじゃないかと思ってるんです」

そう思う理由を希美は話し、

「見てください」

とリーフレットを手渡す。

「ふーん、これが兄さんの写真。人物は個人的なスナップしか撮らないって言ってたのに。でもあなたが言うように、いい写真ね。内面がにじみ出てる気がする。ああ、鮑、美味しいわよ、冷めないうちに食べちゃいなさいよ」

「はい。それで裏の制作日を見てください」

「今年の一月二十五日……」

「徳蔵さんの写真は本社で撮ったものだと思いますが、水の郷ニュータウン内にある野菜工場の外観、栽培されている野菜の写真もあります」

「いずれにしても、何度か島根に行ってるってことね。六月の二日に優子さんに見せていたのもそうかしら」

「その上、『週刊スポット』の編集長に直談判までして、十八日に水の郷ニュータウンの裏手にあたる場所を被写体に選んでるんです」

興奮を抑えるように、希美は少し冷めた鮑を食べた。

「何かあるのは確実よね、ここに」

リーフレットの、自然の中に広がる街の遠景写真を、長く細い指で美彩が弾《はじ》いた。

20

夜七時過ぎ、光一のマンションに着くなり、二人は座卓の上にある彼のノートパソコンを開く。

普段の希美なら焼酎の水割りを二杯も飲めば、すぐに眠気に襲われるのだが、今は目が冴えていた。美彩はお酒に強いのか、四、五杯は飲んでいたのに酔った気配はなく、しゃんとしている。

「過去の写真データはここにはない。気に入ったものと、採用されたものだけCDに保存してるはず」

それを聞いて希美はパッと立ち上がり、光一の書棚の一番上の列を見る。そこは過去の写真を保存したCDで占められていた。

「六月二日だから、五月、六月分でいいですよね」

二枚のCDを希美は引き出し、美彩に渡した。

「とりあえず、それから見ましょう。優子さんに見せたくらいだから、残してると思う」

美彩はノートパソコンの光学ドライブを開き、CDをセットした。

画面に呼び出された写真は、光一の眼鏡に適《かな》ったものだから、ほとんど雑誌に採用されていた。どれも見覚えがある。そのため、その写真は、二時間ほどで見つかった。他のものとは素人目にも毛色が違っていた。人物写真だったからだ。

「これ大工さんじゃなくて、転送写真にも小さく写っていた作業員じゃないですか」

ただ構図のバランスが悪く、光一がお気に入り作品としてストックするようなものではなかった。

「転送写真のほうを呼び出すね」

美彩が、光一が薄明《はくめい》の沢を撮った写真をパソコン上に並べて、

「全然違う。こっちの写真、下手くそ」

　と画面の二人の頭を小突く。

「保存してあるんですから、光一さんが撮ったもののはずです。順序が違うのなら分からないでもないんですけど」

　ノートパソコンを前に、ピアノの連弾をする演奏者のように並んで座っている。前回写真を発見したときよりは、確実に二人の距離が縮まったようだ。

「どういう意味？」

「見た目の印象なんですけど、転送写真のほうはメインは沢と森で人物は二の次、こっちのは何はともあれ二人をカメラに収めたって感じがするんです。だから順序が逆なら、偶然写り込んだのが何だろうと確かめるために、もう一度人物だけを追った」

「なるほど追跡写真だから下手なんだ。興味があったのは、この人たちってことね」

　美彩は、撮影日を確かめ、

「五月六日。順序はあってる」

　と希美を見る。

「ひと月以上も差があるんじゃ、どうしようもないですね」

「それに追跡だとしても、後ろ姿じゃ何もならない」

美彩は、写真の拡大率をどんどん上げて行く。画素数の高い上等のカメラなのだろう、人物の耳が画面いっぱいになるまで大きくしても画像は鮮明なままだ。

美彩は大きくしたり元に戻したり何度もしたが、気になるものは見つからなかった。

「こんなの、何のヒントにもならない」

美彩がうなだれて、座卓に両肘をつく。

「でも、二人はこれを見てたんです」

「工事現場で見るヘルメットと作業服。背景は住宅街の木造二階建ての建物。情報はこれだけ」

と美彩が立ち上がり、エアコンの温度を下げた。東京の七月は、八幡平とは比べものにならないほど蒸し暑かった。

希美もアルコールのせいか、頬《ほお》が火照《ほて》っていた。

「二人がいるのは、家の前というのでもなさそうですね。体の向きがちょっと違いません？」

希美は体を後ろに引いて画面を眺め、エアコンの風に当たる美彩を見る。

「右側の人が話しかけてるから、そう見えるんじゃないの？」

美彩は画面に目をやりながら、パソコンの前に座った。

「いえ、やっぱり角度が」

建物に対して正面ではなく、右側に向いている様子を手のひらで示した。

「そうね、家に向かってるんじゃないかも。私はこの人が横向いてるから……うん？」

美彩が顔を突き出し目を凝らす。その手で横を向く男性の頭を拡大した。

「知ってる人ですか」

「いえ、この人は知らない。だけどヘルメットのロゴタイプに見覚えがあるの」

「弘永開発の人じゃないんですか」

「ええ、これ見て」

僅《わず》かに横を向く男性のヘルメットには社名のシールが貼ってあった。ただ、光の反射で文字の途中からしか読めない。

「ＵＹＡ　ＣＨＥＭＩＣＡＬ？」

「たぶん三ツ谷ケミカルだと思う」

美彩は再び転送写真のほうを表示し、作業員のヘルメットを拡大する。

「あっ、こっちも」

希美が声を出した。

完全に横を向いている作業員のヘルメットでは、ＭＩＴＳＵＹＡ　ＣＨＥＭＩＣＡ

Lと読める。

「これが、そんなに重要なものなんですか」

「二人には、ね」

美彩は、今度は作業員が向いている森の奥を拡大した。アルファベットのCの中に水色の三本線が書かれた、三ツ谷ケミカルのマークが描かれている銀色のプラントの壁らしきものが、うっすらと確認できた。さらにそのすぐ下に、S・Ionと読める英文字があった。

「何か分かったんですか」

美彩は返事せず、時計を見た。十時前か、と漏らしたが、スマホを手にして電話をかける。

「ごめん麻美、夜分に。ううん、東京なの。確認したいことがあるんだけど、今いいかな。優子さんが共同出願した特許だけど、あれって何て言ったっけ？　うん、強塩基性陰イオン交換樹脂膜の、『スーペリア・イオン』ね。そのロゴは？　アルファベットの大文字のSに中黒、英語表記でIon。やっぱり。ありがとう、また連絡するね」

美彩がスマホを座卓に置くと、

「二人が問題視していたこと、分かった」

と希美に向き直った。

「やっぱり写真が問題だったんですね」

と尋ねたのに、美彩は暗算をしているような顔つきで、しばらく黙ったままだった。

そして一言、うん、と大きくうなずき口を開く。

「まず『たから舟』で二人が見ていた写真のほうで問題なのは、ヘルメットにある会社のロゴタイプ。文字のすべてが見えていなくても、三ツ谷ケミカルの名前を知っている兄さんには、すぐに分かったと思う。三ツ谷ケミカルは、浄水装置専門の業者なの。確か天然水を売る計画なのよね、弘永開発は」

「そうです。株式会社ＨＩＲＯＮＡＧＡというのを立ち上げて」

「元々水がよくて、それを野菜工場に使ってた」

「お水がよくないとダメですよ、メインは水耕栽培ですから」

「そこに浄水装置専門の業者が出入りしてたら、どう思う？」

「まったくの自然じゃないと思いますけど、お水を売るとなると仕方ないんじゃないですか。買うほうも安心です」

自然が相手だ。大腸菌も心配だし、細かい埃《ほこり》が混入する恐れもある。

「浄水装置専門の業者が、濾過《ろか》システムを導入するなら、問題ない。でも、三ツ谷ケミカルはある特許をもった特別な会社なの」

「麻美さんと電話で話してましたよね、下槻さんが共同出願した特許がどうとか。そのことですか」

どうしても質問ばかりになる。

「スーペリア・イオンっていうらしい。優子さんのお部屋で、水俣の海の写真を見ながら説明したと思うけど、彼女の研究テーマは、有機フッ素化合物のＰＦＯＳとＰＦＯＡの除去なの」

美彩が名前を上げた有機フッ素化合物は、泡消火剤や調理器具、半導体などに幅広く使われてきたもので、自然分解されず、河川や地下水に蓄積する。

「嫌な言葉なんだけど『永遠の化学物質』って言われているわ。人体にも蓄積する性質を持っていて、ＰＦＯＳはすでに国際がん研究機関で発がんの可能性がある物質に分類されているし、もう一つのＰＦＯＡも動物実験での健康被害が確認されてる。その二つの物質を除去する新しい強塩基性陰イオン交換樹脂膜で特許を出願した。これどういうことか分かる？」

と美彩が再びヘルメットのアップ画像に目を移す。

「水の郷ニュータウンで、その化合物が見つかった……？」

「そう思っても不思議じゃない。自然を売りにしている街で三ツ谷ケミカルの人を見かけたら、私だって変に思う」

光一も偶然二人を見つけ、わが眼を疑い、確かめるためにカメラを向けたのではないかと、美彩は言った。

「でも、美彩さん。その会社の人がいればかならず、その化合物があるんですか。その会社はそれにしか対応してないんでしょうか」

「ううん、それだけじゃないわ。電子機器製造とか医薬品精製、食品分野の現場の浄水も手掛けてる」

「それなら、そんなに騒がなくても」

「だから、兄さんは優子さんに確認したのよ。こんなものを見つけたが、どういうことかって。けれど優子さんも知らなかったんだわ、きっと」

「顧問なのにですか」

「もしそうなら余計に混乱するでしょう。店長が感じ取った楽しそうじゃない雰囲気だったのもうなずけるわ。それで兄さんは、取材を兼ねて島根に行くことにした」

「会長に直接確かめられなかったんでしょうか」

徳蔵の覚えがいい優子、以前から親交があったであろう光一なら、隠密行動のような真似をしなくてもいいのではないか。

「もちろん弘永さんを信頼してた。だからこそ、きちんと確証がほしかったんだと思う。もし心酔している人が裏で悪いことをしてたら、初井さん、あなたはそれをすぐに咎《とが》められる？」

「それは……」

父を事故で死んだことにしている母に、真相を確かめられないのは、万に一つでも二人が別れた原因が母にあった場合を考えると怖いからだ。母に落ち度があったなんて思いたくない。母を傷つけること以上に、希美の抱いている母親像に傷を付けたくないのだ。

「ね？　それって結構勇気がいる。揺るぎない正義と確証が必要だわ。そのためにわざざこれを撮りに行った」

水の郷ニュータウンにいた作業員が、三ツ谷ケミカルの人間であることは分かった。しかしそれだけでは、一般的な浄水、例えば天然水の濾過程度の設備を導入しているのかもしれない。

「でも、この写真はスーペリア・イオンを使っている証拠よ。つまり有機フッ素化合物がこの沢から検出されたことを意味する」

美彩は、幻想的な森の木々から覗《のぞ》く水面の写真を画面に表示した。拡大されなければ、美しい芸術作品にしか見えない。

「証拠なら、光一さんもはっきりそれと分かる形で写せばいいのに……見た目に美しいのが、かえって残酷に思えてきます」

優しい光一の秘めた牙のように思えた。

「二面性か」

「光一さんの写真ってそうなんです。常に陰と陽が同居してる。限界集落は人工美の終わりで、同時に自然化のはじまり」

「あなたが言ってた、かぼちゃの種ね」

「そうです。光一さんが『限界点』の第一回の冒頭で書いた『もののあわれは、私たちが「移りゆく者」「死すべき者」であることに根ざしている』という言葉、江成常夫のかぼちゃの種の話と私の中で重なっているんです。朽ちていくのに未来が見えるって」

そこが、光一には敵《かな》わないと、網島が言ったところだ。

「でもこの写真の二面性は、美と醜、善と悪よね」

「藤原さんは、この写真を光一さんらしくないって言ってました。水の郷ニュータウンそのものが希望の光だから『限界点』じゃないって」

希美は両手で髪を撥《は》ね上げ、続けた。

「……そう、希望の光そのものだったんです、水の郷ニュータウンは。弘永さんがニュータウン構想を実行する前の村は、文字通り限界点でした。消滅しそうなくらい過疎化してたんです。それを大畑喜平村長は、兄弟同然で育った喜平さんの息子さんです。いま成功を収めようとしてます。今の村長は、兄弟同然で育った喜平さんの息子さんです。この期《ご》に及んで、有機フッ素化合物が検出されたなんて分かったら……」

「おじゃん、ね」

美彩が両手を広げて天井を見上げた。

「それを阻止《そし》するために……」

希美は息を吞み、口を手で押さえた。

「大義のために、隠蔽《いんぺい》せざるを得なかった。つまり、二人の口封じをしたのは弘永徳蔵」

美彩が徳蔵のことを呼び捨てにしたことで、ただの憶測ではないという思いが伝わってきた。

「でも、やっぱりそんな人には見えません」

と言いつつ、徳蔵を追い詰めているのは希美自身でもある。そう思うと嫌な気分に襲われた。

「言い切れるの？　会ったこともないのに」

美彩は、リーフレットを見せろ、と言った。希美が手渡すと、中を開き、

「ここに、こうある。『わしは是が非でもこの土地を消滅させせとうなかった。大恩ある大畑家のために、命懸けでこの事業を成功させせんとならんかった』って。命懸けって言ってるんだから、何だってやるわ」

「彼は盗みを恥じて死のうとまでしたんですよ」

そう言って美彩に読み聞かせていた手記の続きを、かいつまんで話し、

「終戦時、奈々子さんを救おうとした子供です。実際、奈々子さんとご結婚もされて……そんな優しい人が人殺しなんてするでしょうか」

と主張した。

汚染が発覚するという理由だけで、人を殺《あや》めることなんてあるだろうか。徳蔵からすれば、二人は自分を信頼して慕ってくれる若者のはずだ。

「これもそうだけど、手記だって会社の宣伝広告なのよ。全部、本当のことが書いて

あると思う？」

美彩がリーフレットを畳のうえに放り投げた。

「嘘だっていうんですか」

「作り話よ」

「そんな。それはあんまりじゃないですか。大畑家の方だって読むんですよ。作り話だったらおかしいと思います」

「水の郷ニュータウンの成功のためなら、村長一家だって協力するわ。グルよグル、みんな」

美彩の言い方には険があった。

「偽装心中に見せかけたのも弘永さんだと？」

言葉にしてみれば、いっそう徳蔵の人間性からはほど遠い行為に感じる。

「さあ、それは分からない。力を持った人間なんだから、誰かにさせたってことも考えられるしね。彼の命令なら命を捨てる人がいそうじゃない。ヤクザ映画みたいに」

「ヤクザだなんて。ヤクザは徳蔵少年の敵だったんですよ」

「まだ手記を信じてるの？　それこそ兄さんの敵なのに」

美彩が怒った顔で睨む。

「あれが全部嘘だとは、どうしても信じられません。だってＫＯＤＡＭＡが光一さんだとしたら、こんなにもいい表情を撮ってるんですよ」

リーフレットを拾い上げて、徳蔵の顔のアップが載っているページを開いて見せた。

「何よ、それがどうしたの」

「光一さんの写真は、被写体の本質を写し取ります。だから限界集落であっても、ただの悲哀だけではなく、希望を感じさせるんだと思うんです。確かに会ったことはありません。でも、写真のこの顔を見て、悪いことをする人とは思えません。弘永さんの目の前には、カメラを構える光一さんがいます。その光一さんに注ぐまなざしに、父親のような温かみを感じるんです」

「話にならない」

美彩はため息をつき、

「あなたがそう思ったのなら、それは撮ったのがプロだからよ。もし兄さんだったとすれば、それだけの腕があった。あなたは兄さんの腕と手記とどっちを信じるの？」

「どっちが……じゃなく、光一さんには弘永さんの内面を引き出す力があったんだと思います。だから光一さんも弘永さんの心根みたいなものを信じて」

「手記に感化されすぎだわ」

「この写真を見たとき、まだ手記は読んでません。それに、私が手記に嘘がないと思ったのには理由があるんです」

「何よ」

「小学校六年生の夏休みに、戦争体験を聞いて感想を書くという課題が出たんです。身近に体験者がいればその人から、いなければ図書館で体験談を読むように言われました」

希美には名古屋に大好きな祖父がいた。年に数回は祖父母の家で過ごしていて、終戦時は十三歳だったことは聞いていた。

「なので課題が出たときから、おじいちゃんに話を聞こうと決めてたんです」

しかし、祖父は七月の中旬に体を壊して入院してしまった。

「お見舞いに行くと、おじいちゃんは案外元気で、いろいろ喋《しゃべ》っているうちに課題の話になったんです」

「病院で戦争体験を聞いたんだ」

「ですが、嫌な思い出が多くて、ほとんど何も話してくれませんでした」

「課題はどうしたの？」

「私も粘りました。そうしたら……」

戦後間もないとき、空襲を免れた十三歳の祖父は、ある日母親に連れられて名古屋駅周辺に出かけた。そのとき四、五人の少年が凄い勢いで駆けてきて、あやうく祖父たちと衝突しそうになった。子供らは二手に分かれ、年少者の二人が路地を曲がって、建物の陰へと身を潜めた。隠れた少年の一人が、祖父をにらみ付けた。その挑発的な態度に腹を立てた祖父が、道に立ち止まって睨み返したのだという。そこに少年たちを追いかけていた警察官が、祖父の視線に気付いた。

「見つかった少年たちは、助けてくれと叫びながら、警察官に引きずられて行ったんだそうです。弘永さんの手記にもあった狩り込みです。祖父が、自分は少年に悪いことをしたと言ったら、お母さんは、いいことをしたんだよ、あの子らは保護施設に行けばみんな幸せになれるんだから、と微笑んだというんです」

祖父は後に、浮浪児の保護施設での惨状を知って、何十年経ってもその子の目、叫び声が忘れられないと言った。入院から一年ほどして七十三歳で祖父は他界した。つまり生涯、ひとりの少年の行く末を案じ続けたことになる。

「私、リーフレットの弘永さんの記事を読んだときから、彼とおじいちゃんとを重ねていた気がします。手記の浮浪児の暮らしを読んではじめて、おじいちゃんの辛い気持ちが理解できたんです。広告宣伝なんかじゃありません」

「うーん、もういいわ。あなたがどう思おうと、兄さんと優子さんがいなくなったのは現実だからね。そしてその二人が、三ツ谷ケミカルの作業員を撮った写真を前にして『たから舟』で話し合った。さらに兄さんがプラントらしき建物に付いているS・Ｉｏｎを撮影したその夜から行方不明になり、優子さんの姿も消えた。事件の中心に何があると思う？　水の郷ニュータウンよ。最高責任者に不利な証拠は兄さんの写真。だから車にあったカメラのデータカードは抜き取られていた。それでも弘永が関わってないと言うの」

あきれ顔で美彩が台所に立ち、冷蔵庫から缶ビールを持ってきた。「たから舟」からここへ来る途中で買ったものだ。

「欲しければ自分でとってきて」

と目の前でプルタブを開けて、荒々しく飲んだ。

「私だって、まったく関係がない、とは言いません。でも殺人なんて、いくらなんでもそんな酷《ひど》いことを徳蔵少年、いえ弘永さんがするとは……。だって弘永さんが二人を殺《あや》めたとすれば、なぜ心中に見せかけなければならなかったんです？」

水の郷ニュータウン付近から、水俣、八幡平ととても長い距離を移動したことをGPSログデータは示している。車で遺体を運んだとすれば、それだけ発覚の危険性が増す。

「そんなの決まってる、個人的で小さな事件にするためよ。弘永にとって、優子さんと兄さんが一緒だったのが幸いした。二人の関係は知ってたし、たぶん夢も。優子さんは家庭や研究の悩みを打ち明けていたんだと思う。あなたがこの男に惹かれたように、優子さんも……父性みたいなものを感じてたんじゃない」

「母子家庭だから、年上の男性に弱いなんて思ってるなら、馬鹿にしてます。いくら美彩さんでも許せません」

　声が大きくなった。だが、美彩を責める言葉を使いながら、父性など感じてない、とは言えない自分にも気づかされた。

「……そういう意味じゃない、けど、気に障ったのなら許して。あんまりあなたが弘永をかばおうとするもんだから」

　美彩はビール缶を、座卓の上に静かに置き、

「私が言いたいのは、優子さんの研究者としての悩みと、お母さんの病気とは十分自殺の動機となり得るし、そこに兄さんとの別れが加われば、心中も成立すると弘永が考えたんじゃないかってこと。心中なら、誰も水の郷ニュータウンと結びつけない」

「私も大きな声を出して……あの、それじゃ優子さんが引き出したお金は、弘永さん

が投函したんですか」

「そうよ、娘が最後にする親孝行って演出。わざわざそのために水俣まで行って。弘永が好きそうな話だわ、令和《れいわ》には流行《はや》らないけど」

徳蔵なら演出というよりも贖罪《しょくざい》の意味合いが強かったのではないか。つまり、優子の命を奪ったのは、美彩の言う通り――。

「岩手県の芭蕉沼を選んだのは、なぜですか」

「それは分からない。兄さんが自分の夢、フォト絵本のことを話したときに八幡平に触れたのかもね。心中するに相応《ふさわ》しい場所を探しているうちに思い出したんじゃないの」

「車のカメラのデータカードを抜けば、光一さんの写真は消えたと思ったんですね」

「そう、そこがミスよ。兄さんが撮影には常に二台のカメラを持っていて、予備のカメラにもメモリーカードがセットされていることも弘永は知っていたんでしょうね。メモリーカードを抜いてから、メインのカメラを予備のカメラに持ちかえたまではよかったけど、問題の写真は転送された後だったたって訳」

「十八日に撮った分は全部ありますもんね」

希美はノートパソコンに目をやる。

「どう？　もう弘永のメッキは剝げた？」

「ええ、まあ」

「その様子では、まだのようね。手記だけでマインドコントロールするなんて、大した文才。生来の嘘つき、虚言癖《きょげんへき》なんだわ。さあ後は警察の仕事よ」

「警察に？」

「当然でしょう。いま言ったこと、洗いざらい話せば捜査してくれるわ。捕まえないと気がすまない」

またビール缶に口を付けた。

「それ、ちょっとだけ待ってもらえないですか」

「まだかばう気？　兄さんは殺されたのよ。それ、分かって言ってるの」

「分かってます。私だって犯人は捕まえたい。でも、いま美彩さんが言ったことで、本当に警察が動くと思いますか」

「当たり前でしょう。人が二人も殺されてるのよ」

美彩の声は怒気を含んでいた。

「私は、無理だと思います」

希美は座り直した。

「何が無理なの。あーあ、どこまでお人好しなんだか」

逆に美彩は足を投げ出し、

「まあ、言ってみなさいよ」

と後ろに手をついた。

のけ反る美彩の視線だけが鋭く突き刺さり、なかなか言葉が出てこなかった。しかし、何としても美彩を説得しなければならない。

「何黙ってるの。サッサと言いなさいよ」

美彩が体を起こした。

このまま警察に訴え出ても、捜査はしてくれるかもしれないが、徳蔵を逮捕できるとはどうしても思えないのだ。

中途半端はかえって危険だ。嫌いな虫を見つけ、殺虫剤を構えた瞬間逃げられたときのような、嫌な気持ちだけが残る気がする。

徳蔵の気持ちになって考える。

美彩は宣伝のために創作した手記だというけれど、希美の中には、大人たちにいじめ抜かれながら懸命に生きようともがく、浮浪児たちの姿がくっきりと形作られている。消し去ろうとすればするほどより鮮明に像を結ぶのだ。恩に報いるための苦労話として、何も東京大空襲や上野駅の浮浪児たちに触れる必要はなかったはずだ。むしろ暗い印象を与え、必ずしも企業イメージにプラスに働かない。にもかかわらず、上野駅の地下道、浮浪児の世界を書いたのだ。絵空事であるはずがない、と希美は思いたかった。

「あるはずのものがないから、警察は動けないと思ったんです……二人の遺体」

頭の中を整理しながら言葉にした。

「それを見つけるのが警察の仕事でしょ。芭蕉沼だってことは分かってるんだから」

「あれはカムフラージュです」

「いいえ、それは二人が死んだと見せかけて姿をくらましたと思っていたから、成り立つ推理だった。でもデータカードがなくなっていることで第三者がいた可能性がでてきたんだから、あそこに遺体を捨てたのよ。でないと、島根から岩手まで移動しない」

「じゃあ伺います。あんな風に車を放置して、それほど遠くない場所にある沼に、それも遊歩道の近くに遺体を捨てたら、見つけてください、と言っているようなもんじゃありませんか。そもそもホテルに駐車した車から、どうやって二人の遺体を運ぶんですか」

「それは……分かんないけど、とにかく心中に見せかけておけば水の郷ニュータウンから目をそらすことができる。そう、あなたが言ったカムフラージュよ。でも殺人を隠すためのカムフラージュなの」

「そこが違うと思うんです。犯人にとって一番ありがたいのは、遺体が見つからないことです。遺体がなければ、事件にはなりません。発見されるリスクをなくすべきなんです。たとえ二人が汚染した水を処理するプラントのことを調べていた、そしてその後行方不明になったのは汚染の事実を隠蔽するために殺されたからだと騒いでも、肝心の遺体が出てこなければ、弘永さんは火の粉をかぶりません。それどころかこちらが、名誉毀損《きそん》で訴えられかねません」

「心中を装う必要がないってこと?」

美彩の視線がやや和《やわ》らいだ。

「行方不明のままのほうがいい。優子さんの車を放置し、カメラと長靴を沼に捨てたことで自分の首を絞めているんです。弘永さんが犯人だとして、彼になりきって考えれば、二人の遺体を遠くまで運ぶこと自体危険だと判断するでしょう。一刻も早くどこかへ隠したいはずです」

「行動に合理性がないのね」

「犯人の心理としてやらないと思います」

「だけど、ＧＰＳログデータは九州、岩手と移動したことを示してるし、カメラと長靴も沼にあったのは事実よ」

「遺体がなく、行動の説明もつかない。これでは警察に訴えても無理です」

「じゃあ、どうすればいいのよ」

美彩は力が抜けたように、足を崩し横座りとなった。

「……遺体を見つけることだと思います」

「無理よ、湿地帯になんか入りたくもないし」

大げさに体を震わせた。

「ですから芭蕉沼はカムフラージュだと言ってるじゃないですか。あそこに遺体はないんです。運ばれたのはカメラや靴などの持ち物だけ」

「じゃあどこなの？」

「自分が一番把握している場所、水の郷ニュータウンです。この街の予定区画は整備途中のところと水源地を含めると東京ドーム二つ分、田んぼにして九十四反分もの広さだとリーフレットにありました。とても広いですから、隠せるところはあるはずです。あそこのどこかに二人は……」

「そこに目を向けさせないという意味では、ＧＰＳログデータ全部がカムフラージュみたいなものね」

「写真が転送されたことを知らなかったくらいですから、ＧＰＳログデータを利用したとは思えませんが、警察の目を芭蕉沼に向けさせることになったのは、結果として成功です」

「それにしても広大、一反って三百坪よ。闇雲に調べても見つかりそうにないわ」

「その目星をつけてから、五頭さんから警察へ伝えてもらったほうがいいと思っています。だから弘永さんと話したいんです」

「そういうことか。あなたがただ洗脳されているだけじゃないって分かって、安心した。でも彼と会って、どうするの」

「美彩さんは怒るでしょうが、手記の徳蔵少年を信じてみようと。あれが、おっしゃる通り創作だったら、私にはどうしようもありません」

自分でも矛盾《むじゅん》したことを言っていると、希美は思う。

「危ないな」

美彩は体育座りをして、膝小僧を抱きかかえた。物思いに耽《ふけ》るとき、お腹《なか》を守るくせがあるようだ。

「だけど、信じます。手記の中の彼を」

賭けだ。実際に徳蔵少年が存在していたか、否《いな》かの――。

「そこまで言うんだったら、あなたの共感力っていうのかな、変な思い込みを信じてみる。ダメ元だから」

美彩は子供っぽい顔で苦笑し、光一のパソコンのタッチパッドに手を伸ばす。画面上の写真の代わりに、弘永開発のホームページから『水の郷秘話』を表示し、

「きちんと読まないと」

と、つぶやいた。

21

七月五日の夕方、自宅に戻っていた希美に五頭から連絡が入った。徳蔵へのアポイントメントがとれたという。すでに美彩との間で話し合った内容は、写真付きのメールで詳しく伝えてあった。

「明日、午後四時に、お嬢さんがご希望の水の郷ニュータウンにある弘永開発の事務所で会うことになりました。正午に岡山駅前で落ち合いましょう」

「分かりました。菊池さんも同行していいですか」

「たぶんそうおっしゃると思って、先方には三名で伺うと言ってあります」

「ありがとうございます」

「えー、これは明日お目にかかってからでもいいかな、と思ったんですが。やっぱり事前にお伝えしたほうが、と」

五頭が躊躇《ちゅうちょ》しているのが声の調子で分かる。

「何でしょう?」

すんなりと訊けた。何かが変わりつつある気がする。今年の一年の計は、光一との結婚だったけれど、それまでは人の顔色ばかりを窺っていた自分との決別だった。

「お嬢さんの推理を伺って、すぐに弘永氏のスケジュールを調べたんです。何はともあれ正攻法で、直接会社に電話をしましてね」

五頭は、千住光一と下槻優子の行方の調査を依頼された元警察官だ、と名乗ったのだそうだ。

「代表番号から、秘書、そして本人と話ができました。千住さんが十八日、下槻さんは十九日から連絡がとれないと伝えたんです。弘永氏もたいそう心配していると言ってました。それで、十八日に千住さんが水の郷ニュータウンへ行っていることは分かっているが、あなたと会ったんじゃないか、と質問をぶつけてみたんです」

それに対して、ちょうどその日から七日間、東京や名古屋《なごや》へ出張していたから水の郷ニュータウンにも、総社市の本社にもいなかった、と主張したという。

「七日間……ですか」

七日目と言えば二十四日、ＧＰＳログデータでは新潟にいたことを示している。

「いくつかのホテルで講演会を行ってます。主催者や主立った出席者も当人たちの了解を得て、紹介してもらったんですが、間違いなく七日とも弘永氏本人が出席していますし、夜のパーティにも列席してますから、いわゆるこの間の彼本人のアリバイは成立しています。ただ、うまく出張中に事件が起こったというのは、やはり匂います」

「共犯者がいたということですか」

「それは視野に入れないといけません。先日貰《もら》ったＧＰＳログデータを元に、警察に捜査を依頼しています。あれは車に積んであったカメラの動きですから、車の移動を示したものだと考えていいでしょう」

有料道路をＥＴＣを使って通過した場合、車種、ナンバー、所有者に加えて運転者が分かるほど鮮明な写真が記録されるのだそうだ。

「料金所を通過するだけで？」

「ええ。何が写っていたかは、もう民間人である私には、おいそれと教えてはくれませんが、本人確認くらいはできるようになっています。ただ、被疑者にお嬢さんを会わせていいものか、まだ迷ってます」

「私は大丈夫です。弘永さんは責任を転嫁するような人じゃないと思ってますから」

「随分買い被ってるようですね。私も手記は読みましたが、そこまで信じる気にはなれません。あなたは感情で突っ走ってしまうところがあるようですね。そこが……」

五頭の思い直せといわんばかりの物言いに、

「本当に大丈夫ですから、私」

と希美は語調を強めた。

「ただし、常に私と一緒に行動すること。いいですね」

五頭も厳しい言い方をした。


もうすぐ正午という時間に、希美は美彩と岡山駅に降り立った。そこから五頭が用意したレンタカーで水の郷ニュータウンへ向かう。約三時間の道のりだ。

単に水の郷ニュータウンを目指すなら、前回希美が利用した出雲空港のほうが近いけれど、カメラのGPSログデータと同じコースを辿《たど》るために、五頭は岡山駅を起点としたのだった。

山間のルートを通り、藤原と訪れたY字路に至り、そこからは前回とちがう方向へ進む。光一が撮影した現場は、許可なしに立ち入ることができないようになっていたからだ。無断で侵入しわざわざ一悶着《もんちゃく》起こすこともない。

隘路《あいろ》を上り切って丘を越えると、急に視界が広がった。そこから水の郷ニュータウン全体を一望できる。限界集落だったとは思えないほど、整備された街並みだ。

「美しい街ね」

後部座席の美彩が言った。

里山があって小川が流れ、居住区画の仕切りには木々が植えられていて、自然との調和がとれているように見えた。

車が緩《ゆる》やかな坂を下ると、そこがニュータウンの入り口だ。しゃれたゲートを通り抜け、表示板を頼りに真新しい住宅が立ち並ぶ街の中程まで走る。

徳蔵に会う、と思うとひと区画過ぎるごとに胸が高鳴った。脈と同じ速さで手が震えるのを指を組むことで抑えた。

震えは、緊張のためではなく、また許婚《いいなずけ》の敵《かたき》を討ちにいく武者震いでもない。もし徳蔵のすべてが虚構だったら、という恐れのせいだ。徳蔵少年の存在証明がほしい。

しかし会って何を話せばいいのか。昨夜はほとんど眠らずシミュレーションしたが、一つとして成功しなかった。時間が欲しい、このまま事務所に着かなければいいのにとさえ思っているのに、分かりやすい表示板のお陰で、迷うことなく弘永開発の管理事務所に到着した。ワイン工房のようなレンガ造りの五階建てで、古風な感じの外観だった。

車を玄関に近い駐車スペースに止め、三人は降りる。

さらに動悸《どうき》が激しくなった。

五頭がロビーの受付で用件を伝えると、女性は内線で徳蔵に連絡した。

「全員の氏名と連絡先をご記入いただき、正面のエレベータで五階へどうぞ」

そう言うと、別の女性がエレベータのボタンを押して会釈《えしゃく》する。

五階に着き、扉が開くと背広姿の男性が出迎えていた。リーフレットの写真よりさらに頭髪が白く、やや老けた印象だったけれど、間違いなく弘永徳蔵だった。

百八十センチ近くはある身長と壁のようながっしりした体軀《たいく》に圧倒される。手記の徳蔵からは、体も大きくなく、運動神経も鈍いひ弱な感じだと思い込んでいた。

やはり手記は作り話だったのか。自分が間違っていたのかと思うと、頭に血が上って耳たぶが熱くなった。

「遠いところから、お疲れでしょう。どうぞ」

徳蔵は二十畳ほどのオフィスの、中央にある応接セットまで三人を請じ入れた。

想像していたよりも高音でソフトな声だ。

「お時間を取っていただき感謝しております」

五頭が名刺を差し出し、

「こちらが千住さんの妹さんで、こちらが婚約者の初井さんです」

と二人を紹介した。

「婚約者、そうでしたか……婚約者が……」

徳蔵はまじまじと希美を見てから、慌てて手にしていたケースから名刺を取り出すと、三人に手渡し、すぐにソファーに腰掛けるよう促した。そして続けた。

「妹さんは、下槻さんの後輩に当たるんだそうですね。二人から何度か聞いたことがあります」

「二人というのは下槻さんと、千住さんということですね」

五頭が確認する。

「ええ。二人が行方不明だと知って、心配しています」

そこで言葉を切って、冷たいコーヒーでもいかがですか、と徳蔵が尋ねた。

「いただきます」

希美も美彩も一緒にうなずいた。

徳蔵はテーブルの内線電話で、自分のものも含めてアイスコーヒーを四つ用意するよう告げた。

「二人は、十八日から行動を共にしているようなんです。千住さんが持っていたカメラには、位置情報を記録するGPSロガーという機能が付いてましてね。こんな感じで」

五頭は位置情報をマーキングしたマップの一枚を、テーブルに広げた。

「ほう、これは凄い。これなら何時《いつ》どこにいたのか一目瞭然《いちもくりょうぜん》ですね」

徳蔵の顔に動揺の色はなく、ただ感心しているだけに見えた。

GPSロガー機能を知らなかったのか、平静を装っているだけなのか。それとも自分は疑われない場所にいたから安心しきっているのだろうか。

「この位置情報が、十八日から二十一日の夜まで水の郷ニュータウンの敷地内にいたことを記録しているんです。これについてどう思います?」

「実は一昨日、岡山県警からも、同じ質問を受けました」

運ばれてきたアイスコーヒーがテーブルに並ぶ間、徳蔵は黙った。そして女性が部

屋を後にするのを確かめて、

「これがあったからか」

マップに視線を落とし、三人にアイスコーヒーを勧めて自分も一口飲んだ。

「私どもが提供したんです」

「なるほど。しかし、随分遠くまで移動している」

「いや、もっと長距離を移動しています。これは山口県までしか入っていませんが、北九州、そして水俣市、さらに日本海側ルートで新潟、岩手県の八幡平まで」

と言って五頭は、反応を確かめるように徳蔵の顔を見た。

「それはまた遠くまで」

「八幡平と聞いて心当たり、ありませんか」

「知ってます。家内の故郷です、岩手県は」

「奈々子さん、ですね」

希美は抑えきれず、声に出してしまった。

「すみません。手記を読んだものですから」

と頭を下げた。

「そうですか」

徳蔵は照れ隠しのようにグラスを持った。

「あれは……」

希美が、徳蔵の背後にある、大きなデスクに目をやった。人形ケースのような透明の箱に入っていたのは、古びた紙で折られた連鶴だ。

「お気づきになられましたか。青海波《せいがいは》、私の原点だ」

徳蔵はゆっくりグラスを置く。

「あれは当時の？」

希美は痛くなるほど首を伸ばして、鶴を見る。手記では、徳蔵少年が持っていた最後の青海波はノガミを後にするときカッパに手渡している。

「そうです、私が折ったものです。ただ、これが私の手許に戻ってきたのは、三年ほど前です」

千葉《ちば》県庁の職員が、県内のアパートで孤独死した男性の遺品にあったものだ、と総社市役所を通じて送ってきたものだという。

「地方自治体でも水の郷ニュータウンのことは注目されているようで、ホームページの『水の郷秘話』を読んだ方も多いんだそうです。私が折った青海波ではないかと。持っていた彼の名は小林茂夫《こばやししげお》、当時八十三歳ということでした」

「カッパさん？」

「分かりません。本名は知らずじまいでしたから。カッパを含めて、当時の浮浪児たちの供養になるかと思って、ここに飾らせてもらっています。薄汚れてますがね」

「そんなことないです。美しいです」

駐留アメリカ人ならずとも、驚嘆する出来映えだった。徳蔵少年が実在した証拠を見つけたのだ。

「ありがとう。あなたは心優しい方ですね」

美彩が肘で希美を小突いた。騙《だま》されるな、ということだろう。

「話をもとに戻しましょう」

と五頭が仕切り直す。

「八幡平で、下槻さんの車が見つかったんですね」

徳蔵はそう警察から聞いたと言った。

「そうです。これもお聞き及びでしょうが、その近くの芭蕉沼で下槻さんの長靴、千住さんのカメラが見つかりました」

「事故か心中か、と言ってましたな」

「結果的にあなたが補塡《ほてん》された八百万円、そのことを書いたメールを下槻さんは母親に送っています。遺書めいた文面であることから心中ではないか、と警察は見ています」

「あり得ないとしか言えない、二人を知る私には」

「それは私も同感です。自殺する動機が見当たりませんからね。しかし、事実二人は依然として行方が分かりません。水芭蕉が群生し、葉っぱや木の根、堆積土で形成された沼地とはいえ、遺体も上がってませんしね。沼に入水《じゅすい》したのではない、と推論を立てたんです。そうなると、二人のカメラと長靴は何だろうということになる」

鋭い目で徳蔵をとらえる五頭は、現役の刑事のようだった。

「遺体がないのなら、やっぱり心中していないのでは？」

さらりと徳蔵が言った。

「なぜそう思われるのです？」

「二人とも前途ある若者です」

「はじめは心中と見せかけて、世の中から自分たちの存在を消そうとしたのではないか。そう考えたんですが、それも違うと思った。それは芭蕉沼から見つかったカメラに、素人くさい写真しか保存されていなかったからです。千住さん自身が撮ったものじゃないとすれば、別の誰かがシャッターを切った可能性がある。さらに下槻さんの車に残されたカメラに装着されていたはずの、メモリーカードがない点も気になりました」

　ここで五頭はアイスコーヒーに口を付け、一拍おく。そして再び言葉を継いだ。

「そのメモリーカードには、千住さん本人が十八日に撮った写真が保存されていたはずなんです。週刊誌の連載用の作品がカードごとなくなっている。おかしいでしょう？」

　五頭は同意を求めた。

「『日本の限界点』だね」

「ご存知でしたか。ここの裏手に当たるんですかね、沢がありますでしょう？　あそこを森の切れ目から狙った写真です」

「あそこが限界点？」

　初めて徳蔵の眉が動いた。

「限界点ではない、と思われたようですね」

「ええ、しかし千住さんの感性だから、私がどうこう言う立場ではないがね」

「その写真が、これです」

　五頭は、用意していた光一の転送写真のプリントを置く。

「限界点には相応しくないが、よく撮れている」

徳蔵がプリントを手にした。

「いい写真なのに、メモリーカードがない。撮ったものをすぐに自宅のパソコンに転送してくれていたので、幸いこうして見ることができるんですがね」

五頭は、カメラがＷｉ－Ｆｉを利用してスマホやパソコンに転送できるようになっていたことを説明し、続けた。

「カードを持ち去った人物は、そんな機能があることを知らなかったんですね。さてここからが問題でして。なぜメモリーカードを抜いたか、です。カードには百十二枚の写真が保存されていましたが、この一枚だけをプリントアウトしてきました。なぜならカードを持ち去った人間にとって都合が悪いのは、この写真だったからです」

「根拠は？」

徳蔵は椅子の背にもたれ、足を組んだ。

「ここにいる二人が、千住さんと下槻さんを探したい一心で見つけたものがあるんです」

五頭は、優子と光一が居酒屋で見ていた写真を徳蔵に差し出す。

徳蔵が胸ポケットから眼鏡を取り出し、写真に目を凝らす。

「工事従事者」

「そうです、特別な設備の。これも千住さんが撮ったものですが、様子が違うのは誰でも撮れるスナップなのに、大切にＣＤ－ＲＯＭに保存されていた点です。二枚を見比べてください。共通項が見えてきますから」

徳蔵は手に持っていた写真をテーブルに置き、二枚の写真を自分の前に並べた。その上に外した眼鏡を置き、目を閉じた。

「見ないんですか。それとも弘永さん、あなたなら確認するまでもないということですか。その二枚には、誰にとって都合が悪いものが写っているのかもご存知なんですか」

徳蔵は瞑想《めいそう》でもするかのように両手を腹の前で組み、微動だにしない。

何も言わないのは、すべてを見通し、認めたからなのか。ならば目前にいる男は、憎んでも憎みきれない相手になる。なぜかこの期に及んでも、徳蔵が光一と優子を殺害したとは思いたくない気持ちが燻《くすぶ》る。

「言いましょうか？　作業員は三ツ谷ケミカルのヘルメットをかぶっています。もう一枚の写真にも薄暗い森に佇《たたず》む人がいる。その向こうに、木々の枝葉の合間からしか見えませんが、ある建物の一部が写っています。これを」

問題の箇所だけ拡大した写真をテーブル上に出し、

「三ツ谷ケミカルのロゴがあり、その少し下にＳ・Ｉｏｎという文字が見えるでしょう？」

五頭は写真を人差し指で叩いた。

「ここの責任者で、プロジェクト全体を総指揮しているあなたに伺いたい。この設備は何ですか。何のために設置されたんですか」

「すでに知っているんだろう？」

「もちろん。しかし、あなたの言葉で話して貰いたい」

光一は、希美と美彩の大切な人だ。ここにいる二人に向かって真実を話すべきだ、と五頭は迫った。

「千住さんは腕がいい。惜しい人材だ」

「まずは、彼のカメラから写真データを抜き取ったことを認めるんですね」

「いいや」

徳蔵は首を振ると、希美を見た。

「初井さん、あなたなら私の辛い思い出を知っておられるでしょう？」

「お嬢さん、答える必要はありません」

と、五頭が慌てて希美の顔の前へ片手を上げた。

「お嬢さん？　五頭さんにとって初井さんは大切な人のようだ。なら分かってもらえるんじゃないかな、水の郷ニュータウンは私の欲得だけで生み出したものではないということを」

徳蔵の穏やかな話し方は変わらない。けれど、いつのまにか組んだ足を解き、やや前のめりの姿勢だった。

「そこです。それがあなたの美学を狂わせた。菊池さん、三ツ谷ケミカルのスーペリア・イオンは、発がん性物質などを除去するためのものなんだそうですね」

五頭は横にいる美彩に話しかけた。

美彩は、有機フッ素化合物のＰＦＯＳとＰＦＯＡは自然分解されず、河川や地下水に蓄積されること、それらを完全に除去するには強塩基性陰イオン交換樹脂膜が必要で、それが三ツ谷ケミカルのスーペリア・イオンであることを淀みなく言った。

「放置すればいつまでも水や土壌に残るんで『永遠の化学物質』と呼ぶんですよね」

五頭が確かめる。

「はい。厄介《やっかい》な物質です。たぶん産廃業者が半導体や調理器具、消火器とかを土壌への浸潤防止策をしないまま、不法投棄していたんだと思います」

水の郷ニュータウンが整備される前、不法投棄されていたことは、徳蔵も手記で触れている、と美彩は推測の根拠を突きつけた。

「その通りです。有機フッ素化合物が検出されたことも、認めましょう」

「あなたはそれを隠蔽したかった。違いますか。いまさら水の汚染除去が知られると『郷の天然水』の全国販売計画が頓挫《とんざ》してしまう。それだけでなく、同じ水源の水で行う水耕栽培の産物にも痛手だ。雇用創出の機会を奪い、移住プロジェクトにも影響が出る。悪くすれば限界集落に戻ってしまいかねない。これだけは何があっても避けたかった」

「五頭さん、あなたは勘違いをされているようだ」

「私が勘違い？　どういう風に？」

五頭のほうが身を乗り出した。

「恩に報いる。それは事業が成功して、村が生き残るだけでなく発展することです。ですが汚名を着てしまっては、もはや裏切りです。私が、浄水装置ごときで、将来ある千住さんや下槻さんを排除したと世間に知られれば、私の汚名となる。私の汚名はすなわち先代の村長、大畑喜平さんの名を汚すことになるんです。ことは殺人なんですよ」

「何も、あなた自身が手を下したとは言ってない」

あなたの言うことなら命を賭《と》しても聞き入れるという輩《やから》が、大勢いるのでは、と五頭は皮肉っぽく言った。

「慕ってくれる相手に罪を犯させるなんて、私にはできない。それも裏切りです」

共犯がいないならば、徳蔵の犯行は不可能になる。二人が消えた十八日から七日間、徳蔵は水の郷ニュータウンどころか、島根県にもいなかったのだ。

「私は、あなた以外にこの写真を不都合だと思う人間はいないと思っている」

「殺人を犯すほどではありません。どうやらお役に立てなかったようだ」

眼鏡を手にして席を立とうとした徳蔵に、

「あなたは浮浪児だったにもかかわらず、横道にそれなかった高潔な人だ。どうやったのかは分からないが、あなたには動機がある。それが露見したら、すべてを自白してくれると思ってここにきたんです。大人しく、彼らをこの二人に返してやってくれませんか」

と強い口調で五頭は言った。

「肉親がとつぜんいなくなる苦しさ、よく分かります……」

座り直した徳蔵は、希美と美彩を見る。

そのとき五頭の携帯が鳴った。彼は番号を確かめると、部屋の隅へと移動した。

22

「弘永さん、どうやら二人は本当に心中したのかもしれません」

電話を終えてソファーに戻って来た五頭が、低い声で言った。

「えっ、どういうことですか」

と訊いたのは美彩だ。

「十九日から二十六日までの間に、下槻さんの軽自動車がＥＴＣ設置の料金所を通過したことが確認されました」

五頭が提出したＧＰＳログデータを基にして、岡山県警が各地の高速道路事業会社にＥＴＣデータを照会していた。その結果、運転手の撮像、ＥＴＣ車載器情報と車種やナンバーなどから、優子の軽自動車を本人が運転していることが分かったというのだ。

徳蔵にはアリバイがある上に、二人の遺体を共犯者が運んだという推測も成り立たなくなった。つまり徳蔵は殺人も偽装もしていないことになったのだ。

「心中、か……また振り出し」

と美彩がため息をついた。

「あの、弘永さん」

希美が徳蔵に声をかけると、五頭と美彩がこちらを見た。

「何でしょう？　初井さん」

嫌疑を受けたのに、徳蔵の視線は優しいままだった。

「いま菊池さんが振り出しだって言いましたけど、心中に戻るのではなく、心中を偽装したというところに戻ったほうがいいと思うんです」

「ほう……？」

徳蔵が話を聞く体勢をとったのか、ソファーが柔らかく沈み込む音がした。

「ここから水俣、水俣の実家から遠く離れた八幡平まで、下槻さんが運転して移動したのが事実なら、芭蕉沼に行ったのも二人だということになりますよね」

「だろうね」

「それなら、カメラからデータカードを抜いたのが光一さんだということになります。それは変です」

「自分で撮った写真だからですか」

「いえ、カードを抜いても、すでに自宅のパソコンに転送しているからです。いまさらカードだけを抜いても意味がありません」

「なるほど」

「私は下槻さんの車に、光一さんは乗っていなかったんじゃないかと思うんです。光一さんが一緒なら、八幡平であんな写真を撮るはずありません。仮にも最後の作品です」

希美は美彩に向かって言った。

「確かに」

美彩もうなずく。

「そうですね。いま県警に聞いてみます。データを提供した強みがあるので教えてくれるでしょう」

五頭は再び部屋の隅へ行き、電話をかけた。

「下槻優子の運転が確認された件ですが、千住光一も同乗していたんでしょうか。助手席での確認はできないんですね。分かりました。感謝します」

五頭は立ったまま、

「撮像は下槻さんのみだそうです。助手席に乗っていれば、分かるもんなんですがね」

と希美に言った。

「やっぱり、一緒じゃなかったんです」

「すると下槻さんが一人で八幡平まで？」

と言いながら、五頭はソファーに腰を下ろした。

「優子さんの車からどうして兄さんは降りちゃったの」

心中に見せかけるなら、一緒にいるはずではないのか、と美彩が疑問を口にした。

「はじめは一緒だったんです……」

と希美は美彩に言ってから、徳蔵に向き直る。

「有機フッ素化合物が検出されたことを、誰よりも早く知ることが出来るのは下槻さんです。それは弘永さん、あなたにも報告したはずですよね」

徳蔵は返事も反応もしないが、それに構わず希美は話す。

「どれほどの有機フッ素化合物が検出されたのかは分かりませんが、水俣で生まれ育ち公害被害を肌で感じて研究者の道に進んだ下槻さんは、その毒性への問題意識が一般の人より高いゆえに、スーペリア・イオンの浄水装置の設置を提案した。健康被害には至らないと判断して『郷の天然水』の販売に異議を唱えなかったんだと思います。

でも、光一さんが従業員の姿を見てしまった。浄水装置を問題視したのは光一さんのほうだったんです」

「そうかな。環境にうるさいのは優子さんのほうよ。兄さんはあなたにはレジ袋のことを喧《やかま》しく言わなかったんでしょう？」

美彩が言った。

「そうです。そのことが、ずっと引っかかってました。優子さんとは同志になれるけど、私になんて言っても無駄だと思っていたんじゃないのかと。それじゃ優子さんとなぜ別れたのよって心で悪態をついていた。だって環境問題をことさら避けるようなところがあったんですもの。みんな知ってるのに、永瀬清子の詩のことも聞いてなかったのは私だけ。正直、すねてました。それでも結婚の約束をしてたんです。その気持ちに偽りはなかったと信じて、今回のことを考えてみたんです。光一さんの気持ちになりきって」

希美は息継ぎをして、温《ぬる》くなったコーヒーで喉を潤し、さらに話す。

「光一さんは、私との新生活のための移住先の候補地として、水の郷ニュータウンを訪れたんだと思います。そのときに浄水装置の会社の人がいたのを目撃した。三ツ谷ケミカルが浄水装置の会社であることは、優子さんと交際していたときに知ってたんでしょう、とっさに写真を撮った。別れてはいたけれど、優子さんに説明を求めた。水の良さが自慢で、天然水まで売ろうとしている沢に、なぜこんな設備が要るのかと。それに対して優子さんは明確なことを言わなかった。ひょっとすると自分も知らなかったと言い訳した可能性もあります。それでも光一さんは確かめたかったはず。だって水の郷ニュータウンは私たちの新居になるかもしれなかったんですから。十八日の朝、見送る私に光一さんはこう言いました。『戻ってきて、最高のプレゼントができればいいいんだけど』と。たぶん最高の移住先を見つけたと言いたかったんだと今は分かります。ここは私たちにとっても希望の場所……。そして、これを撮った」

　希美は森の中の沢が写った写真を取り上げた。

「どうして写真を？　直接、私に聞けばいいだけなのに」

　と徳蔵が眼鏡を外し写真の横に置く。乾いた音が響いた。

「それは、二人とも弘永さんを尊敬し、このニュータウンが私利私欲ではなく、ただただ報恩のための事業だと理解していたからです」

「まさにその通りだ」

「二人はこの事業の成功を心から望んでいた。リーフレットの写真を撮ったＫＯＤＡＭＡというカメランは光一さんですね」

「うん、千住さんだ。人物は撮らないというので別の名を使った」

約六年前、徳蔵が自社の広告宣伝部を発足する際、写真専門学校に優秀なカメラマンがいないかと探していたとき、学校から推薦されたのが光一だったそうだ。そのとき優子は大学院生だった。

「しっかりとした自分の考えを持っていたんで、採用したんだ」

「彼の、あなたを撮った写真を見れば、互いが信頼し合っていることが伝わってきます。もちろん顧問だった優子さんも。だから、相当な裏付けがないまま、浄水設備、有機フッ素化合物の話はできない、と二人が判断したとしてもおかしくありません」

「裏付けが、写真」

「写真は、あなたから真実を聞き出す道具に過ぎません」

「これを突きつけられれば、私もきちんと話さざるを得ないね。だが写真がなくても、問われればすべてを話すだろうがね」

徳蔵は悲しげに目を伏せた。

「ところが光一さんは、あなたと話が出来なかった。講演会に出ていることを知らなかったからです。いえ、正確には知らされなかった」

「どういうこと?」

美彩の甲高い声が耳に響く。

「光一さんと弘永さんを会わせたくなかった人がいた。その人は光一さんと事前に会って、三ツ谷ケミカルの従業員が出入りすることの問題点を把握していました。スーペリア・イオンのロゴが持つ意味合いも分かっていて、光一さんの撮影をセッティングできた。その上で光一さんのカメラで県民の森や松川、水芭蕉を撮影し、ついにはそれを芭蕉沼に捨てた」

「兄さんだけが死んでるっていうの？」

美彩が声を震わせた。

「二人がいなくなって、一人が生きている。犯人は優子さんしかいません」

「馬鹿言わないで！」

美彩の叫び声の後、重苦しい沈黙が流れた。

五頭は腕組みをしてうんうん呻《うな》り、美彩は奥歯をかみしめていた。

静寂を破り、

「いいや、下槻さんも生きてはいまい」

と徳蔵が険《けわ》しい顔付きで言った。

「えっ？」

希美は徳蔵の断定的な言い方に驚いた。

「あれほど優秀な人だ。今この現状を把握していない訳がない」

「現状……？」

五頭が苦い顔で訊く。

「初井さんの話で欠落しているのは、下槻さんの心情です」

光一の立場に寄り添うあまり、優子の気持ちを忘れている、と徳蔵は残念そうに希美を見た。

「では優子さんはどこで亡くなったとおっしゃるんですか」

「物事はシンプルに考えるほうがいい場合がある。芭蕉沼と言いましたかな」

「光一さんは一緒じゃなかったのに？」

「あなたは心中が、二人で一緒に死ななければならないということに拘泥《こうでい》されているようだ。もしあなたが言うように途中から下槻さんの単独行動だったとすれば、別々の場所で亡くなったとみるべきだ。下槻さんが千住さんを殺害したのち、その地図が示すように長距離を彷徨ったのなら、彼女は死に場所を探していたのでしょう。そして芭蕉沼で自死した。心中に見せかけたのは、女心ではないですか」

弘永は急に饒舌《じょうぜつ》になった。

「女心って」

聞き捨てならない言葉だった。

「何があったのか、どうして千住さんを殺めることになったのかは分かりません。しかし人を殺してしまったことの重みは、痛いほど感じたはずだ。後悔の念とともに、自らの命で贖《あがな》うしかないと思った。そして形だけでも一緒に、という気持ちがあった。なぜならあの二人は、深い部分でつながっていた」

「そんなことありません！」

今度は希美が叫んだ。

「初井さんには酷な話をしました。許してください」

「やめてください。心中にみせかけるためにカメラを沼に捨て、自分は入水《じゅすい》したとおっしゃるんですか」

「時間と距離を超えた心中です」

「それが女心だと」

「そうです。戦後、夫の戦死を知らされた妻が自害したという話を少なからず耳にしました。今の人には分からんかもしれんが……。しかし下槻さんにはそんな純なところがあった」

徳蔵は遠くを見るような目をした。

「心だけでも心中したい、それが女心とおっしゃるのなら、引っかかることがひとつあります」

「何です？」

「長靴です。芭蕉沼で発見されたのは研究室の人がフィールドワーク用に支給された長靴でした。優子さんの下駄箱には、普段履くスニーカーと長靴の両方がなくなっていました。車の運転はスニーカーだったはずです。これから死のうとする人が泥濘《ぬかるみ》んだ場所だからといって、長靴に履き替えますか」

「それはないわ。だいたい心中に長靴じゃ、かっこ悪いもん」

美彩なりの援護射撃だ。

「私も、ない、と思います。長靴のほうを捨てたのは、戻るとき歩くのに目立つからです。優子さんは生きてます。死ぬ気はなかった。いえ、死にきれなかったのかもしれない。その理由はひとつです」

「そこまで分かってるの？」

美彩が目を大きく見開く。

「憎くて殺したんじゃない。水の郷ニュータウンを守るためでした。突発的な事故のようなものだったと信じたい。だから本当に後を追うつもりだったのでしょうが、やるべき仕事があった。それは光一さんの遺体を葬ることです」

三日間、水の郷ニュータウンの敷地内から動いていないというＧＰＳログデータがある、と希美は五頭の用意していたマップを指さした。

優子は三日間、ここの敷地内で考えた。心中事件を装うことを思いつき、水俣の実家に現金を届け、八幡平へ向かった。その間、遺体と一緒に旅するリスクを避けるために、一時的に隠す必要があった。

「それはあくまでも暫定的《ざんていてき》なものです。きちんと弔《とむら》うか、後を追うか、いずれにしても現場に戻る必要があった」

「殺しておいて弔う？　で、また自殺するって、何なの。訳分かんない」

美彩が両手で頭を押さえた。

「そうしないと自分のやったことの責任がとれないと思ったんでしょう。肝心なのはこの事件のいきさつを伝えることなんです。でないと、水の郷ニュータウンの運営に支障が出る」

「ますます分かんないわよ」

「遺体を隠すのは、弘永さんの他には、優子さんしか出入りできないような場所にするはずです。それはセキュリティの最も厳しいところ。つまり水質管理の要に当たる場所です。そんな場所がありますよね？」

「言えない」

「それが答えです。そんな大事な場所に遺体を保管したんです。この季節、そのことで水が汚染された可能性が出てきた。そのため何らかの処理をしなければなりません。それをするにはあなたの許可が必要でしょう」

「だから、優子さんはここに戻ってきた。すごいわ、初井さん」

美彩の声を無視して、希美は徳蔵を見る。

「弘永さん、真実を話してください。あなたは事件のすべてを優子さんから打ち明けられたはずです。あなたが優子さんは死んだ、と主張した瞬間、私は確信したんです。優子さんは生きている、と。子供時代から多くの死を見てきたあなたが、今回の事件の全貌を知って、みすみす優子さんを死なせるはずがありません。その上で、犯罪者にならないように、死んだことにしようとしてるんですよね。空襲被害で浮浪児となり戸籍を失って、偽名を使って生きぬいた人たちのことを思えば、優子さん一人くらい守り切れると」

希美は「青海波」に視線を移し、

「手記の徳蔵さん、いえマキシならそうするはずです」

と言うと、自然に涙があふれてきた。

徳蔵は胸ポケットの真っ白なハンカチを差し出し、

「初井さん、この老人の心をも理解しようとするんですね。いや皮肉でも批判でもない。あなたには思い遣《や》りがある」

と希美を見つめた。そして襟《えり》を正して、

「皆さんにもお願いする。一日だけ待ってほしい。明日、もう一度ここに来てくださらんか。この通りです」

徳蔵は深々と頭を下げた。

23

次の日の夕刻、徳蔵を訪問した三人は、受付の女性から一〇八区画二八の一番地に行くよう告げられた。

外国映画に出てきそうな整備された住宅地を車で走り、五分ほどで指定された家の前の駐車場に着いた。

五頭が門扉《もんぴ》のインターフォンで名乗った。

「はい」

と女性の声がして、それを聞いた美彩が大きな声を出した。

「優子さん！」

美彩は五頭を押しのけて前庭を駆け、玄関ドアを開いた。上がり框《がまち》にジャージ姿の優子が立っていた。

「優子さん、どういうことですか」

叫ぶ美彩の後ろから、五頭と希美が顔を出す。

「どうぞ中へ」

慌《あわ》てるそぶりもなく、優子はスリッパを出して、奥へ消えた。髪を後ろできつく結わえ、理知的な顔は写真通りだったが、頬《ほお》がやつれているようだった。

通されたのは、リビングの向かいの和室だった。むせかえるほどの青畳の香りがする六畳間の中央に、大きな座卓が置いてある。机上に五〇〇ミリリットルのペットボトルが四本置いてあった。『郷の天然水』だ。

優子は下座に座り、三人を上座の座布団へと促す。

「初井さん、本当にごめんなさい」

優子は畳に頭が付くほど体を折り曲げた。

希美は憤《いきどお》りで言葉が出ず、五頭を見た。

「弘永さんは？」

五頭が奥の部屋を窺う。

「いらっしゃいません。ひとりで後始末させてくださいと頼んだので」

「では、すべてを話してもらえるんですね」

優子は小さくうなずいた。

「……私は環境問題、とりわけ水についてはこだわりを持って研究をしてきました」

「水俣病を目の当たりにされたからですか」

「祖父や親戚が苦しむのを見てきたせいもあると思います。人間が快適に暮らせば、何かしら自然を壊します。でも命の水だけは、なんとしても守りたい、と水に特化した研究をしてきました。ですが、女性はなかなか認められず、大きなプロジェクトを任されることもありませんでした。そんなときに光一さんから、弘永会長を紹介されたんです」

顧問契約を結ぶことができたのは、光一から事前に徳蔵が永瀬清子を好きだということを知って、勉強したからなのだそうだ。

「弘永会長の手記は衝撃的でした。早くに父を亡くしていた私は、この人なら信じてもいい、と思いました。それでここの水耕栽培をより効率化するための水循環システム、天然水濾過《ろか》システムなどを設計段階から助言するうちに、産業廃棄物の不法投棄があった場所の汚染も調べねばならない、ということになったんです」

その結果、いくつかの地点で有機フッ素化合物を検出した。ただし、その濃度は低く、土を除去するか、除染すれば人体に問題がない程度のものだったという。

「ですが、今年のゴールデンウイーク前に、水源地である沢の一カ所から有機フッ素化合物が検出されたんです。美彩ちゃんならどうした？」

優子が美彩に質問した。

「一カ所じゃ汚染状況は分からないから、多地点の調査をします」

「だから、それを連休中に行った」

「出たんですか、有機フッ素化合物が」

「うん。濃度は高くなかった。でも大雨とかで、除去しきれなかった土壌から流れ出すかもしれない」

不法投棄場所はすべて調査していたが、何層にも産廃が堆積していると、地中深くは調べきれないのだそうだ。

「だからすぐ、三ツ谷ケミカルを？」

「そう。美彩ちゃんも何度かプラント見学に行ってるから分かるでしょう？　仕事が早いから」

「そこの従業員の姿を兄さんが目撃したんですね」

美彩が「たから舟」の店長が、その写真を前にした優子と光一の様子を覚えていたことに触れた。

「光一さんは、これはどういうことだって立腹してました。大々的に売り出す『郷の天然水』には無濾過と書いてあるぞと」

優子は三人に天然水を勧めた。

しかし三人とも、ペットボトルを手に取らなかった。

「正論が人を幸せにするとは限らない、と以前光一さんに言われたことがあります。それから私たちの仲はギクシャクして、ダメになってしまいました。悔しかった私は、いっそう正論を振りかざして研究に没頭したんです。ですが弘永会長と仕事をしていく中で、少しずつ考え方が変わりました。有害物質をゼロにすることなんてできないし、むしろ悪いものがまったくない状態のほうが、ちょっとした変化に弱いことも学びました。まったく違うことですが、手記のノガミ、あの混沌《こんとん》とした時代があったから、弘永開発は高度成長を遂げられたように。光一さんの言っていたことが分かってきたんです。そんなとき光一さんから、三ツ谷ケミカルの従業員が写った写真を前に、これはどういうことだ、事実を教えろと迫られたんです」

さらに光一は真実を公にすべきだと主張したという。

「そんなことをすれば、すでに移住した人たちに迷惑がかかるし、村の再生もできなくなってしまう、と抵抗しました。光一さんはダメになるなら、そこまでの構想だったということだ。価値があるのなら朽ちてもなお、再生の芽は出るものだ、と引き下がりません。そんなこと言われても私にできるはずありません。私が研究者として認められつつあるのは、水の郷ニュータウンの顧問だからなんです」

保身のために光一さんを——希美は膝《ひざ》の上で拳を握りしめた。

「データの公表を渋っていた私に、直接弘永会長に問い質《ただ》すと言い出したんです。仕方なく、十八日になら詳しい検査結果を説明できる、現地に来てほしいと伝えました、十八日から会長が出張だったことは知っていたので、彼と会わせなくてすむ、と思ったんです」

光一は、取材がてら島根に行けるようにすると言った。

「当日、光一さんは水源地の沢を撮ると言って聞きませんでした。それでもそこに着くまで気に入った被写体があったみたいで、軽快にシャッターを切ってたから、もしかすると浄水装置のことは忘れてくれるかもしれない、と思ったんです。が……」

「これを撮った」

五頭は、例の写真を出して優子に見せた。

「これです……昨日、会長から転送写真があると聞きました。カードを抜いても意味なかったんですね。私が知ってたときのカメラは転送もGPSロガー機能もなかった……。彼は撮っていた写真をデジカメのディスプレイで拡大したんです。そうしたらスーペリア・イオンのマークが写ってました。そのマークの意味を問われたんです」

仕方なく、すべてを話したそうだ。光一は『郷の天然水』の全国展開を中止し、水の郷ニュータウンの住民にはすべてを知らせるように会長に進言する、と言った。

「きちんとデータもあるからと、管理事務所の地下に水循環プラントがあるんですが、そこで話すことにしたんです。私はノートパソコンのデータをモバイルプリンターで打ち出し、汚染濃度が高くないこと、直接人体への影響がないことなどをできるだけ丁寧《ていねい》に説明しました。でも、どうしても納得できないようでした。そして私は最後の手段に出たんです。それが最大のミスでした。彼に八百万円を渡そうとしたんです」

「光一さんに！」

希美は思わず声が出た。

「光一さんがお金なんか受け取らないことは分かっていたのに。私は、『正論が人を幸せにするとは限らない』と言ったんです。しばらく黙っていた彼が……微量であっても有害なものが混じった水を、愛する人には飲ませたくないんだと……」

優子は希美を睨《にら》み付け、

「許せなかった……」

とつぶやいた。

優子は水循環システムの水槽に彼を突き落とした。水流や水圧を自在に変えることができる装置で、彼女はその両方をマックスに設定したのだ。

「大きな洗濯機に入っているようなもんです、光一さんはすぐに……」

「ひどい……」

希美は、自分が溺れているようで息苦しく、激しく咳《せ》き込んだ。

「お嬢さん、大丈夫ですか」

五頭が背中をさすってくれた。

「すみません。大丈夫です」

「無理もない、こんな残酷な話。下槻さん、あなたはほんとうに酷い人だ。お嬢さんをこんなに苦しめて……」

「言葉もありません。私だって耐えられなくなって、芭蕉沼で死のうと思ったんです。本当に心中する気だった。母にメールし、八百万円を実家の郵便受けに入れました。母には長生きしてほしかった。でも光一さんの遺体をそのままにはしておけません。初井さんが会長に言った通り、弔いのためと遺体を処理するために、プラントに戻りました。遺体を水槽から引き上げるには水循環システムを一時停止しなければならず、会長にすべて話すしかありませんでした」

「光一さんはどこなの！」

希美は怒声を発した。

優子は希美を見もせず、

「水の柩《ひつぎ》の中です。今から警察に行きます」

と決然とした態度で立ち上がった。

24

謹啓　梅雨明けの暑さひとしおですがいかがお過ごしでしょうか。

あれから一週間が経ちました。光一さんを失った寂《さび》しさは日増しに空《むな》しさへと変わっていき、何もする気が起きません。何よりやるせないのは、悲しいのに涙が出てこないことです。

あなたが手記で、「走った格好のまま倒れた人、子供を抱いているのがはっきり分かる母親、膝をつき空を見上げた体の大きな男、みんな真っ黒の木偶《でく》と化してそこら中にあります。恐ろしい光景のはずなのに、怖さが湧《わ》いてきません。あちこちで名前を呼ぶ声、号泣が聞こえてくる中で、変わり果てた夥《おびただ》しい人体を見ても感情が反応しないのです。どうにかなってしまったと思いました」と書かれ、その後、お母様とクミさん、トミ子さんの変わり果てた姿を見ても一滴の涙も出なかったと述懐されていますが、それを身をもって体験しています。

戦争を軽々しく語るな、とおっしゃるかもしれません。ですが愛する人を奪われる辛《つら》さに変わりはありません。

あなたが涙が出ないほど渇いた感情になったのは、家族を失った実感がなかったからではないですか。きちんと弔えなかったからではありませんか。災害で家族を一瞬にして亡くされた方が、何年経っても亡骸《なきがら》を探し続けられる光景をテレビで観ます。いまはそのお気持ちが、身に染みて分かります。いえ、分かるようになったと言った方がいいでしょう。

　光一さんはどこにいるのですか。下槻優子が、痴情のもつれから彼を殺し、遺体を水俣の海に捨てたと自供した、と新聞に載っていました。それを読んで、言い知れぬ怒りが込み上げました。彼女は真実を語っていないからです。

　警察に行くと言ったときの毅然とした態度は、これから嘘《うそ》の証言をする、という覚悟だったのでしょうか。遺体が見つからなければ、殺人の罪に問われることはない、という計算が働いているのかもしれません。光一さんを水循環プラントで殺害したことを認めながら、罪を悔いてはいないことが分かったのです。

　システムを一時停止させることを容認したということは、当然あなたは殺害の事実と遺体の所在を知ったはずです。あなたは彼女一人に遺体の処理を任せたのですか。

　彼女に会うために一〇八区画にある家を訪問したときに分かったのです。私たちが犯罪に気付かなければ、ここが彼女の生涯の住処《すみか》となったのだと。心中してこの世から消えた下槻優子は、別の名で生き続けるのだと。戸籍を失い、名前を変えて生きた浮浪児たちを知るあなたが考えたことなら、それほど突飛な発想ではありません。

　何より、あなたなら溺死させられた人を、再び水俣の海という『水の柩』に葬る行為を許すはずがありません。手記に「本来母たちも弔わないといけないのですが、熱い思いをした母や姉、妹を再び火の中に入れることがかわいそうに思えて、できなかったのです」とあったからです。

きっとあなたは、光一さんを手厚く葬っている、と確信しています。お願いです、光一さんの眠る場所を教えてください。私や千住さんご家族に冥福《めいふく》を祈らせてください。あなたの手記を広告だ、創作だと言う人がいます。私はそうは思えません。人は誰でも秘密を持っています。光一さんもそうでした。先日同行した五頭さんも、私を大切に思ってくれているようですが、その理由を話してくれません。私の母も娘に言えない過去を背負っている気がします。

純水というものは自然界に存在しません。何かしら不純物が混ざっているものです。だけどあの手記の中にいるデゴイチ、カッパ、エテ、そしてミツオさんたちに嘘はなく、浮浪児たちの真実が描かれている、と信じたいのです。

手記は、弘永開発が高度成長を遂げたところで終わっています。しかしあなたの人生は、その後も続いています。もし手記が綴《つづ》られるのなら、私が読みたいのは、千住光一というカメラマンがあなたの前に現れ、そして『郷の天然水』を売り出そうとした年の六月に亡くなるまでの、本当の経緯です。そして彼が眠る場所です。

徳蔵少年が語るノガミの住人の生き様に嘘がなければ、これから記される手記にも偽りはないはずだから。

光一さんの居場所に、かぼちゃの種を供えさせてください。彼の私淑する写真家が庭に放置し、その朽ち果てる様を撮り続けた写真があります。滅びゆくかぼちゃを見せ、残る種に希望を感じとらせる作品に彼は感動しました。最後の写真となった沢の畔の浄水装置、私には「種」のように見えています。おそらく彼は、いま眠っている場所から、水の郷ニュータウンの希望を見ているような気がしてなりません。

末筆ながら、暑さが厳しくなる時節、ご自愛専一をお祈り申し上げます。

敬具

初井希美

弘永徳蔵様

手記「水の郷秘話～報恩～」の補遺

（承前）

自社で広告宣伝の部署を作ろうと思ったのは、野菜工場の販路の拡大を図るのが目的ですが、『帰郷プロジェクト』というNPO法人からの要請でもありました。新しい街の良さと、雇用の受け皿があることをPRするために、広告会社に依頼するのではなく、手作りの地元愛にあふれた冊子があれば、移住希望者にさらに訴求できるというのです。

かつてデゴイチがモクを売るのに、私の作ったタバコの箱だけを配ったことがあります。中身のない箱だったのですが、デザインからタバコ本体を想像する客が、彼の前に列を作りました。私の手作りの空箱がお客に旨《うま》い洋モクを想起させたようです。熱い思いがあれば、少々泥臭くても、見た人がどんどん想像を膨《ふく》らませてくれるのでしょう。それもいいだろうと、自前で人材確保に着手しました。

そのカメラマンは、採用面接の終わりに、私の目をじっと見つめこう言いました。

「僕は限界集落に魅力を感じています。滅び行く美学に惹《ひ》かれてます。ですから御社の、かつて限界集落だった場所を回復させる水の郷ニュータウン構想は、実は僕の美学には合いません」

そのときの挑むような目は未だに忘れられません。

「ならば、どうして面接に？」

私も、彼と戦うような言い方をしました。たくさんの若者を採用してきましたけれど、そんな気持ちになったのは初めてです。

「多くの人が美しいと思う田園風景は、すべて人間が作ったものです。山道や河川敷、湖畔もそうです。限界集落に赴《おもむ》くとそれが崩れ、崩壊しているのが分かります。けれどよく見ると、たとえば松ぼっくりから芽が出ている。僕は人が捨てたところから芽生える自然に惹かれています。会長は、その真逆に魅力を感じていらっしゃると思ったんです。両者が組めば、何かが生まれそうな気がしました」

彼の名前は千住光一。

ナイフは切れる刃と切れない柄があるから、使い物になる、ということを何かの本で読んだことがあります。彼の言う真逆が同居することも悪くないと思いました。期待通り千住さんは、いい仕事をしてくれました。彼の撮る写真には、構図とか露出とか照明がどうだということを超えた、何かがあります。

ことに私の顔を撮った写真は、私の中の善と悪、喜びと怒り、明と暗といった相反する感情を露呈させているようで、怖いくらいです。

また彼は私が尊敬する永瀬清子の詩のよき理解者でもありました。それで、何かの折りに私が送った文の一節『もののあわれは、私たちが「移りゆく者」「死すべき者」

であることに根ざしている』をたいそう喜んでくれました。松ぼっくりから出た芽の話を聞いて、彼なら理解してくれると思った通りです。

これからずっと、千住さんとは正反対の美意識で、さまざまな現象を起こしていけると信じていました。

その彼が、突然いなくなりました。

事件に巻き込まれて、命を落としたのです。殺害した犯人も私のよく知るY子です。水の郷ニュータウン、いや私を守ろうと犯した罪でした。

私はY子から犯行のすべてを打ち明けられ、水に漂う千住さんの変わり果てた姿を目の当たりにしたのです。

二つの気持ちが同時に湧き起こり、交錯《こうさく》してしばらく身動きができませんでした。

一つは、千住さんを失った悲しみ。もう一つが、水の郷ニュータウンに移住してくれた住民に申し訳ないという気持ちです。

穏やかで快適な暮らしを約束する場所で起こった殺人事件は、生まれたばかりの街を再び限界集落へと引き戻すだけの衝撃があります。それぞれ夢を持ち、都会から移住してきた人たちをどう守ればいいのか。過疎化し、土地が荒れ、廃寺が相次ぐ、消滅寸前の村に戻すことはできない、と思ったのです。

私は、放心したY子に、

「千住さんをきちんと葬ってあげよう」

と言って、彼を水から引き上げました。

水の郷ニュータウンから少し離れたところに、かつて村が運営していた火葬場と廃寺の母体である宗教法人の経営を引き継ぎ、墓地の整備計画を進めている場所があります。そこで荼毘《だび》に付し埋葬しました。

「あなたは、別人としてここに住みなさい。いずれはお母さんにも会える日が来る」

とY子に言いました。この水の郷ニュータウンにいる限り、私は彼女を守れると思ったのです。

しかし私の計画はうまくいきませんでした。

Y子の犯行であることを察知したひとたちがいたからです。

その結果、Y子は自首しましたが、私や水の郷ニュータウンを守るために事実を話していないようです。

改めてここに事件の全貌を記し、『郷の天然水』の事業が頓挫《とんざ》した理由として残すこととしました。

また、この手記が読まれているとき、私は島根県警にすべてを話していることでしょう。水の郷ニュータウンとの別れになるかもしれません。

しかし、私に敗北感はありません。

それはあのノガミの地下道での暮らしを思い出したからです。戦後の混沌とした状況の中で、生き延びるために必死で知恵を働かせました。私の場合は「青海波」です。それこそ「かぼちゃの種」、「松ぼっくりの芽」だったのかもしれません。生きる希望であり、未来でもあったのです。どんな状況になっても、必要なものは完全に消滅することはなく、新しい何かを芽吹くものだと、身をもって体験していたにもかかわらず、いつしか忘れていたようです。

水の郷ニュータウンが、滅びるのならそこまでの街、必要であれば必ず「種」や「芽」が生まれるはずです。報恩の名の下に、死守しようとした私の間違いだったのです。

それを思い出させてくれた女性がいます。彼女は私に手記の中に真実がある、と教えてくれました。そして人生は続いていると言いました。

いずれ私もこの世を去ります。しかしこの手記の言わんとすることを理解してくれる女性に出会えたことこそ、私にとっての望みだったのです。

弘永徳蔵

希美は、手記に同封されていた、朽ち果てそうな紙の「青海波」を手に取った。一枚で折られた九羽の鶴、その一つ一つの連なりを確かめるように優しく撫《な》でる。そして、故郷の会社へ提出する書きかけの履歴書に、再びペンを走らせた。

参考文献

『浮浪児1945―戦争が生んだ子供たち―』新潮社　石井光太／著
『東京大空襲と戦争孤児　隠蔽された真実を追って』影書房　金田茉莉／著
『もしも魔法が使えたら　戦争孤児11人の記憶』講談社　星野光世／著
『「駅の子」の闘い　戦争孤児たちの埋もれてきた戦後史』幻冬舎新書　中村光博／著
『永瀬清子詩集』思潮社　永瀬清子／著
『永瀬清子とともに　『星座の娘』から『あけがたにくる人よ』まで』思潮社　藤原菜穂子／著
『短章集　続　焔に薪を／彩りの雲』思潮社　永瀬清子／著
『家庭裁判所物語』日本評論社　清永聡／著

解　説

小梛治宣
（日本大学名誉教授・文芸評論家）

読めば読むほど、味わいが深くなる小説がある。だが、それをミステリーに望むのは、なかなかに難しい。トリックや犯行の動機、あるいは犯人像がいかにユニークであっても、一読で満足してしまうことの方が多い。評論家という立場を抜きに、一読者として思い返してみると、「もう一度読みたい」と言えるミステリー（あるいはミステリー作家）は、数えるほどである。私にとってその数少ないミステリー作家の一人が、鏑木蓮であった。

では、なぜ鏑木蓮の書く作品が、読むほどに味わいを増すのであろうか。それは、鏑木蓮が書き続けてきたものが、「生命のミステリー」だったからだ、というのが私の考えである。鏑木蓮にとっては、「生命」を生み出すドラマこそが、ミステリーだったとも言える。殺人事件を中心に据えたミステリーの中で、生命の重さや生きることの意味を問い直す――そこに鏑木蓮の作家魂が込められていた。だからこそ、それを感知した読者は、本の頁《ページ》を最初からもう一度、今度はじっくりと味わいたくなってくる。私の実体験から言えば、そういうことになる。

だから鏑木蓮の作品には「医療」を素材としたものが少なくない。そもそも第五二回（二〇〇六年）江戸川乱歩賞受賞（『東京ダモイ』）後の長編第二作『屈折光』（二〇〇八年）が、ＢＳＥ（牛海綿状脳症）を核とした直球勝負の医療ミステリーであった。その後もトリアージ（事故現場での生命の選別）をテーマとした『救命拒否』（二〇一〇年）、新薬による医療ミスをめぐって物語が展開していく『疑薬』（二〇一七年）、さらには、「心療内科医・本宮慶太郎の事件カルテシリーズ」（『見えない轍《わだち》』（二〇一九年）、『見えない階《きざはし》』（二〇二二年））と続く。そして、おそらくシリーズ化も考えていたであろう最新作の、見習医と女刑事を探偵役とした『見習医《けんしゅうい》ワトソンの追究』（二〇二二年）においては、まさに新たな「生命のミステリー」の扉が開かれんとしていた。私も、それを期待し、楽しみにもしていたのである。

ところが……。悲報が、私の胸を貫き通した。今年（令和五年）一月十一日、鏑木蓮がこの世を去ってしまったのだ。夫人から届いた訃報《ふほう》にはこう記されていた。

〈闘病中も書く準備をし　構想を練る最中　無念であったろうと思いますが　新たに命を宿すことがあれば　また作家になり書き続けると信じております〉

江戸川乱歩賞受賞から十七年、まだ六十一歳であった。小説家として、これから成熟してゆく、そのまさに途上であった。「無念」なのは、愛読者の一人である私もまた同様である。鏑木蓮は、「生命のミステリー」を、まさに自らの生命を注ぎ込みながら書いていた、と思えてもくる。

すでに徳間文庫に収められている『残心』（二〇一八年）は、老々介護の現状や老人医療の問題点をテーマとした、これもまた医療ミステリーの領域に入るものだが、その行間から聴こえてくるのは、どんな状況下でも「生きる」、「生きたい」という叫びであった。今、読み直してみると、改めて作者の肉声が伝わってくるようでもある。

さて、本作『水葬』であるが、ここでは作者の「生命」に対する立ち位置がこれまでとは少し異なる。そこに、新たな扉を開かんとする作者の意気込みを感ずることができる。

装飾品卸売会社に勤務している初井希美《はついのぞみ》には、千住光一という写真家の婚約者がいた。結婚も間近だと思っていた矢先、その彼が、消息を絶ってしまったのだ。

光一は、週刊誌の「日本の限界点」という特集で、限界集落をカメラに収め、それにエッセイを添える連載を担当していた。その取材のために、島根県邑南町《おおなんちょう》を訪ねたまま、行方不明となってしまったのだ。

姿を消したと思われる、その最後に撮った写真のデータが、光一の住まいに残されたパソコンに送られていた。希美は、その写真のデータから、光一の行方を追うべく、島根県へ飛んだ。

島根では、光一の写真の大ファンだという、NPO法人「帰郷プロジェクト」の藤原という青年の助力を得て、転送された写真を手掛りに、光一が撮影した現場を辿《たど》って行くことになる。だが、光一の居場所を見つけることは出来ない。そこへ、光一の妹、美彩から新たな情報がもたらされた。なんと、光一の元交際相手だった下槻優子も、光一が消息を絶ったのと同じ頃に失踪しているというのだ。優子は、日本の水質環境について研究しており、美彩の大学の先輩だった。水は生命の源である。このあたりに、作者が「生命のミステリー」に新機軸を加えんとする意図を感じ取ることができる。

果して、光一と優子とは一緒に行動しているのであろうか。とすれば、限界集落と水質汚染とを結び付けるものは何なのか……。そこで浮かび上って来たのは、限界集落の再生に熱い思いを抱き、優子の研究のスポンサーでもある弘永徳蔵の存在であった。

弘永徳蔵は、天然水を使用した事業で、限界を通り過ぎた島根県H村の起死回生に成功した立志伝中の人物なのだ。ところが、光一が最後に撮ったものの意味することに気付いたとき、希美と美彩の二人は、徳蔵に疑惑を抱くことに……。

本作の読み所の一つは、その徳蔵が主人公となるサブストーリーであろう。『水の郷秘話』と題された徳蔵の手記。そこには、終戦直後に、ノガミ（上野）で戦争孤児の仲間たちと悲惨な生活を送る徳蔵の姿が浮き彫りにされていた。それは、徳蔵の原点であり、戦後日本の原風景でもあった。そこには、『東京ダモイ』から鏑木作品の底を流れる作者の熱い思いも込められている、と私には感じられた。この『手記』あってこそ、本編の重さが増してくるともいえる。ここに描きだされている徳蔵が、果して希美たちに疑念を抱かせるような人物に変貌を遂げてしまっているのか……。最後に待っているのは、実に意外な、かつ衝撃的な真相である。ミステリーとしての味わいも十分といえる。

最後に、千住光一が弘永徳蔵に語ったという言葉を紹介しておきたい。それはおそらく作者がもっとも訴えたいことでもあると思うからである。そして、それは視野を広げた、新たなる「生命のミステリー」を書いていくことへの、作者の強いメッセージでもあったのではなかろうか。

〈多くの人が美しいと思う田園風景は、すべて人間が作ったものです。……限界集落に赴《おもむ》くとそれが崩れ、崩壊しているのが分かります。けれどもよく見ると、たとえば松ぼっくりから芽が出ている。僕は人が捨てたところから芽生える自然に惹かれています。〉

この機会に、鏑木蓮が心血を注いだ他の作品にも是非触れていただきたい。いずれも感動という言葉では言い尽くせない魂の訴えが、心に響いてくるはずである。

二〇二三年六月

この作品は2021年1月徳間書店より刊行されました。
なお、本作品はフィクションであり実在の個人・団体などとは一切関係がありません。

徳間文庫

水《すい》葬《そう》

2023年7月15日 初刷

著者 鏑《かぶら》木《ぎ》 蓮《れん》

発行者 小宮英行

発行所 株式会社徳間書店

東京都品川区上大崎三－一－一
目黒セントラルスクエア 〒141－8202

電話 編集〇三(五四〇三)四三四九
販売〇四九(二九三)五五二一

振替 〇〇一四〇－〇－四四三九二

印刷
製本 大日本印刷株式会社

ISBN978-4-19-894873-3 (乱丁、落丁本はお取りかえいたします)

徳間文庫の好評既刊

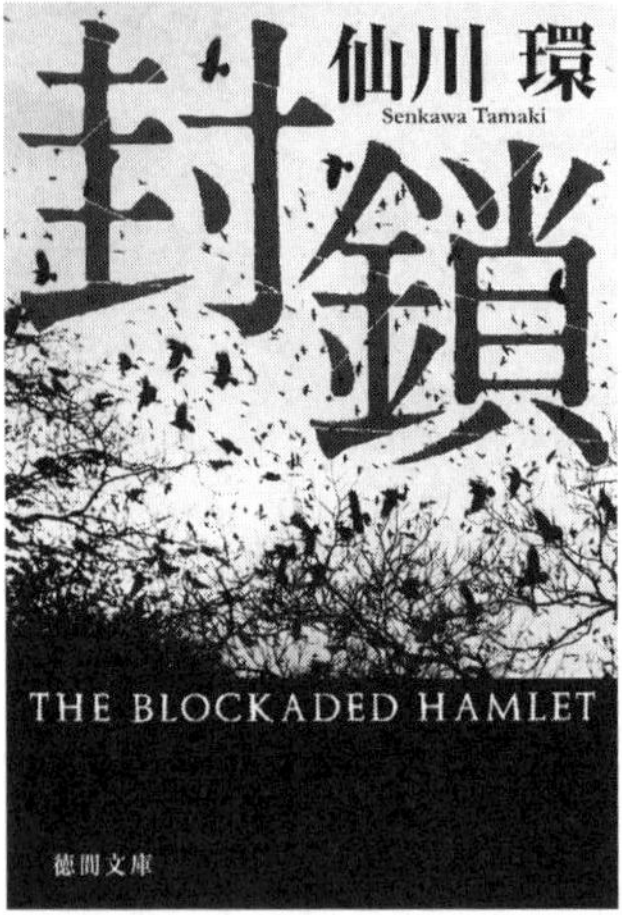

封鎖

仙川 環

一夜のうちに症状が悪化し、死に至る。関西の山奥の集落で、強毒性の新型インフルエンザと覚しき感染症が発生した。医療チームが派遣されるが感染経路は摑めず治療も間に合わない。感染拡大を恐れ、集落から出る唯一の道は警察の手で封鎖された。娘を、この集落から逃がさなくては。杏《きょう》子《こ》は、封鎖を突破しようと試みるが……。医療サスペンスの俊英が、明日起こる恐怖をリアルに描く！